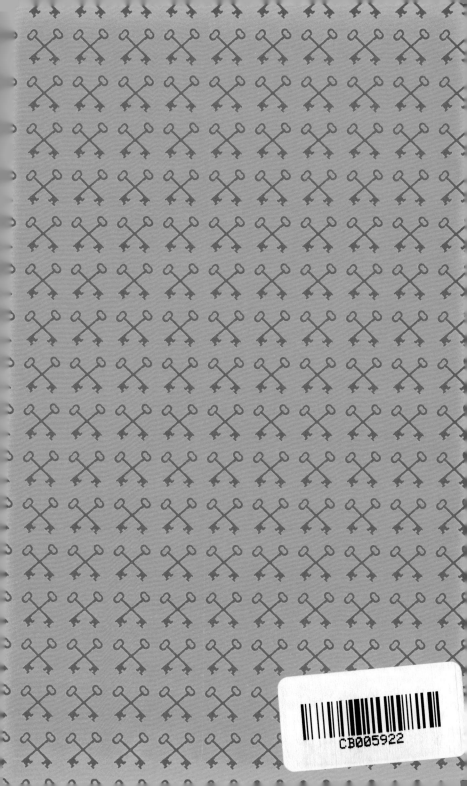

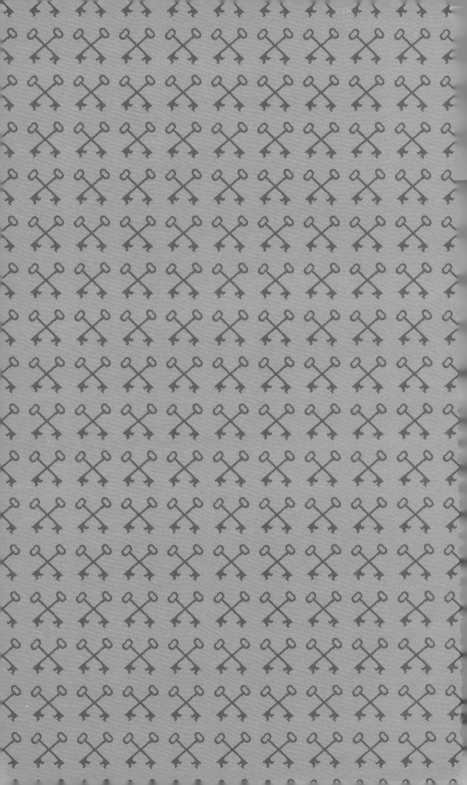

Clube do Crime é uma coleção que reúne os maiores nomes do mistério clássico no mundo, com obras de autores que ajudaram a construir e a revolucionar o gênero desde o século XIX. Como editora da obra de Agatha Christie, a HarperCollins busca com este trabalho resgatar títulos fundamentais que, diferentemente dos livros da Rainha do Crime, acabaram não tendo o devido reconhecimento no Brasil.

O MYSTERIO

Coelho Neto,
Afrânio Peixoto,
& (Medeiros e
Albuquerque)
e Viriato Corrêa

Rio de Janeiro, 2024

Todos os direitos desta publicação são reservados à Casa dos Livros Editora LTDA. Nenhuma parte desta obra pode ser apropriada e estocada em sistema de banco de dados ou processo similar, em qualquer forma ou meio, seja eletrônico, de fotocópia, gravação etc., sem a permissão dos detentores do copyright.

COPIDESQUE	Suelen Lopes
REVISÃO	Alice Cardoso e Carolina Prado
DESIGN DE CAPA	Anderson Junqueira
DIAGRAMAÇÃO	Abreu's System

Dados Internacionais de Catalogação na Publicação (CIP)
(Câmara Brasileira do Livro, SP, Brasil)

O mystério / Coelho Neto...[et al.]. – 1. ed. – Rio de Janeiro : HarperCollins Brasil, 2024. – (Coleção Clube do Crime)

Outros autores: Afrânio Peixoto, Medeiros e Albuquerque, Viriato Correia.
ISBN 978-65-5511-605-2

1. Ficção brasileira 2. Mistério I. Neto, Coelho. II. Peixoto, Afrânio. III. Albuquerque, Medeiros e. IV. Correia, Viriato. V. Série.

24-218012   CDD-B869.3

Índices para catálogo sistemático:
1. Ficção : Literatura brasileira   B869.3
Eliane de Freitas Leite – Bibliotecária – CRB 8/8415

Até a publicação desta obra, a HarperCollins Brasil não conseguiu identificar os herdeiros de Medeiros e Albuquerque. Em caso de caracterização favor contactar o e-mail disponível em nosso website.

HarperCollins Brasil é uma marca licenciada à Casa dos Livros Editora Ltda.
Todos os direitos reservados à Casa dos Livros Editora LTDA.

Rua da Quitanda, 86, sala 601A – Centro,
Rio de Janeiro/RJ – CEP 20091-005
Tel.: (21) 3175-1030
www.harpercollins.com.br

Sumário

Nota da editora	7
Nota preliminar	11
I. Um crime bem-feito	19
II. Na delegacia	24
III. A evasão	28
IV. O chilique	32
V. Doido varrido	39
VI. A ponta do fio	44
VII. O bilhete misterioso	49
VIII. Efeitos da lanterna	55
IX. A voz da ciência	59
X. As primeiras provas	64
XI. Caminho falso	70
XII. Teorias criminais	76
XIII. Um criminoso tranquilo	81
XIV. A bola de Pedro	86
XV. Os indícios	91
XVI. Os cães policiais	97
XVII. O feitiço contra o feiticeiro	103
XVIII. O diário do banqueiro	108
XIX. A Armênia	113
XX. Uma descalçadeira	118
XXI. O velho Bartolomeu	123
XXII. Pedro e Rosa	128

XXIII. Os espíritos   132
XXIV. Assassino! Ladrão!   137
XXV. O testamento roubado   142
XXVI. Um exame de consciência   147
XXVII. A lata do dinheiro   152
XXVIII. Ciúme   157
XXIX. A latinha   162
XXX. O passado de Sanches Lobo   165
XXXI. O "Camors" do Beberibe   170
XXXII. Na Bahia   175
XXXIII. O "Encilhamento"   180
XXXIV. Outra façanha   185
XXXV. A confissão de Rosa   189
XXXVI. As duas Rosas   195
XXXVII. Confesso!   200
XXXVIII. O pesadelo continua   206
XXXIX. A casa misteriosa   211
XL. Na praia da Gávea   215
XLI. Os vapores do vinho   220
XLII. Outro rumo   226
XLIII. Caso liquidado   231
XLIV. Fogo!   235
XLV. Atrás dos apedrejados   239
XLVI. Dor de consciência   244
XLVII. A paixão de Pedro Albergaria   249

O Mystério   257
Glossário   263

Nota da editora

Em 1920, quatro grandes nomes da literatura brasileira se juntavam para escrever o primeiro livro do gênero policial a ser publicado no país. Coelho Neto, escritor, crítico e dramaturgo; Afrânio Peixoto, médico-legista e professor; Viriato Correia, jornalista e dramaturgo; e um quarto autor que utilizava o pseudônimo "&", depois revelado Medeiros e Albuquerque, autor do Hino da República, jornalista e professor, esses autores foram, além de pioneiros, intelectuais, políticos proeminentes e membros da Academia Brasileira de Letras (ABL).

Lançado em 20 de março de 1920, *O mystério* chegou às mãos dos leitores por meio do extinto jornal *A folha*, um capítulo por edição. Após alcançar imenso sucesso, a obra foi lançada em forma de livro, editado por Monteiro Lobato. A estimativa do número de exemplares vendidos chega aos dez mil, um número relevante em comparação à porcentagem de alfabetizados no estado de São Paulo, por exemplo, que na época passava de pouco mais de dez por cento da população.

Nesta obra, conhecemos Pedro Albergaria, que tem por objetivo executar uma vingança há muito desejada por sua mãe: a de matar o banqueiro Sanches Lobo, responsável por roubar a fortuna e, assim, a dignidade da família. Após a morte da matriarca, o jovem sai determinado a cumprir aquele que foi seu último pedido. Aficionado dos livros de mistério e de literatura policial, Pedro reuniu durante anos ideias que o auxiliassem a executar o crime perfeito. A estratégia era, no mínimo, peculiar: assassinar o banqueiro, adiantar o relógio e quebrá-lo para enganar as autoridades quanto à hora da morte, e cometer outro crime para que estivesse preso no horário informado pela evidência. Só não contava, no entanto, com a interferência do temível Sherlock da Cidade, o major Mello Bandeira, sempre acompanhado de sua lanterna furta-fogo — à moda dos detetives dos Estados Unidos —, que, auxiliado pelo delegado Lobato, sai em busca de assassino do poderoso banqueiro.

A narrativa é contada em capítulos alternados entre os autores, porém, há um detalhe: nenhum deles sabia o que o outro escreveria no trecho seguinte, portanto precisavam encontrar soluções, ou inventavam casos cada vez mais mirabolantes à medida que a escrita evoluía. A confusão vai se tornando notável visto que nomes de ruas são trocados — como é o caso da rua Paulino Fernandes, que tem o nome trocado para rua Paulino Fagundes —, enredos são frustrados, e a obra ganha um tom de brincadeira e até mesmo satírico enquanto os escritores tentam confundir uns aos outros e até mesmo começam a citá-los.

Dessa forma, a linguagem é um dos aspectos mais interesses a serem observados. As palavras que determinados escritores decidiram deixar em letra maiúscula, as expressões que utilizam, os lugares que perpassam demonstram suas peculiaridades e assinaturas, indo muito além dos nomes ao fim dos capítulos. As escolhas que fazem demonstram a versatilidade da língua portuguesa, por onde transitavam esses refinados membros Academia Brasileira de Letras e o quão surpreendentes podem ser.

Além disso, em *O mystério* conhecemos a marca de uma época, de uma cidade e de uma literatura ao mesmo tempo próxima e distante. A ambição, o desejo, os questionamentos e tantos outros retratos atemporais da experiência humana são apresentados aqui. A distância de um século apenas torna evidente o quão equivalente a escrita da época é à contemporânea, mesmo que na atualidade as palavras sejam diferentes, e que a essência da humanidade e da literatura como meio de representação dessa é capaz de atravessar o tempo.

Apesar das grandes reviravoltas e pequenas confusões entre os autores, *O mystério* acabou por cair no esquecimento. Com todo o potencial de pertencer ao cânone da literatura brasileira e da participação da contribuição de seus emblemáticos autores para a mesma, nenhuma edição foi publicada nos últimos cinquenta anos.

Agora, a HarperCollins Brasil apresenta *O mystério*, mais uma vez, para o público brasileiro, com prefácio de Monteiro Lobato e posfácio de Tito Prates.

Boa leitura!

Nota preliminar

No sábado 20 de março de 1920, publicava *A folha*, o jornal de Medeiros e Albuquerque, a seguinte nota:
"Começamos hoje a publicação do romance

O MYSTÉRIO

escrito por Coelho Neto, Afrânio Peixoto, & (Medeiros e Albuquerque) e Viriato Correia.

O folhetim de hoje é precisamente do &. Ele serviu apenas para tirar a fieira... O de segunda-feira será assinado por Coelho Neto, o de terça por Afrânio Peixoto e o de quarta-feira por Viriato Correia.

Seria atualmente impossível reunir três nomes de prosadores que superassem em mérito os autores do folhetim cuja publicação hoje iniciamos.

O que há de interessante nele, além do raro valor literário dos três grandes nomes que o vão escrever, é o fato de surpresa contínua em que viverão os leitores. E a surpresa aqui é tanto mais infalível, quanto os próprios autores a terão. Nenhum deles sabe o que os outros vão fazer. É lendo o que seu colaborador da véspera produziu que cada um decide o que tem de escrever.

Haverá, portanto, para os leitores, a indagação sempre renovada: 'Como vai Coelho Neto ou como vai Afrânio Peixoto ou como vai Viriato Correia desliar esta meada?'

E tudo isso será feito não com o descuidado estilo de fabricantes de rodapés sem arte, mas com a superioridade de três dos maiores nomes da nossa literatura."

Assim foi, a princípio regularmente, pelos três colaboradores; depois, no impedimento de algum deles, o & (Medeiros e Albuquerque), reapareceria, chegando, ombro a ombro, tanto como pela frequência ao posto de verdadeiro colaborador. De fato, até o dia da conclusão, 20 de maio de 1920, escreveram: Afrânio Peixoto, 17 folhetins; Viriato Correia, 14; & (Medeiros e Albuquerque), 9; e Coelho Neto, 7. Não é, pois, senão justiça, que tornemos pública a autoria daquele enigmático &, evitando com o silêncio criar um mistério literário a mais nesta já tão misteriosa e, entretanto, divertida história.

Este gênero literário do romance de colaboração não pretende senão o primeiro dever de qualquer novela, no dizer de George Sand, que delas foi um mestre: "Ser romanesco". Por isso mesmo que tem por si a fantasia, o imprevisto e o improviso, dispensam as qualidades de coerência, disciplina e estilo, obrigadas às obras de autoria individual, ou de lenta e consertada elaboração. Aqui são os autores também personagens que divertem a público, pela desenvoltura ou elegância com que resolvem ou deslindam as situações mais complicadas ou embaraçosas: ao prazer da fábula, junta-se a emoção dessa porfia, entre os fabulistas. É a mesma situação dos que cantam em desafio, comparada com a das belas poesias, ainda que da mesma índole, que se leem, sem a mesma curiosidade. Certo, o julgamento definitivo depende apenas do talento posto no improviso, ou na obra meditada.

A primeira séria tentativa do gênero foi o romance que em 1846 escreveram o Viscone de Taunay (Mme. Émile de Geradin), Raymond de Villiers (Jules Sandeau), Edgar de Mihan (Théophile Gautier) e o Príncipe de Monbert (Joseph Méry), sob a forma de cartas e em que os três últimos se mostravam apaixonados pela primeira, que no romance tinha para um deles o nome de Irene de Châteudun, nobre e brilhante moça da sociedade e para os outros dois era uma jovem, linda e pobre viúva Louise Guérin, desenhista e decoradora de leques e biombos. Depois de mil peripécias, e obstáculos vencidos, — carreira ao Amor —, de onde o nome La Croix de Berny, lugar perto de Paris, onde então se faziam as corridas de cavalos, com obstáculos, ou steeple-chase — um chega ao poste da vitória, para não lograr o prêmio, porque lhe sobrevêm a morte.

No Brasil, em 1866, conta Sacramento Blacke (Dicionário Bibliográfico, t. I, p. 263), em São Luís do Maranhão, Antonio Henriques Leal, Joaquim Serra, Gentil Homem de Almeida Braga, Trajano de Carvalho e outros, ao todo doze "uma boa dúzia de esperanças", cometeram *A Casca da caneleira*, (steeple-chase) onde se descreviam "os trechos mais espirituosos de vida coimbrã", cada um dos colaboradores com o seu pseudônimo.

Anos mais tarde, em Portugal, Eça de Queiroz e Ramalho Ortigão, para divertirem a Lisboa de 1870, tentaram, pelo *Diário de Notícias*, *O mistério da Estrada de Sintra*. Eram também cartas escritas por um por outro, este na capital, aquele em Leiria, que foram os capítulos do romance. Certa condessa de W., apaixonada por um oficial inglês, rouba-o aos amores de uma formosa cubana, e esconde os seus ao marido, em Portugal. Pressentindo-se atraiçoada, por sua vez, mata o amante e consegue a cumplicidade de um A.M.C, que trata de dissimular o crime. Um médico sequestrado por verificar o óbito, um primo confiante, o cadáver enterrado por eles na própria casa e o júri singular destes comparsas adventícios, a que comparece a linda criminosa, e, depois, apenas essas indiscrições, por cartas e iniciais, que são tudo, ou são o romance.

No Brasil, Rio, São Paulo, Campinas, houve, depois disso, tentativas semelhantes na imprensa, sem o seguimento ou complemento do livro. Uma, que não queremos nos esquecer, foi a novela que na *A Bahia*, em 1900, publicaram W.S.L.Y e A., pseudônimos respectivamente de Afrânio Peixoto, Augusto de Menezes, Braz do Amaral, Juliano Moreira e Jorge de Moraes, escrita em cinco capítulos, e cada um em estilo diferente — simbolista, romântico, naturalista, clássico e eclético —, a que o último colaborador pôs o nome de "Lufada sinistra", bem cabido a tal pesadelo literário.

Esta, entre nós, é a primeira que chega a esse acabamento. Sobre ela não podemos adiantar o juízo, que é do público, mais que dos críticos. Ao que nos informam teve o primeiro mérito de aumentar a tiragem de *A folha* (tanto que reincidiu, pouco depois, noutra tentativa, a qual, precocemente terminada, não teve, por isso, o mesmo êxito: D. Julia Lopes de Almeida, Conde de Afonso Celso, Augusto de Lima e Goulart de Andrade, ali mesmo escreveram "Mãos de náufrago"); ao de interesse, juntou o do bom humor — ao contrário das suas antecessoras apontadas, que foram apenas trágicas — humorismo, que é como a ironia da tragédia, com que interessou e divertiu; outro, finalmente, foi nos reclamarem sua impressão, talvez esta ainda não definitiva. Também, apesar de louvada e admirada, La Croix de Berny, procurou corrigir-se dos seus primeiros defeitos; Eça de Queiroz que chamou-a *O mistério da Estrada de Sintra*, "um livro deplorável" diante do julgamento contrário do público, numa segunda edição, não desdenhou fazer-lhe "profundas modificações e emendas" que o tornam a obra de arte que é, do gênero romance de "desafio" ou de improviso. Acontecerá o mesmo, um dia, ao nosso *O mystério*? Os leitores o dirão: nós seremos, então, como até agora, cúmplices ou mandatários.

Depois da segunda edição de *O mystério*, o gênero, pode-se dizer (não por nossa culpa, é bem de ver), caiu em moda. Na França, promovido por "Les Annales" (Paul Bourget, Gérard d'Houville (Mme. Marie de Regnier, *née* de Heredia), Henri Duvernoi e Pierre Benoit cometeram *Le Roman des Quatre*, e reincidiram em *Micheline et l'Amour*. Charpentir publica *L'initiation de Reine D'ermine* por "Les Trois". Antes, George Auriol, Tristan Bernard, Georfes Courteline, Jules Rebard e Pierre Weber perpretaram *X*, romance improviso, chez Flammarion. Na Itália aparece *Lo Zar non é morto*, "romance dos dez". Na América do Norte, onde tudo é maior, *the greatest in the world*, vinte autores se reuniram para *Bobbed Hair, a dazzling novel*.

A nós nos reclamam esta outra, terceira e numerosa edição. Na sua modéstia, brincando, os nossos autores poderão lembrar diante de obras suas mais importantes; *habent sua fata libelli*...* Destino às vezes invejável como esse, d'*O mystério*.

OS EDITORES.

---

* Expressão do verso 1286 da obra *De litteris syllabis paedebis et metris*, do autor Terenciano Mauro, comumente traduzida como "Os livros têm seu próprio destino". [*N.E*]

O
MYSTÉRIO

I. UM CRIME BEM-FEITO

Ele tinha ruminado durante anos aquela vingança. Calculara tudo, previra tudo. Lera centenas de romances e contos policiais, não pelo prazer que lhe pudesse fazer essa baixa literatura, mas pelo desejo de estudar todos os meios de levar a cabo o crime que projetava e de escapar à punição. Não lhe valeria de nada matar o velho Sanches Lobo se se deixasse apanhar tolamente, e fosse cumprir, por dez ou vinte anos, uma pena em que se estiolaria o resto de sua mocidade.

Pedro Albergaria tinha então 25 anos. Era fino, esbelto, inteligente e instruído. Desde os quinze anos, quando o banqueiro Sanches Lobo lhe arruinou o pai de maneira ainda infame e maculou a honra de sua família de um modo ainda mais infame, Pedro vivia pobrissimamente. Aos vinte anos, morreu-lhe a mãe. Morreu, ainda nos últimos instantes, queixando-se de Sanches Lobo. Parecia assim deixar ao filho uma incumbência de vindita.

Pedro tinha, desde muito tempo, um emprego no comércio. À noite, estudava.

Estudava, anarquicamente, um pouco de tudo; mas, talvez mais do que tudo, o meio de se vingar do velho banqueiro.

Quando se decidiu ao seu plano, foi examinar a casa e os costumes de Sanches Lobo. Não teve muita dificuldade na tarefa.

O banqueiro vivia sozinho. Era servido por dois criados: um velho, que o acompanhava havia mais de 30 anos, e uma rapariga.

Todas as tardes ele entrava às seis horas. Depois de se preparar para juntar, procedia a essa operação e subia para o seu gabinete no primeiro andar. Aí ficava estudando negócios, junto do grande cofre aberto, onde guardava os papéis mais importantes. À meia-noite, pontualmente, fechava o cofre, a janela, a luz e ia dormir.

Rondando paciente e disfarçadamente a casa, durante meses e meses, Pedro acabara por saber os dias de saída dos criados. No princípio do mês havia sempre uma circunstância especial. O velho empregado do banqueiro ia a Mangaratiba receber uns aluguéis de casas e ver uma fazendola que Sanches Lobo ainda tinha por lá. Ficava apenas a criada. Mas essa, irrequieta e namoradeira, não raro se afastava de casa, deixando o velho sozinho.

Não corria ela com isso perigo nenhum, porque o velho nunca chamava ninguém quando estava no seu gabinete. Nessas condições a facilidade de entrar na casa era extrema.

Naquela noite, tudo assentado, Pedro resolveu-se a levar a cabo a sua premeditada vingança.

Calçou umas velhas botinas próprias para jogar tênis. Eram botinas, por vários títulos, preciosas: muito maiores do que o seu calçado habitual, com solas de borracha e sem saltos, ninguém pelas marcas que elas deixassem poderia pensar em Pedro Albergaria.

Pôs no bolso um par de luvas de fio de Escócia, luvas velhíssimas; muniu-se de um revólver e um punhal. Antes de guardar esses objetos, limpou-os bem, já com as luvas, para não deixar vestígio algum.

A casa — melhor se diria casebre — em que ele morava era de sua propriedade: uma casinha de porta e janela, única coisa que lhe restava de sua grande fortuna antiga. Foi ao quintal e cavou um buraco, perto de uma pequena torneira. Verificou que nesse buraco, bem profundo, podia ficar enterrada, a quase um metro de profundidade, uma lata de folha vazia, que ele trouxe de casa. Havia perto chumbo e um maçarico: o necessário para fazer uma solda.

Viu os seus livros e papéis. Tinha vendido os romances e comprara apenas uma Bíblia e um livro de orações. Se lhe fizessem em casa qualquer pesquisa, esses livros lhe dariam um atestado de pureza. Não havia um papel suspeito. O guarda-comida estava vazio. Um ar de miséria tornava infinitamente triste a pobre casa.

Pedro sorriu e dirigiu-se calmamente para a casa do velho Sanches. Ele sabia que o velho servidor não estava na cidade. Restava a mulher. Mas, no momento preciso, justamente quando ele se aproximava, ela ia saindo com o namorado.

Era princípio de fevereiro. Havia perto uma batalha de confete e podia ter-se como certo que ela para lá iria.

Pedro, assim que a viu longe, calçou as luvas, abriu calmamente o portão e entrou. Deu volta pela cozinha e, graças aos tapetes da casa e às suas botinas de tênis, não teve o menor embaraço em chegar sem fazer nenhum ruído até o gabinete de Sanches Lobo.

Abriu rapidamente a porta e apareceu de súbito diante do velho.

— Que é que o senhor quer? — perguntou o banqueiro, buscando afetar energia, mas trêmulo de medo.

— Em primeiro lugar, quero que você não se mova. Um dedo que mexer, faço saltar-lhe os miolos.

E exibia, poderoso argumento, o seu revólver! O velho encolheu-se, acovardado. Pedro lhe disse, então:

— Eu não sou um ladrão.

— Que é então que deseja aqui? — disse, tartamudeando, o banqueiro.

— Venho buscar de um ladrão parte ao menos do que me pertence e ajustar com ele uma velha conta: eu me chamo Pedro Albergaria.

O velho teve um estremecimento profundo. Na fisionomia se lhe pintou uma expressão de horror. Os olhos dilataram-se, a boca aberta, arquejava...

Mas isso durou apenas um instante, porque uma síncope o prostrou.

Estaria morto? Pedro verificou que não. Esperar, porém, que ele voltasse a si seria perder tempo. Foi ao cofre aberto e examinou o que nele havia: havia muito mais dinheiro do que ele supunha. Quase ao vir para casa, Sanches recebera duzentos e tantos contos de uma transação. Já o banco estava fechado, e trouxe consigo a quantia, em notas de um conto de réis, disposto a levá-la de novo no dia imediato. No cofre estava também um saquinho cheio de moedas de ouro. Pedro foi reunindo tudo isso, distribuindo pelos bolsos. Quis, porém, mais alguma coisa: ver se descobria um papel que parecia procurar com especial empenho. Ainda nisso foi feliz. Achou--o, meteu-o no bolso.

Fazia tudo com calma, metodicamente. Só teve uma hesitação. Foi quando terminou a sua colheita e se encontrou diante de Sanches Lobo, ainda desmaiado, mas parecendo prestes a voltar a si.

Pedro resolveu enforcá-lo. Tapou-lhe o nariz e a boca — e esperou. O velho estrebuchou um pouco; mas aquietou-se rapidamente. Estava morto, bem morto.

Havia um pequeno relógio sobre a mesa. Pedro o pôs nas onze horas e esmagou-o com o pé, fazendo-o assim parar. Parecia desse modo que o assassinato tivera lugar àquela hora, quando, no entanto, pouco passava das nove da noite.

Desceu cautelosamente. A casa era perto da praia de Botafogo. Disfarçadamente, verificando que não havia ninguém, tirou os sapatos de borracha, as luvas de fio de Escócia e o revólver e atirou tudo ao mar. Chegando à casa, meteu tudo o que trouxera na lata que deixara preparada, soldou-a, colocou-a no buraco, que para isso deixara preparado, colocou também aí todos os petrechos de solda, puxou a terra para cima do buraco, calcando-a bem e sobre ela derramou alguns baldes de água, encharcando todo o quintalzinho. Ninguém poderia adivinhar que o terreno fora revolvido.

Feito isso, saiu. Fechou a casa cuidadosamente e escondeu a chave em um recanto, onde, às vezes, a deixava. Não a queria levar consigo.

Apesar de tudo, faltava-lhe criar a prova mais forte de sua inocência. Mas também isso não falhou: quase às barbas de um soldado que vigiava uma rua pouco frequentada, furtou do tabuleiro de doces de uma vendedora ambulante vários deles, que meteu avidamente na boca, como se estivesse morrendo de fome. E foi preso: exatamente o que queria.

Eram 22h45 quando entrou na delegacia. Estava criado o álibi de que precisava.

Como imaginar que um homem que acaba de roubar algumas centenas de contos ia furtar alguns doces para matar a fome? E, por outro lado, se estava na delegacia desde as 20h45, não podia ser o autor de um crime cometido às 23h. O álibi era perfeito.

Só um receio o atormentava: não teria alguém entrado no gabinete do velho antes da hora que o relógio caído marcava?

Não! Ao contrário! O crime só foi descoberto depois da meia-noite. Pedro Albergaria podia dormir tranquilo. Tinha afinal cumprido, inteligentemente, a sua missão de vingança.

        & (MEDEIROS E ALBUQUERQUE).

II. NA DELEGACIA

Na sala da delegacia, que tresandava como o porão de um brigue bacalhoeiro, um grupo de rapazes, guardado por dois policiais, protestava contra a arbitrariedade da prisão, e um deles, de ar mimoso, cabelos loiros encaracolados, camisa de seda, gravata elegante, relógio-pulseira no punho alvo, de um torneado feminino, ostentava na lapela do casaco cintado o escudo de um clube de futebol.

Esse não dizia palavra, sucumbido. De quando em quando suspirava levantando os olhos, que eram lindos e pestanudos.

Um dos do grupo fez-lhe sinal para que se sentasse, e, chegando-se-lhe perto, segredou-lhe:

— Será bom que não fales. Deixa o caso comigo e com o Julio. Se falas, entornas o caldo.

Mas o loiro suspirou, sentido:

— Não imaginas como sofro. Que vergonha! Meu Deus! Quando souberem que andei em viúva-alegre... Trouxessem-me a táxi, eu pagava... Mas em viúva-alegre...

— Ora! A viúva-alegre é o caradura da ordem, o lugar-comum da segurança pública. Victor Hugo, e era Victor Hugo!, percorria Paris na imperial dos ônibus. O que me preocupa não é a "viúva-alegre". O que me preocupa és tu, minha donzela triste.

O loiro baixou os olhos, corando.

Albergaria, que se achava perto, vigiado pelo soldado que o prendera com a boca na botija, ou no flagrante do furto no tabuleiro, ouviu as palavras meigas, de enamorado, que haviam posto em rosa as faces do rapazola loiro e, esquecendo-se, por instantes, do plano que ali o levara, prestou atenção ao grupo, examinando atentamente a figura galante daquele que tanto se sentia da condução em que o haviam levado à presença da Lei, que, por sinal, não se achava presente.

Não era necessário grande perspicácia para reconhecer no suscetível mancebo formosa e delicada moça, que o traje masculino, longe de rebuçar, mais denunciava, acentuando-lhe as linhas arredondadas do corpo e certas abundâncias raras no sexo forte, que as passou ao outro, com a costela com que Deus no Paraíso fez artisticamente e mais maliciosamente o corpo... de delito de todas as encrencas que têm atrapalhado a vida humana. Os pés caberiam juntos nas palmas das mãos do furtador de doces, que os admirava com gulodice de amor, e as mãos, pequeninas e brancas, deviam ser como plumas quando acariciassem.

Por que estaria ela vestida de homem, entre dois rapazes, um indiferente, como se fosse familiar daquela casa, outro taciturno, visivelmente envergonhado, fumando cigarros sobre cigarros, enchendo a sala de fumo como se a quisesse abrumar para que não o vissem?

Albergaria procurava penetrar o mistério daquela trindade quando o comissário apareceu esbaforido, a tossir, asmático.

Era um tipo caricatural, que parecia um desenho de Raul ou de Calixto que se houvesse encarnado em autoridade.

Calvo, com umas falripas esvoaçantes, os perigalhos do pescoço badalhocando, uma beiçorra mole, rubra como polpa de figo, olhos empapuçados, ventrudo como se escondesse uma abóbora debaixo do colete e tudo isso fincado em dois cabos de vassoura, que eram as pernas, nas quais as calças, fazendo gelhas, às vezes colavam-se, enrolando-se como bandeiras em mastros.

Passou furioso e, sentando-se, remexeu nos papéis, atirou um murro à mesa, levantou de golpe a cabeça e bradou um nome. Um soldado adiantou-se respeitoso e disse:

— Pronto!
— Foi você que trouxe estes pelintras, não?
— Saberá vossa excelência que não. Quem trouxe foi o 402.
— E onde está ele?
— O 402?
— Sim! E esmurrou a pasta furiosamente. Onde está o 402?
— O 402 foi tomar café. Disse que vinha já. Mas para vossa senhoria não perder tempo tem aqui este malandro que eu apanhei furtando doces do tabuleiro de uma tia.

O comissário encarou o indigitado, que era Albergaria, e, com um berro, logo atravessado por um acesso de asma, chamou-o à sua presença:

— Então você, você, seu grandíssimo não sei que diga, furta doces a uma pobre negra, que vive do seu trabalho, hein...!?

E rangia uns cacos de dentes, babando cólera, com um ronquido de asma que atroava. Albergaria explicou-se:

— Eu não sou ladrão, sr. comissário.
— Ah! Não é ladrão. Então que diabo é você?
— Sou um desgraçado. Foi a fome que me levou a cometer o crime do qual me acusam. Há quatro dias que não como, senhor comissário, e se eu dissesse a vossa excelência os sofrimentos que tenho vivido: vertigens, uma fraqueza que já me não consentia andar... Tomavam-me por ébrio, riam-se de mim, e eu caminhava, caminhava...

— Nada de romances! — berrou o comissário. — Isto aqui não é cinema, entende? Isto é a polícia, é a Casa da Lei, o Templo da Ordem, a Coluna da Moral... Lá falar por falar também eu sei... — Deu um sacalão às calças que lhe escorriam pela barriga tremida, e disse, dirigindo-se aos rapazes, como a íntimos: — É isto. Não há vagabundo que não tenha um romance, uma história complicada para contar. Pois, sim! Comigo é nove! Tenho 36 anos de polícia aqui no duro. Conheço a canalha. Furtou...

— Para comer, senhor comissário. Foi a fome. Vossa senhoria deve conhecer João Valgean, o que roubou pão.

— Se conheço! Mas eu aqui não quero saber de histórias: sou a Lei, entende? E, diante da Lei, tanto vale um pão como um colar de pérolas, uma cocada puxa como uma carteira. Tudo é furto. Se, em vez de um tabuleiro de doces, você tivesse encontrado uma caixa de joias, iam-se as joias...

— Não, senhor comissário.

— Cale-se. — E bradou: — 402!

— O 402 foi tomar café, senhor comissário.

— Pois, então, você mesmo. Qual é o seu número?

— Eu sou o 501, às ordens de vossa senhoria.

— Pois seu 501, meta este tipo no xadrez. Não foi você que o prendeu?

— Fui eu, sim, senhor comissário.

— E o furto?

— O furto ele comeu.

— Bom. Pois meta-o no xadrez até que chegue o doutor delegado.

Albergaria quis protestar, chegou a fazer um gesto, logo atalhado pelo comissário.

Nesse instante uma mulher irrompeu na sala, desgrenhada, de olhos esbugalhados e atirando-se, como louca, para a mesa do comissário, bradou:

— Senhor doutor, mataram-me o patrão. Mataram-me o patrão!

Voltando-se, porém, para o grupo dos rapazes, como se quisesse comunicar a todos o horroroso crime, agitando desesperadamente os braços, disse:

— Mataram...

Dando, porém, com os olhos no mancebo loiro, que tanto se queixava de haver sido conduzido em viúva-alegre, escancelou desmedidamente a boca e, com o olhar fito, parado em estagno de pavor, soltou um grito, e rolou no chão, como fulminada.

COELHO NETO.

III. A EVASÃO

Albergaria e o praça 501, que o levava ao xadrez, estacaram na porta, um momento, ante a cena imprevista, e logo depois acudiram, com os outros assistentes, a pobre mulher, que redondamente caíra no chão. O próprio comissário, tão acostumado às peripécias mais extraordinárias, nesta sua longa vida de esbirro, perdeu a compostura de justiceiro, incrédulo às aparências impressionantes, tocado deveras à subitaneidade desta, digna do teatro mais inverossímil.

— É assim, quando o Contreiras está de plantão isto anda às moscas... A mim, são encrencas sobre encrencas! Não me faltava mais nada... este estafermo a dar chiliques na delegacia... Ora dá-se...!

Albergaria abaixara-se a tomar o pulso da mulher, estendida, depois de lhe compor as saias que se arrepanharam à queda; disse, alto, com uma convicção de entendido:

— É um ataque.
— Morreu o Neves. Ora esta!
— Que Neves?
— Morreu o Neves... o ataque! Quero saber é do pulso...
— Não bate mais... Isto pode ser sério... Seria bom chamar a Assistência...
— Qual Assistência, nem meia Assistência — replicou o comissário, tentando tornar à calma, que perdera —, uns borrifos de água no rosto e hão de vê-la de novo a berrar, como aqui entrou...

Foi à moringa de água, derramou um pouco no copo, e volveu a aspergir o assoalho e a paciente, sem maior proveito. Mais expedito, Albergaria apelou para o soldado e os rapazes presos: sopesaram o corpo, que era forte e carnudo, e o depuseram sobre a mesa de audiências da delegacia.

— Tire isto daqui! — indicava ao comissário os livros e autos de inquérito que atulhavam a mesa. — É preciso que fique a fio comprido, de cabeça baixa...

Por uma inversão de papéis, assumira o prisioneiro a iniciativa das operações e dava ordens, mesmo ao comissário:

— Beba água, senão a você também dá-lhe fraqueza, e a rascada é maior...

De fato, as pernas bambas do velho tremiam, da testa lhe escorriam bagas de suor, que ele limpava, triste, com um lenço encardido.

— Não nasci para estas cenas... Descomposturas, castigos, enrolar um freguês, bem enrolado, com inquérito supimpa, é comigo... Não dou para estes assados, de ataques e faniquitos...

— Beba a água e aquiete-se, que ela tornará a si; vai ver.

E resolutamente pôs-se o Albergaria a fazer uma série de práticas para despertar a rapariga. Mexia-lhe com os braços em todas as direções; desapertou-lhe o cós da saia; desabotoou-lhe a gola da blusa, tentando facilitar-lhe a respiração.

À vista da pele branca do colo, bem-provido, o olhar do comissário se ateou, numa chama de animação. Aproximou-se, olhou então para o rosto da mulher, e só então viu que era uma moça robusta, bem-parecida, morena clara, com ligeiro buço no lábio crespo, aparência decidida de portuguesa do campo, moça arrumadeira, como há tantas por aí. Confirmação desta suspeita eram umas arrecadas de ouro, bem amarelo, pendentes das orelhas e no trancelim, preso ao pescoço, um coração de filigrana, a joia popular e tradicional do Minho. O comissário que ficara com os olhos regalados na alvura repleta do colo, entremostrado através da blusa desabotoada, animou-se, compadecido, como interrogando aos rapazes:

— Que se há de fazer num caso destes? Olhem que se isto dura, pode mesmo morrer... E é pena!

Albergaria, cansado de todas as práticas que tentara de respiração artificial, improvisadas no momento, embora as tivesse lido alguma vez, sem atenção, nem esperança de as poder um dia empregar, exclamou, como a uma feliz lembrança:

— Não haverá por aí amônia?... Numa delegacia não deve faltar...

— Aqui não se usam estes tratamentos... Os que deles precisam vão curtir no xadrez...

Teve receio que o homem se estomagasse, o comissário, e com brandura replicou:

— Podia ser... Para um "estrupício" destes, era infalível... Então, só existe o recurso da Assistência!

O comissário, aborrecido com o caso, tornou à urgência de uma resolução:

— Quinhentos e um!

— Às *ordes*!

— Toque para a Assistência!

O soldado deu meia-volta, entrando pelo corredor, em busca da ligação telefônica para o pedido de socorro.

— Se houvesse por aí um pouco de éter ou amônia... — murmurava Albergaria, fixado na sua confiança.

De o repetir, abrandou-se a rispidez do comissário, que se pôs a abrir as gavetas e os armários, e a procurar, atabalhoadamente, o que aí não guardara. Como que impelido por uma lembrança, levantou-se e se encaminhou para a sala vizinha do delegado, a procurar ainda os famosos remédios.

Só então Albergaria notou que o rapaz loiro, cujas formas roliças denunciavam disfarce feminino, e cuja vista tinha determinado o espanto, ou o susto, e o chilique da moça portuguesa, abaixara a cabeça, a chorar convulsivamente. Um dos rapazes ameigava-lhe a cabeça, num gesto de consolo.

— Não te amofines assim... tudo se explica!... Fica por minha conta, vou combinar com o Julio... Descansa, não chores mais!

E deixando-a, endireitou-se para o outro rapaz, o Julio, que se apoiara de encontro a um armário, pondo-se a falar-lhe em voz baixa.

O soldado injuriava a telefonista, que não lhe dava a ligação *há mais de meia hora*: Central 2-5-5! Remexia o comissário as gavetas do delegado. Albergaria aproximou-se da mulher que chorava e disse-lhe, à meia-voz:

— Se lhe causa tanta vergonha estar aqui assim, por que não se aproveita da ocasião e não foge?... Agora, ninguém a deterá.

Olhou como tonta, depois, confiada, ao interlocutor, e se pôs de pé, já enxutos os olhos, onde a esperança ardeu num clarão breve, logo aquecendo impulsão decidida. Fez um gesto aos rapazes e, dando um olhar agradecido a Albergaria, esgueirou-se da sala com os companheiros, que a seguiram, sem nenhum empecilho, para a fuga e para a liberdade.

Tornara Albergaria às manobras de respiração artificial. Da sala próxima, exultante, volvia o comissário:

— Aqui tem o éter... achei-o, finalmente!

AFRÂNIO PEIXOTO.

IV. O CHILIQUE

Albergaria corre-lhe afoitamente ao encontro, toma-lhe o vidro, destapa-o e leva-o ao nariz da mulher desmaiada. Mas recua surpreendido ao cheiro maravilhoso de violetas que se espalha pela sala. E, fitando o comissário, com um vago tom de censura na voz:
— Mas isto não é éter, é perfume!
O outro coçou nervosamente a cabeça.
— Meu Deus! E eu a bulir nas perfumarias do delegado.
E, voltando-se para o corredor, berrou desesperado:
— 501, chamas ou não chamas a Assistência?!
O soldado veio imediatamente. Só naquele instante havia conseguido a ligação. A Assistência vinha aí!
Albergaria continuava com a mão no pulso da rapariga.
A sala ia enchendo: um soldado entrou com três bêbados, um outro trouxe uma mulher desbragada que encontrou a dizer inconveniências a uma vizinha, um terceiro veio com dois "choferes" que se estavam a esbofetear.
Na escada houve um leve rumor de passos lentos.
— O delegado! — avisou o 501.
— Felizmente! — exclamou o comissário. — Ele que tome conta da "encrenca".
E, chegando ao corredor, chamou:
— Dr. Lobato, faça favor.
À porta assomou uma figura casquilha e moça num lindo terno cor de alecrim fanado. Olhou aquela desordem com

uma expressão de displicência preguiçosa, um tom de cansaço de quem não dorme e, vendo sobre a mesa a moça inerte, perguntou com um acento de enfado:

— Que foi isso?

O comissário explicou. Dizer bem o que fora aquilo não sabia. Aquela mulher entrara ali, inesperadamente, gritando (o que ela gritava não se recordava bem) e, de repente, arregalou os olhos, tremeu e bumba! no chão. Uma massada! Dera, porém, todas as providências. A Assistência devia estar riscando na porta.

— Não sei se ela é doida, mas parece. Não parece, 501?

O soldado contou a mesma história, a entrada inesperada da moça, o tombo no chão.

Lobato ouvia, como se achasse tudo aquilo uma cacetada.

— Ah! Já me lembro — disse o comissário em um lampejo. — Ela invadiu a sala berrando "mataram o meu irmão!". Não foi, 501?

O praça moveu negativamente a cabeça. Não. O que ele ouvira fora outra coisa:

— "Mataram-me o patrão", foi o que ela disse.

— Patrão ou irmão, não sei bem — atalhou o comissário. — O que eu ouvi foi ela falar em morte.

O delegado aproximou-se da rapariga, tomando-lhe o pulso. Toda gente se chegou para perto. Ele palpou o braço da moça, sondou-lhe a testa fria, pousou-lhe a mão no peito e, fitando o comissário que o inqueria ansiosamente com o olhar, disse:

— É portuguesa!

E como Albergaria, ali ao lado, tivesse um ligeiro sorriso, perguntou:

— O senhor é médico?

— Não, senhor.

O comissário apressou-se em explicar. Era preso. Estava ali, na sala, quando a moça caiu desmaiada. Parecia ser entendido naqueles assados. Pelo menos tinha prestado excelentes serviços para conseguir que a mulher recuperasse os sentidos.

Lobato pôs-se em frente de Albergaria.

— Por que está preso?

O rapaz baixou a cabeça, como que envergonhado, sem responder.

— Ó, Xavier, que fez este sujeito? — indagou ao comissário.

O velho Xavier veio contar. Entre ele e Pedro Albergaria havia já naquele momento uma ponta de benevolência e de simpatia. Procurava as palavras com a preocupação de dar uma explicação favorável ao moço.

— Pândegas, doutor, pândegas. O rondante prendeu-o numa *farra* em que ele comia, sem querer pagar, os doces de uma preta velha. Esses rapazes quando se metem em troças...

O assassino do banqueiro levantou a cabeça.

— Perdão, senhor comissário, eu era incapaz de uma troça dessas. Furtei os doces porque estava com fome. Há quatro dias que não como.

O delegado empertigou-se.

— Ah! Então é um gatuno, não é verdade?! Tão novo, não tem vergonha de furtar para comer?

Albergaria baixou novamente a cabeça. O Xavier foi até a janela incomodado. Que idiota, aquele moço! Ele a dar à coisa uma feição de ninharia, a falar em troças, em farras de rapaz, e o tolo a dizer na cara da autoridade que furtara para matar a fome.

— Responda! — gritou Lobato, irritantemente, para o matador de Sanches Lobo.

Ele ergueu os olhos, mas não disse palavra.

— 501, ponha esse sujeito no xadrez. Xavier, lavre o flagrante.

O comissário acendeu um cigarro. Tudo aquilo lhe punha os nervos em vibração. Olhou Albergaria, que caminhava para o xadrez, seguido pelo soldado, e uma ruga vincou-lhe a testa. Daquelas massadas só aconteciam no seu plantão.

— E essa Assistência, não vem?! — disse, como para desabafar-se, como para ser desagradável a alguém.

Nesse momento, o 402 surgia à porta. Lançou o olhar espantado para a sala e caminhou para o comissário.

— Onde estão os moços que eu trouxe?

O velho Xavier olhou e reolhou os cantos. Lembrava-se que, ao entrar ali, tinha visto no banco junto da janela um grupo de rapazes. E, agora, o grupo já ali não estava. Aquilo só a ele acontecia! E estourou num berro para o soldado:

— O senhor por que abandonou os presos e foi tomar café?!

Lobato, que só naquele momento observava a carnadura retumbante da mulher desmaiada, virou-se.

— Que foi?

— Uns presos do 402, que fugiram.

Na fisionomia do delegado desenhou-se um traço de repreensão. Ia falar, ia explodir, mas lá embaixo num *tan-tan-tan* apressado e barulhento ressoavam os tímpanos da ambulância da Assistência.

Correram todos ao parapeito da escada. O médico subia acompanhado do ajudante. Era um moço alto, moreno, óculos, bigode andó. Havia nele dois sinais inconfundíveis: uma trunfa de cabelos brancos a berrar estranhamente na sua cabeleira de um negro profundo e uma mancha vermelha, larga, espraiada do lado esquerdo do rosto.

— Como vais Lobato?

— Boa noite, Cardoso!

— Aqui, doutor, aqui — disse o Xavier, trazendo-o para a sala.

Ao dar com a moça sobre a mesa, Cardoso palpou-lhe imediatamente o pulso.

— Que foi isto?

— Um chilique, um desmaio — respondeu o velho comissário. — É grave, doutor, é grave?

— Não tem importância. Uma vertigem. Já ela vai respirar francamente. Com uma injeção e um pouco de éter está tudo liquidado. — E para o ajudante: — Prepare a agulha.

E, como para ganhar tempo, pôs-se a tentar a respiração artificial.

Lobato, que seguia para a sala da frente, parou diante da escada. Subia-a ruidosamente, um bando de homens. À frente, um velho de sapato grande, vestido de preto, olhos aterrados. Dois soldados fechavam o préstito.

— Subam mais devagar! — gritou ele, irritado, para o grupo. — Não sabem subir uma escada em termos?

O velho estacou diante dele, ofegante, sem poder falar.

— Que é lá? Diga!

Com a sua simplicidade de homem do povo, o outro desabou num pranto, a exclamar, sufocado pelos soluços:

— O patrão!... O patrão!... Mataram-me o patrão!

Lobato ficou sem saber o que aquilo significava.

Os dois soldados tinham já subido os últimos degraus da escada.

— Contem lá isso, disse o delegado para um deles.

— Um assassínio. Enforcaram o patrão deste homem.

O velho conseguiu dominar os soluços e foi contando atabalhoadamente.

— Enforcaram-no, doutor, enforcaram-no. Está aqui toda esta gente que viu. Chamei a vizinha para ver. Eu tinha chegado à casa, de volta de Mangaratiba. Ao entrar no quarto, lá estava o patrão morto, morto, doutor, enforcado.

E irrompeu novamente no choro desabalado.

— Cale-se, homem! — ralhou Lobato. — Deixe-se de choro. Quem era o seu patrão?

— Vossa senhoria não conhece? O Sanches Lobo, o ricaço?

— O banqueiro?

— O banqueiro, sim, senhor. O banqueiro!

Lobato empalideceu. Sanches Lobo era uma das figuras de maior relevo do Rio. A fama de sua filantropia, o seu imenso dinheiro, a história ruidosa de sua fortuna enchia a cidade do reboo do seu nome.

— Ora esta, ora esta! — Pôs-se a repetir.

Que enorme complicação não viria dali! Inquéritos, pesquisas, inquirições de testemunhas, o diabo. E a reportagem dos jornais! E a praga abelhuda dos repórteres!

E ele, que queria escapulir cedo aquela noite!

— Ora esta!

E caminhou para a sala da audiência, seguido do bando, chamando:

— Ó, Xavier, vem cá! Ouve isto.

O comissário chegou-se pressurosamente.

— Sabes de uma novidade? Mataram o Sanches Lobo.

O Xavier arregalou, surpreendido, os olhos.

— O milionário?

— O milionário.

O comissário levou a mão à cabeça, coçando-a naquele gesto muito seu, e depois, com um risinho de desespero, a remoer as palavras:

— É o que eu digo: não tenho sorte. No plantão do Contreiras não acontece nada, nada. No meu é isto. Até o Sanches Lobo se lembram de assassinar.

E como se naquele instante a bossa policial acordasse:

— E como foi?

— Enforcado, seu doutor, enforcado! — repetiu o velho criado, voltando ao pranto.

O médico, de costas para a gente que se movia na sala, aplicava a injeção no braço da mulher. Atento ao trabalho, não tinha escutado uma palavra de tudo aquilo.

— Escuta, Cardoso, já sabes a novidade? — disse-lhe o delegado, batendo-lhe nos ombros. — Mataram o teu tio, o Sanches Lobo.

Ele virou-se num chofre, aterrado.

— Quê?!

Nesse momento, um grito estrugiu na sala. Era o criado do Sanches Lobo, diante do médico, a escorá-lo, com os dois olhos esbugalhados num terror.

Todo mundo estremeceu. O velho deu um passo à frente, fitou novamente o médico e, recuando num tremor de braços e pernas, pôs-se a gritar como um louco, diante de toda a gente, num apelo desesperado ao delegado:

— Prenda-o, prenda-o! Deve ter sido esse homem! Foi ele com certeza quem matou o patrão!

VIRIATO CORREIA.

V. DOIDO VARRIDO

Todos os presentes, impressionados, não tanto com o berreiro do velho fâmulo, como, principalmente, com o terror que se lhe estampava no rosto, quedaram estatelados, e foi o próprio médico quem os tirou da estupefação, dizendo tranquilamente ao velhote, que tremia nas pernas, de olhos escancelados e beiços lívidos:

— Que me prendam, a mim... Queres! Pois não há dúvida. Dou-me à prisão, entrego-me. Juro-te, porém, Bonifácio, que hoje terás que avir-te com Carlos Magno e com os doze pares de França.

O velho deu um passo à frente, abrindo enormemente a boca, estendeu os braços, e com as mãos grifanhas, rugindo, pretendeu agarrar o médico e tê-lo-ia empolgado se dois praças não o tivessem contido a custo, porque uma força inesperada, em corpo tão abatido pelos anos, tornou-o verdadeiramente perigoso.

Debatia-se aos urros, espumando, a rosnar frases nas quais passavam nomes de reis e de santos, e, por vezes, obscenidades.

O delegado adiantou-se com severo entono e engrossando a voz bradou, imperativo:

— Aquiete-se! Tenha modos! Se não mando metê-lo em camisola de força.

— A mim... Em camisola! Em camisola!... A mim, um homem sério, de 62 anos de idade! O senhor?! Sabe com quem está falando?! — E arrancou, impetuosamente, arremetendo para o delegado. — Sabe? Fala com o tenente Bonifácio Paiva Gomide. Sou da Guarda Nacional, cá embaixo, e, lá em cima, tenho honras de príncipe. — E, voltando-se para o médico, disse com ar sarcástico, rilhando os dentes: — Diga-lhe quem sou, seu assassino! Diga! O senhor bem sabe quem eu sou... Camisola de força... A mim! Vá, seu assassino, fale!

E o médico, mal podendo conter o riso, disse para o delegado:

— Apresento a vossa senhoria Alexandre Magno, rei da Macedônia.

O comissário, que levara uma pitada de meio-grosso à venta direita, que era um abismo tão escuro e encarvoado como uma mina de Cardiff, com a surpresa daquelas palavras, fungou tal sorvo que o rapé, entrando de escantilhão pela furna nasal, foi-lhe aos gorgomilos, com o que o assaltou uma tosse sufocante que esteve — vai, não vai — a asfixiá-lo.

Foi necessário intervirem energicamente, esmurrando-lhe as costas, para que ele explodisse, em espirros e arremessos vulcânicos, toda a carga que se lhe atafulhava nas galerias do esôfago, ou por ali perto, engasgando-o.

Os olhos despejavam lágrimas copiosas e uma cor apoplética tingiu-lhe o carão. Sentaram-no e o médico pôs-se a animá-lo com palavras de amizade e conselho:

— Que diabo! Deixa esse vício de rapé. Se fosses um velho, mas um homem como tu... E não é a primeira vez que te entopes com essa imundície. Já no Municipal, naquela noite do "Moysés", estiveste por um fio com o rapé.

O representante da autoridade revirou uns olhos lânguidos e marejados e disse, com um fio de voz, quase imperceptível:

— Tens razão. Mas eu não posso viver sem um viciozinho. Levaram-me a cerveja, nem passo pela Brahma, como sabes, porque a bebida arrasava-me as entranhas. Proibiram o cigarro, porque andei aí, como viste, a morrer de tabagismo.

Atirei-me à cocaína, e quase dou em doido. O rapé foi o meu último recurso e é isto. Tens razão. Mas o culpado foste tu, ou antes foi esse velho amaldiçoado.

E levantando-se, enfurecido, com o nariz a escorrer, bradou para os praças que continham o fâmulo energúmeno:

— Metam essa besta no xadrez e, se resistir, cheguem-lhe. — E acenou a bordoada.

O velho empinou-se e, em novo acesso de fúria, ia atirar-se ao delegado, mas um dos policiais sacou o revólver e o apontou à cara, dizendo, com firmeza capaz de juntar à ameaça o gesto decisivo:

— Se dá mais um passo, seuzinho, eu queimo. Você me ferrou o dente na mão e eu não sou carne pra cachorro. Ou você fica manso ou chupa uma bala agora mesmo.

O soldado, tipo de caboclo atarracado, cara chata, ventas abertas e olhos pequeninos afuzilados, era tido por fera. Já uma vez, num conflito, na Lapa, queimara um sírio e deixara um chim, vendedor de pés de moleque, em petição de miséria, com mais galos na cabeça do que uma capoeira. Mas o velho não se continha e foi necessário que o médico, para evitar um crime ali, nas barbas da autoridade, se decidisse a afrontar a cólera do desvairado. E fê-lo com sobranceira coragem, pondo-se-lhe na frente e intimando-o em severo tom:

— Alexandre, rei da Macedônia, é assim que queres impor o teu prestígio aos povos? Olha em volta de ti. Que vês? Todo o teu reino conflagrado, os teus cortesãos revoltados, a rainha ali dentro, morta, e os inimigos lá fora, bradando por ti, reclamando a tua cabeça, que foi posta a prêmio e vai andar à roda, amanhã ou depois, como um bilhete de loteria. Isso é sério, Alexandre?

O velho abrandou, e, cabisbaixo, como se lhe houvessem dado uma bordoada valente no toutiço, murmurou:

— Tens razão... Tens razão... Eu não devo exceder-me. Meu reino corre perigo. — E pôs-se a esmurrar a cabeça, bradando: — Calma, Alexandre! Calma... Olha o da Rússia! Olha o outro que lá está em Haia, numa casa de cômodos, com gente à porta a exigir que saia, se é homem... Calma, Alexandre. Calma... Então, a rainha...? — E encarou o médico com uma interrogação no olhar. — A rainha...?

— Está ali dentro, morta...

— Foram os bolchevistas, com certeza.

— Não...

— Quem foi, então?

— Mistério.

O delegado, que ora olhava o velho, ora todo se voltava para o médico, sem perceber patavina daquela cena, chamou o comissário e perguntou-lhe, em segredo:

— Diga-me cá: isto não é pândega?

— Pândega, senhor doutor? Pândega na delegacia! Isto o que é, se quer que lhe diga, não sei. A mim está-me a parecer que estamos todos doidos aqui dentro: o médico, vossa senhoria, eu, o velho, aquela moça, os praças, tudo, porque eu não percebo isto. — E mostrou a unha do indicador, mais suja do que um balde de lixo. — Anda o diabo aqui dentro. É o que eu digo a vossa senhoria, e quem o trouxe foi aquela menina que apareceu aqui, vestida de homem e que saiu ninguém sabe como, nem por onde. O senhor doutor não imagina o que tem sido isto hoje. É o ladrão de doces, é a menina, é o banqueiro morto, é a criada do banqueiro que lá está ainda sem sentidos e, por fim, esse velho a berrar, a ameaçar... Sei lá! Eu, se não fosse o prestígio do cargo, punha-me ao fresco, é o que digo a vossa senhoria. Veja o doutor a abraçar o velho, veja! O velho que o chamou de assassino, que berrou que o prendessem, que fez os horrores que testemunhamos. Lá está, veja! Lá está o doutor a abraçá-lo. Então que é isto? É ou não coisa do diabo?

Efetivamente, o doutor levava o velho para uma das janelas e, passando-lhe um dos braços pelos ombros, falava-

-lhe em tom amigo. E o velho manso, dócil, de cabeça baixa, ouvia-o, suspirando de vez em vez, com arrependimento do que fizera. Então, decidido a decifrar o mistério, o delegado caminhou resoluto e falou, não mais como amigo, mas como autoridade:

— Senhor dr. Cardoso, desculpe-me, mas isto não pode continuar. Este velho entrou aqui denunciando um crime e acusou-o de ser o assassino e o senhor trá-lo para a janela e põe-se a conversar com ele, a induzi-lo, talvez, a desdizer-se, a...

— Lobato! — bradou o médico, batendo com o pé no assoalho sagrado do recinto da Justiça. — Pois tu me julgas capaz de atentar contra a vida de um homem, apesar de ser médico, sendo esse homem, de mais a mais, meu tio?!

— Não sei. Aqui há mistério e eu não admito mistérios perante a lei.

O velho deu um passo à frente, levantou a cabeça e, espalmando a mão no peito, afirmou, solene:

— Sim, há um mistério, há! Mas eu vou pôr em campo as minhas forças para desvendá-lo. Eu comando falanges, entende o senhor? Falanges!

— Mas, quem é você, afinal?

— Quem sou?

Olhou o delegado, como apiedado da sua ignorância, e, atirando o braço num gesto com que indicou o médico, disse, superiormente:

— Pergunte ao meu ministro...

— Homem! Com mil diabos! Diga de uma vez quem é essa besta — bradou o delegado, fora de si.

E o médico, inclinando-se, pronunciou estas palavras graves:

— Essa besta, senhor doutor delegado, é nada mais, nada menos, que Alexandre Magno, rei da Macedônia.

COELHO NETO.

VI. A PONTA DO FIO

Lobato lembrou-se de consultar o relógio, e na fisionomia se lhe estampou a contrariedade pelo adiantado da hora: diabos, faziam-lhe perder a saída do Palace Theatre...*

A esse pensamento, entretanto, resoluções decididas seguiram-se:

— Xavier!

— Doutor delegado...

— Mande dois praças à casa do banqueiro Sanches Lobo, que tomem a porta, e não deixem ninguém entrar antes da Justiça... Nós nada podemos fazer sem o médico-legista, para o que os autores chamam de *levée du cadavre*: é o que o nosso regulamento chamou, sem propriedade, de inspeção jurídica. Que é que os tais médicos sabem de jurisprudência? Presunção!... Ordens terminantes, ninguém entra nem se toca no morto antes da Justiça.

— E este maluco, e toda esta gente? — perguntou o comissário, num gesto circular.

Era de fato uma complicação tudo aquilo, mas o Lobato queria ganhar tempo: não alcançaria mais aberto o Palace Theatre, porém, tinha o seu plano.

— Faça recolher o maluco ao xadrez; examina-se amanhã. Os outros, se não tiverem importância os delitos, resolva...

---

* Referência ao Teatro Copacabana Palace, na época chamado apenas de Palace Theatre. [*N.E.*]

— E a mulher que está em cima de minha mesa?

— É, exato... e esta?!... Que havemos fazer deste estafermo? Que é do Cardoso?

— Está lá às voltas com ela...

Neste momento Cardoso levantava o reposteiro, exclamando:

— O diabo tem fanicos prolongados... Tive de puxar-lhe a língua, sem parar, e dei-lhe duas injeções de éter... À segunda... Está acordada!

No olhar do delegado passou um clarão de alegria.

— Não lhe digo sempre, sr. Xavier, que calma, calma, e mais calma... Tudo se arranja e se resolve. Ainda hoje hei de ir à minha diligência...

E para despachar o Cardoso, foi-lhe batendo no ombro amigavelmente, como a despedi-lo:

— Pois é isto, meu velho, muito obrigado pelos teus bons serviços, essa Assistência não falha... Faniquito é ali, em dois tempos. Muito obrigado! Pode você ir descansar, para outra.

— E o caso do meu tio? É mesmo verdade que o mataram?

— Parece... E até és acusado de assassino... Pelo menos hás de ser ouvido.

— Direi que era boa bisca... enfim, cala-te boca, pode ser que tenha emendado a mão, e deixado alguma coisa ao sobrinho, que não queria nem ver... Se não, é o diabo, enterro, luto, missa, pêsames!... Ora que me sucede cada uma!

O delegado, porém, tinha pressa e foi conduzindo o amigo até a escada, brandamente obrigando-o a ir-se embora.

— Obrigado, Cardoso!

Xavier tinha dado as ordens, não sem a gritaria e os impropérios que lhe eram habituais, quando o delegado, sorridente, tornara ao seu gabinete.

— Senhor doutor, não quer interrogar a mulher?

— Há tempo, Xavier, amanhã!

— Olhe que pode haver alguma providência a dar... Amanhã os jornais nos caem no pelo...

— Tens razão... Lá se vai a diligência... Chama a rapariga.

O comissário executou a ordem e, com delicadeza que não lhe era habitual, veio apoiando a moça portuguesa, ainda fraca e cambaleante, para o que lhe segurava com uma mão num braço, a outra na cintura, a ampará-la. Parece que lhe dizia, meigamente:

— Escapaste de boa...

Também Lobato teve boa impressão, vendo-a. Mandou-a aproximar-se, comodamente sentada numa cadeira com braços. Paternalmente, perguntou-lhe:

— Então, como te achas?

— Louvado o Bom Jesus, sinto-me bem, meu senhor...

— Tens alguma declaração a fazer sobre o crime?

Como se recordando agora das peripécias que esquecera, a rapariga pôs-se de novo a chorar, com ruído e exclamações:

— Verdade, meu senhor, mataram-no, mataram-me o patrão... Aí que o vi, o meu rico patrão, enforcado!

Vendo-lhe o desespero, receou o Xavier nova comoção e ao dr. Lobato achou bom prevenir:

— Senhor doutor... é das tais, não lhe bulas, que é pior...

O delegado não atendeu, dirigindo-se à rapariga.

— Já sabemos... Tudo contarás no teu depoimento, amanhã. O que desejo saber é se viste alguém, suspeitas de alguma pessoa, para que se procedam às diligências urgentes.

— Não vi nada, meu senhor... Saí com o primo, a dar uma volta pela batalha de confete, distraí-me vendo a folia e, ao retornar à casa, assustou-me a luz do patrão, acesa àquela hora. Fui a perguntar-lhe se precisava de alguma coisa, e dou com aquilo, meu senhor... Ai, meu rico patrão, que mataram!...

Ia recomeçar. Xavier teve a ideia de perguntar-lhe, com licença do doutor delegado, por que tivera espanto e chilique, ao ver a moça disfarçada em rapaz, na delegacia.

— Responda... À justiça é melhor não negar nada, pois se compromete... Diga, se não é pior!

— Como não havia, meu senhor — disse a custo —, de ter um choque, ao ver aquilo... a dona Lucinda, naqueles trajes, no meio de homens, numa delegacia... Como não havia de espantar-me, eu que já vinha azoinada com a morte do patrão... Não é para se perder a cabeça?

— Mas quem é a dona Lucinda?

— A moça loura, vestida de homem, que aí estava...

— Conhece-a? Foi sua ama ou sua criada?

— Como estas palminhas, meu senhor. Nem ama nem criada, mas todos os meses ia levar-lhe à casa, à rua Paulino Fernandes, a mesada à tia... e ficava a conversar... a conversar... Tão boa, tão alegre, tão bem criada... e assim, como mulher à toa, no meio de homens, numa delegacia... exatamente quando... quando...

— Quando...? Quando o quê?

— Quando venho anunciar a morte do pai... Não é para virar o juízo a uma criatura?

O delegado levantou-se num impulso. Chamou o Xavier e segredou-lhe. Depois, concluiu, alto:

— Dê-lhe uma cama, aí na guarda, para descansar. Vou à minha diligência, e não tardarei. Parece, seu Xavier, que temos o fio da meada, a ponta, seu Xavier.

Cofiou o bigode, pôs-lhe extrato de violeta, endireitou a roupa, e ia sair, acompanhado pelo comissário até a escada, quando se abriu em confidência:

— O Sanches Lobo tinha uma filha, a quem dava mesadas, que, portanto, sabia a sua origem, e não a criava em casa, como tal. A ambição cega. Com os dois rapazes, num dia de Carnaval, disfarçada, vai-lhe à casa, ameaças, luta, e o velho indefeso é enforcado... Roubo, talvez... Não lhe parece perfeito? Claríssimo!

Xavier quis assentir, mas já não pôde, que Lobato descambava escada abaixo, a tomar o automóvel para o High-Life*, à procura da diligência... uma loura diligência, que o esperava em vão no Palace Theatre.

AFRÂNIO PEIXOTO.

---

* Equivalente à "alta sociedade". [N.E.]

VII. O BILHETE MISTERIOSO

Lobato havia já chegado à rua e esperava o chofer que, no botequim adiante, tomava café, quando o comissário lhe veio apressadamente ao encontro.

— Doutor, doutor, da Central! Estão falando da Polícia Central. Já lá sabem do assassínio. O primeiro delegado auxiliar pergunta se já foram feitas as diligências.

O delegado ficou no ar. Como a Central já sabia?

— É que os criados do Sanches Lobo deram o alarme, chamaram a vizinhança. Essas notícias correm depressa.

Lobato deu um suspiro de contrariedade. Estava perdida a sua diligência no Palace Theatre. Consultou o relógio. Também não era mais possível encontrá-la. Passava de uma hora da manhã. O remédio era ir à casa do banqueiro assassinado.

— Prepare-se Xavier, vamos à história.

— Da Central mandam avisar — contou o comissário — que o major Mello Bandeira vem dar começo às investigações conosco.

Os dois sorriram. O nome do major Mello Bandeira estava naquela época num ruído estrondoso de fama e de reclames. Era o Sherlock da cidade, o olho de lince de todos os crimes. Os jornais vinham cheios do seu nome, da sua maravilhosa habilidade de policial, da sua volúpia de investigador de delitos misteriosos. Na inspetoria de investigações da polícia, o major era como um deus. O crime que lhe viesse às mãos, por mais complicado, por mais torvo e nebuloso, tinha que ser desvendado, custasse o que custasse.

Xavier atirou o cigarro fora.

— Vem e traz a lanterna.

A história daquela lanterna do major Mello Bandeira era o caso da polícia no momento. Dizia-se que o Sherlock nacional, tendo ouvido falar que os Sherlocks estrangeiros usavam lanternas furta-fogo nas investigações dos crimes, encomendara uma de Buenos Aires. E com ela andava a espevitar todos os delitos com um reclame barulhento nas folhas. A lanterna havia caído em ridículo nas rodas policiais. Bastava enunciá-la para que toda a gente gargalhasse.

Nesse momento, um automóvel parou bem junto deles.

— Boa noite!

— Boa noite!

Era o major com o ajudante. Veio apertar a mão do delegado. Era um tipo magro, rosto anguloso e chupado, bigode, olhos inteligentes que reluziam irrequietamente através do pincenê. Carregava uma valise.

Quis saber que medidas tinham sido tomadas. Lobato e Xavier, um interrompendo o outro, contaram o que se passara ali na delegacia naquele pedaço de noite. O major ouvia-os palpitando, ora querendo que repetissem este ponto e aquele.

— E os criados de Sanches Lobo, onde estão?

— Deixei-os aqui na delegacia para interrogá-los amanhã — explicou o delegado.

— Sim, mas convém que eles nos acompanhem ao local do crime. E o dr. Cardoso?

— Deixei-o ir para a Assistência — respondeu Lobato. — O tal criado não passa de um louco.

O major consertou o pincenê.

— Sim... sim... mas quem sabe? A tendência moderna das investigações é aproveitar todos os elementos elucidativos dos crimes. Quem sabe? Quem sabe? Em todo o caso, o dr. Cardoso não vai fugir.

Eram duas horas da manhã quando a polícia chegou ao palacete de Sanches Lobo.

Com aquele ruído de automóveis, de soldados e repórteres, a vizinhança despertou. O major havia tomado a direção completa das investigações. Mandou que os criados abrissem a porta e subiu com eles. Todos o acompanharam. Ao chegar ao primeiro andar, o velho Bonifácio apontou o gabinete sinistro.

— Ali, doutor, ali!

O major estacou e fez sinal para que todos atrás estacassem.

— Ninguém venha aqui, ninguém!

Abriu a valise e tirou de dentro uma lanterna elétrica, a tal lanterna furta-fogo de que os jornais tanto falavam e que na polícia tanto se arrastava ao ridículo. E avançou, de lanterna em punho, para a porta do gabinete. Mas antes de a transpor chamou o Bonifácio.

Lobato, que tinha avançado uns passos, perguntou:

— No escuro, Mello?

— Ah! Se não for no escuro a lanterna não terá a sua ação desvendadora.

Bonifácio tinha calcado o botão elétrico. O corredor e o gabinete ficaram de súbito na escuridão. Mas imediatamente um jato de luz lambeu o assoalho, alongando um caminho de claridade intensa. Era a lanterna do major, acesa. E ele entrou no quarto. A luz boiou aqui, boiou ali, ora desvendando fulgurantemente um pedaço, ora desvendando outro, até que caiu em cheio sobre o corpo de Sanches Lobo. O major demorou-se a examinar o cadáver. Elevava o jato de luz, descia-o, aproximava-o do morto, tudo isso friamente, silenciosamente, minuciosamente, como se estivesse a examinar traço a traço, ruga a ruga a fisionomia do banqueiro assassinado. Depois sondou o chão ao redor. Nada. Avançou. O clarão da lanterna projetou-se sobre a larga mesa do gabinete, caminhando, recuando, como alguém que estivesse a palmilhar um caminho duvidoso. Em seguida, rondou todo o quarto com uma rutilação estonteante. Mas concentrou-se e concentrou-se de tal maneira que se alguém ali estivesse era capaz de dizer que a lanterna do major tinha inteligência. Tinha visto o cofre do banqueiro. E numa golfada luminosa, descobriu o cofre por completo. O exame foi minucioso como da vez do cadáver. Depois a claridade foi subindo pela parede, galgou o teto, desceu e andou aqui, ali, acolá, pelos cantos, por trás dos móveis como a esgaravatá-los.

O Lobato chegou à porta.

— Mello, e então?

Mello veio até ele, calcou o botão elétrico, fez-se a luz no quarto e no corredor, e disse com gravidade:

— Não houve derramamento de sangue.

Entraram todos no gabinete. A presença do cadáver deixou naquela gente uma impressão estranha. Durante alguns segundos, ninguém disse palavra. Um repórter, momentos depois, quis adiantar-se até o corpo de Sanches Lobo.

— Não faça isso, não faça isso! — gritou-lhe o major. — Ninguém se aproxime, enquanto o médico-legista não vier fazer a *levée du cadavre*.

Nesse momento lançou os olhos para o chão. O relógio que Pedro Albergaria quebrara após o crime lá estava no mesmo lugar.

O policial tomou-o nas mãos.

— Houve alguma violência — disse. — Este relógio estava certamente em cima desta mesa. Na luta caiu e quebrou-se. — E, tendo reparado os ponteiros, voltou-se para os que o cercavam com ar impressionante: — Há aqui um ponto que talvez venha servir para a completa elucidação do crime. O delito foi praticado às 11h03. Vejam o relógio.

Maria, a criada do banqueiro, a que desmaiara na delegacia, atravessou-se à frente, a repetir com a sua pronuncia à portuguesa:

— Ai, que foi isso! Ai, que foi isso! À meia-noite e meia entrei eu aqui e já o patrão estava morto.

O major ia perguntar-lhe alguma coisa, mas os seus olhos vivos, que andavam saltitando por todo o quarto, pararam de súbito, pregados num papel que se via adiante, no assoalho, junto do cofre.

Ele caminhou até lá ligeiramente e apanhou o papel, desdobrando-o, e em seguida chamando Lobato, disse-lhe com um sorriso:

— Aqui está o fio da meada. Leia.

Era um bilhetinho escrito em letra nervosa e trêmula. Lobato leu:

— "Meu amor, não é possível, pois o velho é o que tu sabes. Olha. Pedro, se tu me queres bem, acaba de uma vez com isso. Não posso mais esperar tanto tempo. Tua que te quer até a morte. *Rosa.*"

O delegado tornou a ler. O comissário aproximou-se.

— Vê lá isto, Xavier — falou Lobato, passando-lhe o bilhete.

O outro pôs os óculos.

O major devorava-os com os olhos.

— Vocês não compreendem? — perguntou. — Claríssimo. Duas criaturas, um homem chamado Pedro e uma mulher chamada Rosa, têm um velho que lhes impede a felicidade. A mulher já não pode esperar mais tempo e pede ao homem que acabe de uma vez com a situação desagradável. Esse bilhete é encontrado no quarto de um velho assassinado, junto do cofre. Que se conclui daí?

Lobato acendeu os olhos. Xavier coçou a cabeça.

— A ponta da meada está aqui — continuou o major —, agora precisamos desenrolar o novelo com cautela.

Xavier fez menção de falar, mas se arrependeu.

— Fale — disse o major.

— Eu queria apenas perguntar uma coisa aqui ao doutor delegado: como é o nome todo do dr. Cardoso, o sobrinho de Sanches Lobo?

— Pedro Alves Lobo Cardoso. Por quê?

— Está aí! — gritou o comissário. — Veja o bilhete, fala em Pedro.

O major teve um clarão no olhar.

— Hein!

E risonho, numa alegria resplandecente:

— Que eu lhe dizia, doutor, lá na delegacia? A tendência moderna das investigações é aproveitar todos os elementos elucidativos dos delitos.

E para Maria:

— Você conhece alguém que se chame Rosa?

— Ai, se conheço! A minha irmã pequenina que ficou lá na terra não se chama outra coisa.

— Pergunto aqui.

Ela ficou um instante a pensar. Depois, alegremente, bateu na cabeça.

— A noiva do sobrinho do patrão, aquele que é médico, aquele que vivia a brigar com ele, eu ouvi dizer que é Rosa.

O major encarou Xavier e encarou Lobato.

— Que tal?

Mas, nesse momento, um soldado apareceu à porta, trazendo à frente um sujeito alto, barba por fazer, com um lenço amarrado ao pescoço.

— Seu comissário — disse para Xavier —, está aqui este homem que eu prendi lá embaixo, escondido atrás de um viveiro de pássaros. Está com o bolso cheio de dinheiro. Parece que foi ele o ladrão e o assassino.

Todos se voltaram com curiosidade. O homem, atarantado, não dizia palavra, com os olhos abertos num terror. Meteu a mão no bolso do casaco para tirar o lenço e enxugar o suor. Caiu no chão um gorro de veludo, bordado à seda.

Maria teve uma exclamação de espanto:

— O gorro do patrão!

VIRIATO CORREIA.

VIII. EFEITOS DA LANTERNA

Vendo o major que o delegado se adiantava para apanhar o gorro, deteve-o com um brado aflito:

— Não, doutor. Não bula! Isto é uma prova substancial. É um documento de alto valor. Se vossa senhoria põe-lhe a mão em cima vai tudo por água abaixo. Lembre-se do que aconteceu com aquela mulher assassinada na rua Joaquim Silva: tanto vossa senhoria virou, tanto mexeu, que, no exame do cadáver, só apareceram os dedos de vossa senhoria. Nada de encrencas. Deixe o gorro onde está. Vou focar a lanterna para a projeção. Apaguem tudo! Eu, quando assumo a responsabilidade de um serviço, não admito intervenção de terceiros, desculpe-me, vossa senhoria. Falo no interesse da própria justiça. Apaguem tudo!

Um agente saiu a cumprir a ordem do major e a escuridão foi instantânea. Ouviu-se um estalo seco, como de arma aperrada.

Súbito, num flamejo, um tiro estrondou pondo em alvoroço a gente que se achava no recinto. A lanterna, caindo da mão do major, deixou-o desarmado e, no terror, impensadamente, todos aqueles homens que se debatiam no escuro, valendo-se das armas que levavam, entraram a atirar a esmo e foi um tiroteio tremendo, um formidável combate nas trevas, à americana.

E era tal a gritaria que parecia haver na casa em que se desenrolava tão estranha cena uma multidão em suplício. A voz do major, rouca, soturna como mugido, bradava:

— Acendam a luz! Acendam a luz!

Ninguém, porém, se movia. Todos se haviam agachado — uns debaixo dos móveis, outros estendidos no chão, defendendo-se das balas que silvavam rebentando vidros, tinindo em metais, destruindo e aterrando.

À balbúrdia sucedeu um silêncio abafado, como de túmulo. Dir-se-ia que, se não perdera bala, de toda aquela gente aforçurada que, momentos antes, se agitava na sala, diante do cadáver do banqueiro, não escapara um só para referir a tragédia.

Mas uma voz fina, trêmula, voz que parecia vir do além, sussurrou:

— Aí por cima da secretária, no meio da sala. Procurem... Há uma pera... a pera do patrão. Apertem-na.

Era a voz de Bonifácio.

Começou, então, um rastejar de sombras e gritos assustados. Os altos resfôlegos pareciam escachos de águas, era um ansiar sôfrego. E vozes:

— É você?
— Onde será?
— Parece que achei.

De repente um grito alarmou os que engatinhavam medrosamente:

— Estou ferido! Estou me esvaindo! Depressa! Luzes! Luzes! Fui atingido no coração...

Era o delegado que bradava, e o major respondeu-lhe:

— Tenha paciência, doutor. Não se precipite. Eu estou procurando a lanterna.

— Mas eu me estou esvaindo.

— Tenha coragem... Eu, achando a lanterna, dou conta de tudo. Foi o diabo!

De repente abriu-se a claridade e viu-se a desordem na sala — todas as cadeiras viradas, vasos em cacos, bustos de mármore de bronze pelo chão, e era tal a fumarada que parecia que ali haviam sido tiradas fotografias com magnésio.

E começaram a surgir daqui, dali, figuras lívidas: Xavier, que se metera num canto, estava coberto de teias de aranha. Maria, desgrenhada e pálida, de olhos enormes e espavoridos, tremia junto ao contador, de mãos postas, rezando; um agente, que conseguira meter-se debaixo do tapete, saiu de gatinhas, e junto ao sofá de couro o delegado gemia, com as mãos nas coxas, pedindo que o examinassem:

— Estou ferido, nada menos que seis balas.

O major, indiferente a todos e a tudo, procurava a lanterna e justamente a avistara junto de um armário, quebrada, quando Bonifácio exclamou:

— E o homem! E o gorro!

Estacaram todos, à voz do velho fâmulo, procurando o sujeito que havia sido encontrado no jardim e de cujo bolso, cheio de dinheiro, havia caído o gorro de veludo. Nem homem nem gorro. Ambos haviam desaparecido. O major estrilou:

— Foi o canalha! Foi o canalha que disparou o primeiro tiro. Foi ele! Aproveitou-se da escuridão para fazer aquele estrupício, e os senhores (quando eu digo!), em vez de procederem com calma, foram disparando as armas à toa, que eu não sei mesmo como ainda há gente viva nesta casa. Se me houvessem atendido... Bem que eu gritava: "Calma! Não atirem...". Mas qual? E agora?!

O delegado continuava a gemer, sem forças para levantar-se do chão, queixando-se de seis balas que lhe haviam metido no corpo.

Xavier foi atendê-lo e, levantando-o pelos braços, fê-lo sentar-se no sofá, indagando, solícito:

— Onde, senhor doutor? Onde estão os ferimentos?

— Eu sei lá, Xavier! Estão por aí. Não imaginas. Eram balas em cima de mim que eu nem sei como ainda estou aqui.

— Mas o doutor não está ferido.

E o Xavier apalpava o delegado, examinava-o dos pés à cabeça sem encontrar vestígio de ferimento, nem gota de sangue.

— Então, Xavier? — O delegado suspirou.
— Nada, senhor doutor. Não encontro nada.
— Mas que diabo! Onde se terão metido então esses ferimentos? Que eu senti as balas, não há dúvida.
— Ponha-se de pé, experimente.

O delegado levantou-se, bateu com os pés fortemente no assoalho, estendeu os braços e confessou que, efetivamente, não sentia nada, estava perfeito. Então, reentrando em si, chamou o major que procurava pelo chão uma das peças da lanterna.

— Major, o homem do gorro precisa ser encontrado, não só porque é ele o assassino do banqueiro, como também porque atentou contra a lei, de modo violento. É preciso encontrá-lo, custe o que custar. Você, major, devia ter trazido um dos cães policiais, aquele que apanhou o turco na favela. Mas, com essa mania da lanterna, é isto.

— Ora, senhor doutor, eu de cachorros estou até aqui. Qual cão, nem carapuça! A gente fia-se em cachorro e no melhor da festa é aquilo que o senhor viu, na casa da assassinada: em vez do criminoso, um pedaço de linguiça. Quer saber de uma coisa? Eu vou...

Não concluiu, porque o Xavier, que andava a revolver os cantos, descobriu, enrolado em um dos reposteiros, o tal homem do gorro, que tremia como varas verdes.

COELHO NETO.

IX. A VOZ DA CIÊNCIA

Também nele, no homem do gorro, enrolado no reposteiro, nenhuma das balas disparadas se empregara. Xavier pôde concluir, não sem propriedade:

— Foi como nas fitas americanas, um tiroteio dos diabos e ninguém morto nem ferido.

Palavras não eram ditas quando, interrompendo a alegria comunicativa da pele inteira da assistência, assomam na porta dois vultos que faziam falta à cena: eram, foram reconhecidos num relance, o dr. Enéas Cabral, o conspícuo delegado auxiliar, cognominado o Javert nacional, e o jovem médico-legista dr. Theopompo Vasconcellos, cujo recente concurso ocupara uma semana os jornais, havido por uns como capacidade, por outros como uma cavalgadura.

Acercaram-se logo os presentes da autoridade superior, informada em breve das peripécias do complicadíssimo caso. Ouvia sem pressa, grave no aspecto, entretanto sem preocupação, apenas de quando em quando endireitando o fio das narrativas com uma questão apropriada. Ao lado do Mello Bandeira, nas questões técnicas, ele era o outro sustentáculo da polícia no que tocava penetração, juízo e decisão: costumava-se dizer que o Mello e sua lanterna eram as novidades da tática policial, a filosofia do Cabral era a estratégia da segurança pública. Ao médico-legista indicou logo o exercício de suas delicadas funções, e, aos colegas, explicou a sua intervenção:

— Fujo da Central, às importunações telefônicas dos repórteres, que desejam o *furo* sensacional de amanhã. Como não lhes podia adiantar nada e ameaçaram-me de estourar por aqui para complicar tudo, vim antes deles, para nos orientarmos. A polícia, diante da imprensa e do público, deve ter uma só opinião. Andei bem, porque parece que iríamos ter diversas, e isto seria a falência da instituição. Enquanto, rapidamente, interrogo o sujeito do gorro, e o médico-legista conclui o seu veredito, esperem-me um instante, para trocarmos opiniões. Não deixem, antes disso, penetrar aqui nenhum repórter, nem pessoa estranha.

Ordens dadas, começou num canto da sala a inquirição preliminar do homem achado atrás do viveiro dos pássaros, e que tinha os bolsos cheios de dinheiro.

O médico-legista procedia aos ritos de seu ministério. Se a perícia é o olhar da justiça, o dr. Vasconcellos, que usava óculos, mirava com dobradas vantagens, e longe, e depois de perto, encarou, sem tocar no corpo, a fisionomia de Sanches Lobo; examinou depois o ponto de fixação da corda num gancho de rede pregado no umbral de uma porta, finalmente a outra extremidade que dava o laço em torno do pescoço. Notou a perfeita ordem das vestes e nenhum sinal de luta na vítima que denunciasse intervenção estranha no ato ou reação do paciente, e essa ação do paciente, e essa ação violenta. Não lhe escapou a linha ou sulco do pescoço, interrompido à direita no ponto de nó do laço.

A suspensão fora incompleta, porque os pés arrastavam, pelas pontas, no chão. Fez muitas outras observações e sorria enquanto tomava notas num pedaço de papel.

— Um caso engraçado — dizia entre dentes. — Vai ser um laudo de arromba! Vingar-me-ei dos meus detratores. Escacho-os com esta perícia. Este sujeito me vai desafrontar.

O delegado auxiliar concluía ao mesmo tempo o interrogatório prévio do homem do gorro. Reuniu-se aos colegas na sala ao lado com o desígnio conhecido de assentarem numa orientação. Deu a palavra ao delegado Lobato:

— Para mim, a ação principal desenvolveu-se em torno da moça disfarçada, reconhecida pela criada como dona Lucinda, filha do banqueiro, com quem, entretanto, não vivia, mas sustentava; na companhia de dois rapazes, na noite do crime, naqueles trajes, está saltando aos olhos...

— Contesto — interrompeu o major Mello Bandeira. — São presunções: a lanterna é um fato e este bilhete é sua confirmação. Foi um parente, sim, mas que aqui tinha entrado, sem arrombamentos nem efrações, operando com esperteza... foi o sobrinho, o Cardoso, a quem a noiva escreveu este bilhete, caído do bolso, como depoimento confirmador. Lanterna e bilhete — concluiu o major detetive.

— Fale agora a medicina legal, depois da jurisprudência e da polícia cientifica: é a sua vez.

Todos se volveram para o dr. Vasconcellos.

— Meus senhores, nem moça disfarçada em companhia de rapazes, nem sobrinho de noiva que escreve bilhetes. — Fez uma pausa misteriosa, prendendo todas as atenções ao seu veredito e, lentamente, pronunciou: — O banqueiro Sanches Lobo suicidou-se...

Foi uma consternação. Tanto o major como o delegado caíram de assento sobre as suas poltronas. Apenas Cabral, após o primeiro instante, recobrando a calma, indagou:

— As provas, doutor?

O perito as enumerou: o enforcamento é da casuística do suicídio; só as crianças e os velhos, por inferioridade de forças, se deixam enforcar; só alguns criminosos, e usando de ardis, conseguem enforcar um homem válido e disso ficam sinais de luta: ora, o banqueiro era forte e nada apresenta que denote resistência. E cumulou provas sobre provas de seu asserto. Não lhe restava a menor dúvida: era apenas um suicídio...

Enéas Cabral passou o lenço sobre a testa úmida de suor. Dominou a emoção, e falou:

— De todas as espécies de verdade, a religiosa, a científica, a social, a estética, é a verdade policial, a nossa, a mais relativa. Guarde, meu jovem camarada, suas convicções, mas não seja indiscreto. Imponho-lhe desde já o segredo de justiça. E deixe brecha para o homicídio possível, a justificar as nossas diligências. A segurança pública exige processos trabalhosos e não conclusões sumárias. Suicídio. Pronto, liquidado! Isso é que não! Devemos, pelo menos, esgotar as pistas encontradas: a moça disfarçada, do dr. Lobato; o bilhete da noiva do sobrinho, do major Bandeira; principalmente aquele sujeito do gorro que tomo à minha conta.

Fez uma pausa, e, oracularmente, continuou:

— Tanto mais misterioso é um crime, quanto mais pressa tem a polícia de lhe achar o culpado. Se não o acha, nomeia alguém responsável. O sujeito, daí por diante, que trate de se defender. A tranquilidade pública não pode estar à mercê de criminosos soltos. A polícia não cumpriria sua missão se não apanhasse imediatamente um bode expiatório. Bode é modo de dizer. Aliás, o júri o absolverá, na regra, e justiça, e polícia, e segurança pública, tudo fica bem. Ora, meus senhores, no caso, este sujeito está achado: é o homem do gorro. Para complicar o caso, dar-lhe o aspecto sensacional e misterioso, há o crime, ou cumplicidade passional, há o Cardoso, o sobrinho, há a dona Lucinda, a filha, que não podemos perder de vista. Enquanto nestas pistas, vamos com as nossas diversas competências nos emaranhar, convém não esquecer a direção que à imprensa, curiosa de todas essas misérias policiais, devemos dar... entregar-lhe a vida íntima do Sanches Lobo... Morreu? Vamos saber como e quem o matou, se de fato não se suicidou; a pretexto de informação ao público, difamem-no os noticiários. A água de lavagem dessa roupa suja é que nos lava o sangue dos crimes...

O Bandeira e o Lobato queriam aplaudir esta ênfase oracular, quando os repórteres bateram à porta. Mandou o delegado auxiliar abrir-lhes.

— Meus senhores, assassinaram o banqueiro Sanches Lobo, para roubá-lo; o assassino, graças à perspicácia da polícia, está preso. Há fatos sensacionais, de permeio: uma filha do morto, disfarçada em homem, um sobrinho que perdeu bilhete comprometedor... No inquérito a imprensa vai ter a colaboração costumada. Entrego-lhes uma devassa, em regra, da vida privada da vítima...

AFRÂNIO PEIXOTO.

X. AS PRIMEIRAS PROVAS

Um dos repórteres interrogou:
— O assassino resistiu à prisão, não é verdade?
— Não — respondeu imediatamente Cabral. — O assassino, prendemo-lo pacificamente lá embaixo, escondido atrás de um viveiro de pássaros.
— Mas houve uns tiros aqui em cima — retorquiu o jornalista. — Havia quinze minutos que eu estava lá embaixo, rondando a casa, e ouvi perfeitamente.
— Tiros? Não sei disso — disse o delegado auxiliar, inquerindo os companheiros com os olhos.
Mello Bandeira enfiou ligeiramente:
— Não foram propriamente tiros, foram estouros. A minha lanterna policial tem um mecanismo um tanto complicado, ao qual ainda não me acostumei suficientemente. A lanterna estourou, arrebentou e provocou o barulho que houve aqui.
Sorriram.
— Vocês riem, vocês riem! — falou o major. — Perde-se um excelente auxiliar para a descoberta dos delitos.
No dia seguinte, às dez horas da manhã, havia na sala da delegacia um movimento sensacional.
Tinham começado as inquirições. Xavier, apesar dos seus destemperos nos momentos de irritação, era um espírito de ordem. Compreendeu que, com o xadrez cheio dos presos da noite anterior, o serviço só podia ser atrapalhado. E combinou com Lobato dar liberdade aos detidos.

— Umas coisas insignificantes, doutor. Umas cabeças quebradas, umas taponas, umas xingações.

— Mas o tipo do furto de doces da preta velha... — observou o delegado. — Aquele sujeito parece-me atrevido.

— Também não vale nada — insistiu o comissário. — Pândega de rapaz. Pois então, nós que temos um caso tremendo, como a morte do Sanches Lobo, vamos perder tempo em miudezas?! Isso serve para os dias mortos.

Lobato convenceu-se. Os presos foram soltos. Pedro Albergaria teve a liberdade.

O homem do gorro era, como havia dito Enéas Cabral, o bode expiatório de que a polícia se serviria, se outro bode não aparecesse. Mas, apesar das provas que contra ele existiam, das circunstâncias da sua prisão, do próprio gorro, não havia naqueles Sherlocks a convicção de que ele tivesse sido o criminoso.

Mello Bandeira dominava o espírito da gente da polícia. Voluntarioso, teimoso, muito dificilmente deixava de seguir o caminho que as primeiras impressões num crime lhe haviam aberto diante dos olhos. Tinha ele encontrado o bilhete misterioso junto ao cofre do banqueiro. O bilhete convencera-o da culpabilidade do sobrinho de Sanches Lobo e não queria largar o bilhete.

O primeiro a ser convidado para depor foi Cardoso. Eram dez e meia da manhã, quando o médico entrou. Trazia uma ligeira impressão. Um chamado à polícia desconcerta sempre. O seu sorriso não tinha a espontaneidade e o brilho de costume.

O major Mello Bandeira confabulou com Lobato e Cabral:

— Deixe-me interrogar o marreco. Sinto que o tenho nas mãos. Reparem: aquela fisionomia não é de quem está inocente.

As primeiras palavras de Cardoso foram de protesto. Admirava-se que a polícia, diante do assassínio de seu tio, fosse escolher a ele, sobrinho, para inquirir em primeiro lugar, como se se tratasse de um vagabundo qualquer. Isso era uma nota muito desagradável para a sua reputação de médico.

O major, com um sorriso de argúcia disfarçada, desculpou-se. As circunstâncias assim tinham exigido.

Ninguém melhor do que ele, parente, podia dar esclarecimentos à polícia. Além disso, havia uma acusação feita na própria delegacia pelo criado do banqueiro, e essa acusação a polícia não tinha o direito de desprezar.

— Acusação de um louco — disse o médico, revoltado.

— Mesmo assim — repetiu o major. — Nestes primeiros momentos, tudo é luz para as trevas em que a justiça se encontra.

E quis saber como Cardoso empregara a noite anterior.

O médico alterou a voz um pouco.

— Como empreguei a minha noite?! Vendo doentes.

— A que horas entrou de plantão na Assistência?

— Às 21 horas.

— E não saiu mais?

— Já não disse que saí para ver doentes?

— Sem ser para ver doentes, não se retirou da Assistência?

Cardoso respondeu, com segurança:

— Não.

Mello Bandeira teve um lampejo infernal nos olhos, conteve o sorriso de contentamento que lhe raiou nos lábios e disse com um tom da mais doce naturalidade:

— Isso está em desacordo com as informações colhidas pela polícia. O que a polícia colheu na própria Assistência é que o doutor entrou de plantão às 21 horas e às 22 horas retirou-se, a pretexto de um chamado de sua família, e só voltou depois da meia-noite.

Cardoso empalideceu subitamente. E gago e trêmulo, compreendendo que, por aquele esquecimento, tinha caído numa contradição que lhe podia ser fatal, exclamou:

— É verdade! É verdade! Não me lembrava disso. Fui chamado pela minha noiva, que se achava incomodada, e retirei-me do serviço.

E, mais calmo, querendo ter segurança na voz:

— Não há contradição no que eu disse. Mesmo indo ver a minha noiva, fui ver uma doente, pois ela estava incomodada da cabeça.

— E o nome de sua noiva, doutor? — indagou o major.

Cardoso era de um temperamento inflamado.

— Ó! Mas é demais! — gritou. — Que a polícia tem com isso?

— Mas não lhe custa nada dizer — insistiu Mello Bandeira, com delicadeza.

— Rosa Guerreiro — disse, contrariado.

O major limpou o pincenê na ponta do lenço.

— E ela quando lhe escreve assina todo o nome?

— É uma pergunta irritante. Creio que a polícia nada tem com a minha correspondência com a minha noiva.

Mello Bandeira era cada vez mais gentil e envolvente.

— Mas que custa responder a esta minha pergunta idiota? Basta um "não", basta um "sim", e está tudo liquidado.

— Assina apenas Rosa.

— Muito bem. E tem o doutor cuidado com os seus papéis? É uma pergunta sem nenhuma ofensa. Um momento de atenção. Pergunto se o doutor não é descuidado, se uma vez ou outra perde os seus papéis?

Cardoso ficou atarantado. Aquilo era uma pergunta simples, mas, feita daquela maneira, com aquele arrodeio, deixava-o sem saber o que responder. Finalmente disse:

— Não sei onde quer o senhor chegar...

— Apenas saber se o doutor não perdeu algum papel, alguma carta ou bilhete de sua noiva, a dona Rosa.

Aquilo estonteou o rapaz. Instintivamente, levou as mãos aos bolsos, revolvendo os papéis.

Havia um silêncio profundo na sala. Policiais e repórteres não faziam um rumor, ouvindo tudo sem perder uma palavra. Cardoso olhou em roda. Compreendeu quanto era esquerda a sua situação, compreendeu que o seu movimento de revolver os papéis era de alguma maneira comprometedor, mas um raio de inteligência lhe clareou a razão e respondeu com firmeza:

— Não!

— Veja bem — insistiu o major. — O doutor não tem certeza. Se tivesse, não ia examinar.

— Não! — repetiu o médico raivosamente.

— E se lhe for mostrado um papel que o senhor perdeu?

Um gesto de espanto espalhou-se na fisionomia de Cardoso.

— Não é meu — disse num ímpeto.

Mello Bandeira tirou calmamente o pincenê e, como se estivesse a medir as palavras, falou:

— Não lhe fica bem essa afirmação, doutor. Pois se ainda não viu o papel, como é que diz que não é seu?! Não se atrapalhe, não fique nervoso.

O rapaz silenciou. Tinha percebido o mau efeito daquela negativa explodida antes do tempo.

— Mostre-me o papel! — pediu depois.

— Ei-lo — disse o major, passando-lhe o bilhete encontrado no quarto do banqueiro.

Cardoso pegou o bilhete. Uma exclamação saiu-lhe sincera e forte:

— Mas este bilhete não é meu. Isto não é de minha noiva.

Mello Bandeira não se alterou. Com a voz calma e segura observou apenas:

— Ela dirá se é ou não.

O médico quis erguer-se da cadeira.

— Mas os senhores foram incomodar minha noiva por essa tolice?

— Evidentemente. Mandamos convidá-la para vir depor.

O rosto do moço encheu-se de uma onda de sangue, todo ele vibrou num desespero.

— Mas vem aqui, na delegacia?

— Sim.

Cardoso ergueu-se desvairadamente.

— Mas isto é demais. Não se faz tal coisa com uma moça, com uma moça de família!

E as palavras vieram-lhe aos borbotões. Aos gestos, aos berros, protestou com uma energia alucinada.

Nesse momento as pessoas que estavam na porta que levava ao corredor afastaram-se, para dar passagem a alguém que chegava.

Uma moça vestida de seda, chapéu de pluma, entrou pálida, trêmula, olhos espantados, seguida por um velho. Ao dar com os olhos em Cardoso, que falava e gesticulava freneticamente, toda ela tremeu, e atirou-se para ele em um choro convulso, repetindo:

— Meu Deus! Meu Deus! Para que fizeste?! Eu pensei que era brincadeira tua! Nunca imaginei que fosses capaz!

E abraçou-se ao médico, soluçando nervosamente.

Era dona Rosa Guerreiro.

VIRIATO CORREIA.

XI. CAMINHO FALSO

Mello Bandeira desfraldava-se vitoriosamente e tinha motivos de sobra para ímpar de orgulho, porque a sua perspicácia iluminava mais flagrantemente as trevas que envolviam aquele caso do que o teria feito a sua própria lanterna. Aquela exclamação aflita, com que a moça se lançara nos braços do Cardoso, ter-lhe-ia arrancado da boca a exclamação eureca, se ele soubesse outra significação do nome histórico, além da que lhe era tão conhecida pelos grandes serviços que sempre lhes prestava o preparado, tão expedito em liquidações de firmas e outros passes de magia.

Não exclamou, muito pelo contrário, encolheu-se em silêncio, deixando que a cena entre os noivos se prolongasse, esperando tirar tudo da comoção da moça e do atarantamento do médico, que já começava a perder as estribeiras, quase convencido (tal é o poder da sugestão) de que fora ele mesmo quem assassinara o banqueiro.

E dona Rosa, sacudida pelos soluços, repetia com a cabeça no peito sobressaltado do médico:

— Nunca pensei que fosses capaz.

Por fim, Mello Bandeira, adiantando-se solene, disse em voz cheia e imperativa:

— Senhor dr. Cardoso!

O médico voltou o rosto e encarou o homem terrível, olho da providência policial, primeiro faro da Justiça Pública. E Mello Bandeira falou:

— Perdoe-me vossa senhoria... Sinto muito interromper uma cena, em verdade comovedora e digna de noivos que se querem, mas a lei impõe-me o triste dever de continuar. Estamos aqui para vingar a sociedade, manchada com o sangue de um dos seus membros mais dignos e vossa senhoria...

E pretendeu, ainda que com delicadeza, separar o casal. Mas o dr. Cardoso, que tanto se abatera com o hábil interrogatório a que fora submetido, transfigurou-se ao ver que o major ousava tocar no punho delicado daquela que seria a sua estrela na vida.

— Que faz, major?! Proíbo-lhe que toque nesta menina! Tenho suportado todas as suas impertinências, mas repelirei a afronta se a ousar, entende?

— Perdão, doutor. Eu não quero, de modo algum, ofendê-lo e muito menos a senhorita. Sou cavalheiro, mas, em se tratando do cumprimento do dever, salto por cima de tudo. Tenha paciência.

— Por cima dela o senhor não salta!

— Salto, doutor. Eu aqui sou a Justiça e a Justiça é cega, e, sendo cega, não vê nada. Salto por cima de tudo. O doutor bem vê que estou calmo, não me exalto. Escândalos não adiantam. Se o doutor está inocente, por que se irrita? A verdade vem sempre à tona. Estamos perdendo tempo. Quanto mais depressa andarmos tanto melhor será para todos nós. Vossa excelência não acha?

Perguntou, em voz melíflua, à desolada moça, que levantara o lindo rosto lavado em lágrimas e olhava com espanto aquele homem que falava ao seu noivo, um médico da Assistência, como se se dirigisse a um criminoso vulgar. E ele insistiu:

— Vossa excelência não acha? Nós temos de dar fim a isto, e se havemos de estar aqui perdendo palavras, é melhor decidirmos de uma vez. O homem era mau, e avaro, opunha-se ao casamento... Olhe, senhorita, quer que lhe diga? Sou incapaz de matar uma mosca, sou, mas se fosse seu noivo e alguém se opusesse ao nosso casamento...

— Miserável! — bradou Cardoso, arremetendo, de punhos fechados, para o major, que recuou prudentemente, fazendo sinal a dois praças para que contivessem o médico, que rilhava os dentes.

Dona Rosa Guerreiro olhava espavorida para todos, como se procurasse naqueles homens impassíveis e severos um de melhor alma, que se compadecesse da sua situação. Por fim, num ímpeto, fortalecida pelo amor, avançou violenta e, nessa investida, como o chapéu lhe houvesse caído na rebentina, os cabelos desprenderam-se lhe longos e envolveram-na em uma onda de ouro fulgurante. E, com a cor acesa nas faces, com a boca em sangue, com os olhos fuzilando, toda ela parecia arder, como a valquíria na montanha, cercada de chamas. E aqueles homens como que se sentiram vencer pela beleza dominadora.

— Vês? — disse ela ao Cardoso, falando-lhe em rosto. — Vês? Eu pensei que era brincadeira tua! Nunca imaginei que fosses capaz. Nunca! Nunca! Nunca!

E atirou-se no sofá chorando soluçantemente.

Cardoso olhava airado, sem entender aquelas palavras que tanto o comprometiam. E o major, animando-se a enfrentá-lo, perguntou-lhe com um sorriso irônico, fitando-o bem nos olhos:

— Então!

Ele encolheu os ombros, limitando-se a responder:

— Não sei. — E depois, disse: — Interrogue-a. Não sei o que ela quer dizer com tais palavras. Não sei.

— Sei eu, meu caro doutor. — E voltando-se, então, para Lobato, que se mantivera como de pedra, sem tugir, olhando principalmente os cabelos lindos de dona Rosa, que se espalhavam em jorro, pelo chão, exclamou triunfante: — Está convencido, senhor doutor? Lá diz o adágio: "Quem é bom já nasce feito", e eu nasci feito para estas coisas. Uns têm cabeça para isto, outros para aquilo. Eu tenho cabeça para o crime. Uma vez na pista não o perco. É ali! — E trincou os beiços, fechando a mão, em murro.

Adquirindo calma, o médico dirigiu-se à noiva e disse-lhe alto, para que todos ouvissem:

— Rosa!

Impressionada com o tom da voz, a infeliz levantou a cabeça formosa.

— Que queres dizer com essas palavras, que tanto se prestam a firmar a suspeita, que sobre mim pesa, de haver eu sido o assassino de meu tio?

A moça pôs-se vivamente de pé, e, com os olhos muito abertos, a boca em hiato, hirta, exclamou:

— Tio Sanches! Assassinado?

— Sim. Pois não sabes?!

— Não! Quando?

— A noite passada.

Rosa baixou a cabeça, ficou, um momento, imóvel. Súbito, aprumando-se, disse de olhos altos, como se falasse a uma imagem misteriosa dela apenas vista:

— Quem sabe se não foi ele!... Deu para jogar... Não voltou à casa. Quem sabe?!

Nesse instante, um praça apareceu à porta, fez a continência a Lobato e, como o delegado a interrogasse com um aceno de cabeça, adiantou-se e segredou-lhe algumas palavras:

— Pois sim. Manda entrar.

O praça retirou-se, e Mello Bandeira preparava-se para prosseguir no interrogatório quando Rosa, que se voltara para a porta, estatelou-se contendo um grito, encarando pasmadamente o homem do gorro, que entrava conduzido pelo praça que falara a Lobato:

— Zé Bocó!

O homem do gorro atendeu ao nome e, reconhecendo a moça, atirou-se lhe aos pés, de joelhos, chorando.

— Ah! Senhora dona Rosa! Salve-me! Eles dizem que eu matei o velho. Eu, eu! Que não mato nem o bicho, não é verdade, dona Rosa?... Eu!... Já me deram uma surra de vara de marmelo que estou aqui que nem me posso sentar. A senhora fez muito bem em vir, dona Rosa. Eu não podia mais. Estava quase dizendo que tinha matado mesmo, só para não apanhar mais. Assim como assim, a gente no júri arranja-se, mas aqui, com esse mundo de praças em cima da gente: Tome vara! Tome vara! Ah! Senhora dona Rosa, tenha pena de mim.

E, de bruços, beijava os lindos pés da noiva de Cardoso. Houve um silêncio de surpresa e foi ela que o interrompeu, perguntando ao mísero:

— Por que não voltaste para casa?

— Por quê? Pois vosmecê ainda pergunta? Porque eles me prenderam.

— A ti? Por quê?

— Porque me acharam no jardim. Eu fiquei conversando um bocado na cozinha com a cozinheira, a gente bebeu uma cerveja, esqueceu o tempo. Quando foi para eu ir-me embora começou a encrenca de gente, uma barafunda, um despropósito de soldados. Eu queria sair, mas me deu uma coisa, medo... Agachei-me no mato e fui ficando, ficando, até que eles me acharam.

— Com o gorro do assassinado e com os bolsos cheios de dinheiro — disse Lobato, do alto da sua autoridade.

— Pois é — afirmou o homem. — O gorro foi seu Sanches mesmo que me deu, porque dona Rosa mandou buscar para fazer, pelo velho, que estava muito sujo, um outro novo. Não é verdade, senhora dona Rosa? Não foi vosmecê mesmo que mandou buscar?

— Fui eu — afirmou dona Rosa Guerreiro.

— E o dinheiro?!... O dinheiro que tinhas no bolso? — insistiu com arrogância o delegado.

O homem coçou a cabeça, atrapalhado, lançando um olhar de esguelha ao velho que acompanhara dona Rosa, e com um sorriso, entre idiota e vexado, murmurou:

— Se vosmecê promete não me prender, nem tomar o dinheiro, eu digo a verdade.

— Pois diga!

— Vosmecê promete?

— Prometo.

— Pois o dinheiro é do peru.

— Que peru?

— Do peru ali do seu Gregório.

E mostrou o velho aio de dona Rosa.

— Ele mandou jogar e eu joguei, o dinheiro é dele. Se vosmecê não acredita eu posso dizer o nome do bicheiro, que é um da polícia, que vosmecê deve conhecer. E por causa desse diabo de gorro e desse peru danado, que deu ontem, por mal dos meus pecados, estou aqui, que não posso comigo.

Mello Bandeira coçou o queixo e disse serenamente:

— Então foi a senhora que mandou buscar o gorro?...

— Sim, fui eu.

— E por que mandou buscar o gorro? — disse com um sorriso sarcástico, recordando a frase misteriosa com que ela se precipitara nos braços de Cardoso, a chorar: "Pensou que era brincadeira dele... Nunca imaginou que ele fosse capaz, não?". Capaz de quê, minha senhora? Diga! — berrou ameaçadoramente.

COELHO NETO.

XII. TEORIAS CRIMINAIS

Enéas Cabral que, de pé, assistira, na entrada, ao fim desta cena, apresentou-se então. Dona Rosa teve alegre surpresa ao vê-lo.

— Dr. Cabral, por quem é, o senhor que me conhece, salve-me, eles querem fazer-me passar por criminosa!

— Minha senhora, tenha calma e, sem rodeios, informe à justiça de tudo o que ela deseja saber. É a melhor maneira de destramar a meada em que se vai embaraçando...

— Eu conto, doutor, eu conto tudo o que sei.

E então, recompondo-se, em voz firme, contou como tentara reconciliar o Cardoso, o noivo, com o velho Sanches Lobo, o tio, que não o queria nem ver. Tão bem dispostos estavam os dois que a entrevista definitiva se havia de realizar ontem mesmo. Gracejando, Cardoso dizia-lhe que se o velho não o recebesse bem, havia de o esganar.

— Pois sim — replicava ao gracejo. — Vá, que nada acontecerá.

Ontem, às 22 horas, quando ele lhe aparecera em casa, como houvesse pessoas estranhas em visita, e não pudessem conversar a sós, não se esqueceu, contudo, de indagar:

— Fez o que me prometeu?

— Fiz... liquidei o velho...

Não lhe falou mais nisso, até que na hora do chá, perguntando-lhe qual tinha sido o acolhimento, Cardoso retificara que não tivera tempo de procurar o tio, adiada para outro dia a entrevista. Quase à meia-noite, com as outras visitas se retirara. Não podia imaginar como, nas comoções da prisão, para depor, pudera ter dúvida sobre o caráter pilhérico das afirmações do noivo. Podia afirmar, entretanto, que entre dez horas e onze e cinquenta e cinco da noite não podia ter assassinado ninguém, pois que estivera em sua companhia, com as pessoas tais e tais que citava.

O tom da narrativa era tão seguro e tão firme que a convicção foi quase geral da sinceridade da moça. Mello Bandeira, porém, não se rendia:

— Está muito bem arranjada a história, não há dúvida, mas a senhora esquece que há este bilhete, a contrariar isto tudo...

E exibiu, aberto e à vista, o bilhete fatídico, o formidável achado de sua lanterna.

Dona Rosa olhou a princípio com surpresa, depois com tranquilidade, e finalmente, com desdém:

— Apenas este bilhete não foi escrito por mim, nem dirigido a este Pedro. Pedro e Rosa não há apenas dois, nós dois, neste mundo.

— Esta é de topete! Então resiste a esta evidência?

— Major, se além da sua lanterna, tem o senhor senso comum, pode tirar a limpo se esta letra é, ou não, minha...

De fato, o argumento era decisivo. Bandeira procurava agora como havia de provar a identidade da letra, quando Cardoso, já reposto na calma, lembrou-se que tinha no bolso, dentro da carteira, algumas linhas escritas pela noiva. Diante da autoridade, dona Rosa escrevera algumas frases. Confrontadas com a do papel, que fornecera o médico, a semelhança era absoluta: ao invés, o bilhete achado pelo major Bandeira nenhuma parecença tinha com estas outras letras. Diante da evidência, Mello Bandeira caiu inanimado sobre a sua poltrona. Pensaram até num chilique.

Dona Rosa, enrolando os formosos cabelos, que só então percebia desnastrados, olhou para ele, com piedade, e acrescentou:

— Major, um conselho... Não basta, para detetive, ou Sherlock, apenas uma lanterna, é preciso, primeiro, bom senso. Como este é difícil de adquirir, aprenda um pouco de grafologia, de quiromancia, aprenda a botar as cartas, que talvez lhe sejam úteis, para as suas descobertas policiais.

Na comoção de sua vindita, a moça foi cruel. Recompôs-se no espelho do delegado e, com as escusas do dr. Cabral, retirou-se, na companhia do Cardoso e do Gregório, o seu velho aio, que daquilo levava a boa impressão de ter ganho no jogo do bicho, coisa que ainda não sabia. O Zé Bocó, o homem do gorro, também lavado de suspeita, foi mandado com eles.

Quando partiram, o delegado auxiliar deu olhar de comiseração ao pobre Bandeira, escorraçado, ainda sobre a sua poltrona, e, para ele e o Lobato, sentenciou:

— Está o que fizeram vocês... Não me quiseram ouvir... Tínhamos nomeado um criminoso, um responsável, que arrastaríamos ao júri, e com duas investigações inábeis, e pela teimosia de fazer passar por culpado o sobrinho, lá se nos vai o Zé Bocó, o Cardoso, a dona Rosa... Temos de recomeçar; temos de achar um criminoso *ad hoc*, porque não é possível que a polícia esteja sem um à mão... Está o que vocês fizeram...

O dr. Lobato teve então o seu momento de triunfo, exultante:

— Perdão, dr. Cabral, temos a verdadeira pista, que é a minha, a primeira, a moça disfarçada e os rapazes seus companheiros. Já a fiz buscar, à rua Paulino Fagundes...

— Talvez para uma decepção, a sua, como foi agora a do major Bandeira — replicou o delegado auxiliar.

Depois de um momento de reflexão, o Javert nacional reatou o fio de seu discurso:

— Meus caros amigos. Antes de estudar a jurisprudência, fui dado a charadista. Vocês sabem o que é: o interesse do jogo consiste em procurar a decifração que nos escapa; nisto nos entretém, nos quebra a cabeça, até que, por fim, eureca, a encontramos! Aqui o problema é diverso. Deram-nos por ponto de partida uma decifração, e nos disseram: procurem compor a charada interessante, como que premissa desta conclusão. E, nós nos pusemos na faina, nos esgotando ou nos divertindo no jogo, supondo, talvez, divertir aos que nos cercam ou nos contemplam. Em vez de colaboração, uns aos outros, nós estamos empatando e desmanchando; dará coisa sem nexo, indigna de nossa capacidade policial. Imprudentemente, o dr. Lobato privou-me do homem do gorro, deixando evidente a inocência dele; acabo de fazer o mesmo ao major Mello Bandeira, liquidando o Cardoso e mais a dona Rosa. Só falta que o nosso companheiro exima de culpa a dona Lucinda, dando o troco ao doutor delegado. Desse jeito não conseguimos nada. Falta-nos método. O mal veio do começo. Com a decifração prévia, não há charada interessante ou engraçada. O recurso consistirá em procurá-lo, fora esse elemento de curiosidade, para chegar, daqui a dois outros meses, ao êxito completo.

Tomou fôlego e atacou outro gênero de considerações.

— Tomam vocês ao pé da letra as nossas funções, se supõem que a Polícia se fez para punir crimes. Não há mais isto hoje em dia. Castigos e cárceres materiais passaram de moda. O que há agora é publicidade. Que importa a absolvição no Júri? Já o desgraçado se viu arrastado pela rua da Amargura, difamado e publicado. A sociedade não se inquieta por mais ou menos um crime punido; quer informações, minúcias picantes, calúnias bem-arranjadas, depoimentos, acusações, insubsistentes, falsos, mas sensacionais. Quando não é possível fazer isto aos criminosos, paguem as vítimas. O que de melhor temos a fazer, na presente conjuntura, a charada interessante, para a decifração que nos deram, consiste em revelar ao público a vida privada do Sanches Lobo. Ao que estou informado, é o mais extraordinário romance de aventuras que é possível imaginar. Uma mina, meus amigos!

Neste momento, um oficial de justiça inclinou-se diante do delegado Lobato e exclamou:

— Está aí a moça da rua Paulino Fernandes, presa ontem com os rapazes, pelo praça 402!

AFRÂNIO PEIXOTO.

XIII. UM CRIMINOSO TRANQUILO

Pedro Albergaria, ao sair da Polícia, estava contentíssimo. Tudo lhe corria às mil maravilhas.

O seu álibi era, deveras, um achado precioso. Convinha, porém, não estragá-lo.

Seguiu dali para a casa de um dos seus antigos patrões, a fim de pedir-lhe por empréstimo alguns mil réis. Várias vezes fora atendido em pedidos idênticos e sempre os pagara. O seu crédito estava, portanto, não só inteiro como consolidado.

Esse pedido insignificante seria uma nova prova de sua miséria. Um ladrão de centenas de contos não faria isso.

Estudando os grandes crimes, ele verificara que muitos criminosos se deitavam a perder porque tinham pressa de aproveitar-se do fruto do seu crime. Era um erro em que estava disposto a não incidir. Assim, quando chegou à casa e olhou para o lugar do quintal em que a sua fortuna estava bem enterrada, notou com prazer que ninguém seria capaz de reconhecer onde a terra fora revolvida. Já a água que ele lançara fizera um pouco o trabalho de ocultação. Uma pequena chuva, que sobreviera depois e tudo alagara, completou o serviço.

Pedro Albergaria tinha o firme propósito de não tocar no seu tesouro senão depois que a justiça ou tivesse feito arquivar o processo do assassínio do velho Sanches ou tivesse condenado algum inocente.

Com o seu caráter firme e perseverante — o caráter de um homem que se preparara na sombra, pacientemente, durante tantos anos, para realizar aquele crime —, podia-se ter como certo que ele cumpriria o seu programa.

Roía-o, porém, uma ansiedade: saber o que se estava passando na polícia.

É dos livros que em geral o criminoso tem o irresistível desejo de ir rondar em torno do lugar do crime ou de rever a vítima. Ele, por isso mesmo, estava disposto a não cair nesses erros. Continuaria a fazer o seu trajeto habitual para o trabalho. Procuraria não conversar com ninguém sobre o crime, mas, se lhe falassem, diria a respeito coisas banais. Queria apenas saber o que estava nos jornais.

Quando a filha de Sanches Lobo chegou à polícia, houve uma suspensão de trabalhos por três horas. Foi tempo bastante para que a ordenança do delegado, habilmente interrogada pelo repórter de um vespertino, lhe referisse tudo quanto até então ocorrera. E, duas horas depois, a narração estava na rua, com todos os seus pormenores — o que aliás fez o desespero do delegado auxiliar.

Albergaria teve ocasião de ler o jornal, com verdadeiro pasmo. O bilhete, os tiros, o enforcamento de Sanches Lobo — tudo isso era para ele uma série de espantos.

De fato, ele não enforcara o banqueiro: sufocara-o, asfixiando-o. Pusera uma das mãos no pescoço e outra, espalmada, fechando-lhe a boca e o nariz. A asfixia sobreviera rapidamente.

De onde, portanto, surgira a corda?

Albergaria se lembrou que achara no cofre um grande maço de papéis, amarrado. Tivera de desatar o embrulho e a corda que o prendia ficara caída no chão. Se o médico a encontrara em torno do pescoço do banqueiro, isso devia significar que, depois que ele, Albergaria, saíra, outra pessoa entrara no gabinete do banqueiro e, julgando-o vivo, pensara em enforcá-lo. Essa ideia lhe fora certamente sugerida por ter visto a corda caída perto do banqueiro.

No cofre, Albergaria deixara ainda dinheiro. Teria o outro ladrão — se outro houve — roubado o resto? Era uma nova complicação que ele não tinha previsto, mas que vinha em seu auxílio. Assim, talvez se pudesse achar um criminoso e condená-lo com toda a justiça, sem que ele sentisse nenhum remorso. É verdade que esse outro teria matado... um morto. Mas, de fato, tratava-se de um bandido porque ele supusera matar um vivo. A intenção vale a ação.

E o bilhete?

Achou curioso que fosse dirigido a um Pedro. Não era, porém, a ele. Nem ele possuía nenhuma amante chamada Rosa, nem cometera o crime por amor de ninguém. Jamais falara de Sanches Lobo a pessoa alguma. Jamais! Nem palavras de ódio, nem palavras de hipócrita simpatia, nem referências insignificantes de espécie alguma.

Talvez dos papéis que estavam no próprio cofre algum houvesse caído — e fosse esse bilhete. Talvez esse bilhete pertencesse ao criminoso que fora depois dele e reassassinara o já assassinado banqueiro.

Havia a cena dos tiros. Mello Bandeira a explicava dizendo que tinham sido estouros da sua lanterna. Nesses termos, a coisa não podia ser verdadeira, porque, segundo contava o jornal, havia uma espessa fumaça na sala e muitos objetos quebrados.

O mais que se podia admitir era que a lanterna tivesse tido um primeiro estouro e os circunstantes, vendo-se no escuro e pensando que fora um tiro, começassem a disparar a torto e a direito. Mas também não era impossível que o segundo criminoso ainda estivesse oculto na casa e, aproveitando a escuridão, houvesse dado um tiro na lanterna para quebrá-la e acabado por fugir.

Fosse como fosse, Albergaria não sentia motivo nenhum de susto. Tudo para ele ia muito bem.

O jornal dizia que a polícia fizera intimar a filha adotiva do banqueiro, D. Rosa, que a criada de Sanches Lobo reconhecera como uma moça vestida de homem presa pela polícia na noite do assassinato.

Era absurdo.

Albergaria lembrou-se perfeitamente da entrada da criada na delegacia, do seu grito revelando a morte do patrão e do seu desmaio.

A moça, que estava na delegacia, não teve com isso a menor comoção. Depois, quando a criada desmaiou, ela assistiu às manobras de respiração artificial com a maior tranquilidade. No momento em que Albergaria lhe aconselhou que fugisse, ela lhe agradeceu com um amável sorriso e saiu muito alegre com a liberdade que assim conquistava.

Manifestamente, a criada se enganara, tomando a prisioneira da delegacia pela filha de Sanches Lobo.

Era preciso que essa mulher fosse um monstro de cinismo e de dissimulação para não estremecer vendo chegar uma pessoa que a conhecia tão bem e assistindo ao que se fazia para reanimá-la. Ela não podia deixar de estar apavorada, pensando que, ao despertar, a criada de Sanches Lobo a iria reconhecer e denunciar. Ora, ao contrário, ela sempre se conservara indiferente a esse caso.

No entanto, era incontestável que se tratava de uma moça nervosa, porque estava incomodadíssima com o fato de ter sido conduzida em uma viúva-alegre. Quem vibrara tão sinceramente por coisa tão mínima não podia conservar-se com uma calma olímpica diante de um fato infinitamente mais grave. E Albergaria se lembrava perfeitamente de que, nem no momento do desmaio da criada nem depois, ela ligara alguma importância ao caso.

A criada estava emocionada, estava mesmo um pouco fora de si: não era uma testemunha em boas condições. Fora iludida por uma semelhança que até talvez não chegasse na vida real a ser muito grande, porque a moça da delegacia estava disfarçada. Era, portanto, assim disfarçada, que ela se parecia com a filha de Sanches Lobo.

Mas, fosse como fosse, Albergaria verificou que nada havia que o devesse assustar. E resolveu voltar à sua vida de todos os dias, sem a menor alteração, esperando, entretanto, saber que depoimento a filha de Sanches Lobo faria.

& (MEDEIROS E ALBUQUERQUE).

XIV. A BOLA DE PEDRO

Depois deste longo devaneio, no qual às representações reais se juntavam as imagens de sua fantasia, por um fenômeno muito comum de falsificação e para o qual afeiçoamos os acontecimentos —, Pedro Albergaria deu profundo suspiro, bateu a mão na testa, e exclamou:

— Não vá que acabe *gira* com esta *mentirada* dos jornais, com o que sucedeu de fato, com o que agora se recompõe, na minha cabeça.

Como para tirar a limpo a sua dúvida, recapitulou alguns episódios, procurando focalizar a atenção, evocar as impressões verídicas, para não se trair com os elementos parasitários da emoção, ou do interesse, capazes de mudarem a realidade em puro romance. Mas, ainda por esforço, na mente conturbada, não apareceram, com a nitidez desejável, as impressões reclamadas.

— É curioso como até detalhes absolutamente materiais, e dos que me não deveriam esquecer, se me *embrulham* agora na lembrança... Por exemplo: quando me preparei para o crime, querendo evitar que as digitais pudessem ficar nos objetos tocados, escolhi e enfiei nas mãos umas luvas velhíssimas de fio de Escócia... Entretanto, na Praia de Botafogo, lembro-me bem, lancei ao mar luvas de borracha... Como explicar isto? As duas impressões são absolutamente presentes, e nítidas, e, entretanto, discordes... Os sapatos de verniz que lancei na água, estou, se é possível, estou-os vendo... entretanto, em casa, calçara botinas de tênis, com sola de borracha, das quais me recordo, com toda a segurança. Estarei louco?

Passou a mão pela testa úmida, apalpou-se todo, como para experimentar a sua sensibilidade, *ferrou* em si mesmo uns beliscões, deu uns passos, falou alto, olhou para a rua e pareceu certificar-se que estava bem são, e, acreditava, no seu juízo perfeito.

Entretanto, continuava a ruminação das discordâncias de sua memória.

— Enforquei-o ou o sufoquei? Evidentemente, enforquei, não enforcamento com as mãos, o que não pode ser, mas com um laço de corda; entretanto, lembra-me também que lhe tapei o nariz e a boca. Mas isto apenas completou, inutilmente, aliás, a asfixia, porque a vítima não reagiu, o que aconteceria à simples sufocação pelas mãos opostas à boca e ao nariz. Ora, diz o jornal que o médico-legista não achou sinais de luta no corpo, de onde se infere que a ação das minhas mãos diante das extremidades respiratórias não teve mesmo eficácia. Enforcamento, decerto, não há dúvida, e olhem que o tal dr. Theopompo Vasconcellos não é a cavalgadura que por aí andam dizendo.

E o bilhete? Aí é que a mente de Albergaria ganhava o auge da perplexidade. Mudara de roupa, não levara nada consigo, entretanto, era indiscutível — para que negá-lo a si mesmo? —, era o que a Rosinha lhe havia escrito na véspera, quando sentira que ele vacilava no seu plano de vingança. Não havia dúvida que era a sua namorada, era Rosa, bem Rosa, e ele era Pedro, Pedríssimo, Pedro Albergaria. Era, porém, o diabo aquele bilhete; por mais que quisesse negá-lo a si mesmo, não o podia enjeitar, nem mudar, como alterara as qualidades das luvas e do calçado. Olhem que o major Bandeira, com a sua lanterna, lavrou um tento! Este maldito bilhete é a pista única por onde me podem seguir... Ora, seu Pedro, concluiu entre si, tanto plano, tanto cuidado, e descobrir-se assim, como idiota, à lanterna do Major!

Ficou um momento apreensivo, mas, depois, como confiado na dissimulação hábil que premeditara, terminou a reflexão:

— Também não exageremos... com uma Rosa, e um Pedro, não irão longe, se apenas tiverem isto. Não somos os únicos detentores dos nomes. Pedro há às dúzias...

Lembrou-se então da Rosa, associada na memória a este incidente, e pensou:

— Apesar de minha mãe, de meu longo e entretido ódio, talvez, sem ela, este raio da Rosa... não tivesse coragem de realizar o crime...

Quase que agora a fazia culpada de tudo. Riu-se dessa reviravolta dos seus sentimentos, e com o hábito de análise que não o abandonava, dentro de si, pôs-se a indagar das razões dessa mudança.

Será possível que a gente mude tão depressa, ou se deixe tão facilmente impressionar? Desde ontem, que não me larga e me obseda aquela figurinha deliciosa de mulher, envolta no disfarce de um traje masculino, que não a encobria, antes melhor a revelava. Que lindo rosto! Como os cabelos loiros lhe iam bem à pele morena! Chegara, no primeiro movimento de simpatia, a sofrer com ela, que a tivessem trazido numa viúva-alegre e não num carro de praça, um táxi decente, como bem merecia. Quando, ao acidente da criada do Sanches, se pusera a chorar, a chorar convulsivamente... Espera, Pedro, estava calma, indiferente, como imaginei há pouco, ou chorava, desabaladamente? Não sei. Sim, chorava, e tanto que me cortou o coração, e logo minha preocupação foi salvá-la e dar-lhe escápula, na primeira oportunidade, o que alcancei... Bem quisera que aqueles melros dos dois companheiros, o Julio e o outro, o que lhe alisava os cabelos, pudessem ficar trancafiados!

Parou um instante, deu largas passadas e reatou o fio do pensamento.

— Vamos, seu Pedro, confesse, é mais nobre, confesse que a menina do disfarce lhe deixou fortíssima impressão. Será isto o que os autores, creio que o Stendhal, chamam o *coup de foudre*, o que o acadêmico Salgado trocou por *fou de coudre*, no seu último romance?

Riu-se de sua mesma alegria, e concluiu, alto, o seu monólogo:

— Você está rindo, é metade; se vier a chorar, é o resto. Você está amando, está chumbado, meu amigo. Era o Sainte-Beuve quem dizia a George Sand, que o consultava sobre sinais de amor: *Vous pleurez? Alors, vous aimez!** A verdade é que se começa rindo. Você já está contente, seu Pedro... Ou, então, você está doido!

Parou de novo e tornou a indagar pelo mesmo antigo e rudimentar processo, se tinha o juízo no seu lugar. À confirmação, voltou à calma, e prosseguiu na sua análise psicológica.

— E a Rosa? Quase me é indiferente, se não lhe atribuo a culpa do crime. Pedro menos foi quem deu o último impulso para ele. Quero-lhe talvez mal por isso. O caso é que há pedaço troquei o nome da moça disfarçada, que ainda não sei qual é, pelo da outra, como se fosse luva ou sapato... Seu Pedro, seu Pedro, isto não vai bem... Quando a gente se mete numa história, deve prestar bem atenção a tudo, para não *bolar as trocas*...

Apesar da graciosa conclusão desse juízo, ao pensar na moça disfarçada, Pedro Albergaria, depois da sua anômala hilaridade, se tornara sombrio e triste.

— Que será feito dela? Como a verei de novo?

Tinha quase vontade que viesse a aparecer no processo mesmo fortuitamente, pois os jornais falariam, e ele poderia então saber quem era, saber tudo, tudo o mais que agora

---

* "O senhor está chorando? Então o senhor gosta", em tradução livre. [*N.E.*]

constituía o essencial para ele. Sem atar a esses pensamentos outros que explicassem a sua decisão, tomou do chapéu, abriu a porta, e saiu à rua, numa impulsão decidida.

— Não era possível ficar assim sem saber nada. Nos jornais eram escassas as informações, as que agora lhe importavam. Ia talvez consegui-las.

E, sem atender ao que fazia, resoluto, com um fito imprescritível, como se jogasse a vida e a morte, endireitou para a Praia de Botafogo, no fim, em procura do número 522.

Olhou vagamente a casa diante da qual parara e, decisivamente, entrou, subindo as escadas. Esgueirou-se pelos corredores, que imprecisamente reconhecia, confundido na multidão que entrava e saía, e chegou assim até a porta que dava para uma sala, onde se passava alguma coisa insólita.

Soldados e escreventes vedavam a entrada, de pescoço estendido, vista e ouvido atentos. Pedro conseguiu alçar-se no bico dos pés, e olhou...

— Meu Deus... é ela! Ela de novo aqui!

Ia-lhe o grito de espanto sair da garganta, mas se conteve, ou os outros não lhe deram atenção.

Como estava linda no seu severo vestido preto, agora vestida de mulher, e mulher elegante que era, embora numa perfeita simplicidade, por isso mesmo mais encantadora! Defronte dela Lobato, que a interrogava, e dois mais, que seriam o Bandeira e o Cabral, de que falavam os jornais. A desgraçada mal podia estar sentada, sacudida de soluços convulsivos, a chorar perdidamente. As lágrimas vieram então aos olhos de Pedro, numa irreprimível emoção.

Não se pôde conter, afastou os obstáculos em torno, deu passo à frente, gritou, numa voz de possesso:

— É injustiça, é injustiça! Não veem que ela é inocente?!

AFRÂNIO PEIXOTO.

XV. OS INDÍCIOS

A sala ficou de súbito surpreendida e toda a gente se calou ao inesperado daquele grito. Dona Lucinda ergueu-se da cadeira com os grandes olhos espantados. O pincenê do major Bandeira ia caindo.

— Quem é este homem? — interrogaram todos com o olhar.

Lobato levantou-se para fitar Albergaria mais de perto, e, depois de encará-lo, voltou-se para trás:

— Xavier, vem cá.

E um instante depois:

— Este moço não é aquele tal dos doces da preta velha?

— É — respondeu o comissário.

Albergaria caiu em si. Tinha feito uma imprudência inqualificável, que lhe poderia ser fatal. De que lhe tinham servido o longo estudo do crime, a premeditação de tantos anos, a preocupação de não deixar o mais pequenino vestígio, se agora, por um impulso de amor, estava a meter os pés pelas mãos, a fazer gestos desvairados e comprometedores?! Um relâmpago clareou-lhe a cabeça. O remédio ali era revestir-se de sangue-frio e agir com dissimulação e cinismo.

— Que vem o senhor fazer aqui? — perguntou Lobato, arrogantemente.

— Venho em defesa desta pobre moça que a polícia pretende envolver num crime de que ela não tem culpa.

Aquelas palavras, naquele tom afirmativo de convicção, desagradaram às autoridades. Mello Bandeira, vendo em tudo a ponta de um fio de meada, atirou-lhe uma interrogação intencional:

— E como sabe que ela não tem culpa?

Albergaria já estava na plenitude da razão: não se perturbou.

— Porque não precisa enxergar através da parede para a gente se convencer de que uma senhora desta ordem seria incapaz de praticar, de arquitetar, ou mesmo de pensar, um crime tão monstruoso.

Os policiais ficaram um instante calados. O tom de convicção de Albergaria era profundamente impressionante.

— E o senhor conhece esta moça? — interrogou Cabral para ter alguma coisa que dizer.

Entre dona Lucinda e Albergaria havia agora elos muito fortes. Logo que ele entrou com aquele grito surpreendente, ela se espantou por ter nele visto o rapaz que, na delegacia, lhe abriu a porta para a fuga. Aquele gesto tinha-lhe deixado um grande sulco no coração. Seu desejo era encontrar o moço para lhe dizer a gratidão que lhe ia na alma. E eis que agora ele lhe aparecia com um movimento maior de generosidade, afrontando a lei, afrontando o frenesi do sherlockismo policial, para afirmar escandalosamente que ela era inocente. Sentia por ele naquele momento todo um impulso de amizade e ternura.

— Responda, conhece esta senhora? — insistiu Cabral.

Dona Lucinda volveu para o primeiro delegado auxiliar os seus belos olhos molhados:

— Somos amigos.

Albergaria como que havia encontrado a deixa naquele instante:

— Mas os senhores que estão tão acostumados a desvendar mistérios não perceberam imediatamente que só laços de amizade aqui me haviam de trazer?! Somos amigos, está claro. Se assim não fosse eu tinha o direito de aqui pisar?

Tudo aquilo desnorteava a cabeça das autoridades. A polícia debatia-se com o assassínio de Sanches Lobo num verdadeiro labirinto. Dona Lucinda era a última saída que haviam encontrado. Se aquela falhasse estava tudo perdido. Numa outra ocasião, o aparecimento de Albergaria, gritando a inocência da filha do banqueiro, nada teria de anormal e estonteador, mas naquela em que todos já esperneavam em completa barafunda, era absolutamente perturbador.

Mello Bandeira conservava alguma calma. A longa prática de investigações dizia-lhe que não desprezasse o mais vago indício, e que, indícios não havendo, procurasse inventá-los.

E perguntou:

— O senhor sabe alguma coisa sobre o assassínio de Sanches Lobo?

— Sei tudo — respondeu Albergaria.

Uma exclamação saiu de todas as fisionomias. Xavier levou imediatamente a mão à cabeça, coçando-a no seu gesto natural; Cabral arregalou os olhos ansiosos; Lobato empinou-se nos saltos dos seus sapatos elegantes e o olhar de Mello Bandeira coruscou afoitamente através dos vidros do pincenê.

— Sabe? — disse o chefe dos Sherlocks, numa alegria comovida.

— Sei tudo que contam os jornais — concluiu Albergaria.

Uma decepção! Albergaria, porém, não lhes deu tempo de falar:

— E pelo que se deduz do que contam os jornais, a polícia está errada.

— Errada! — exclamou Mello Bandeira, chocado.

— Erradíssima. Até agora que têm feito os senhores? Têm perdido tempo em inventar um assassino. Seria melhor empregar o tempo em descobri-lo. E, para descobri-lo, o que é necessário? Procurar os indícios, dirigir-se à pista deles. Num assassínio como o do banqueiro Sanches Lobo, onde devem estar os indícios? Lá mesmo no local do crime. E a polícia já lá foi estudar o local? Pelo que li nos jornais os senhores apenas estudaram a posição do cadáver, o quarto. Mesmo esse estudo foi incompleto. Estudaram as impressões digitais deixadas nos móveis? Não. Num crime daquela ordem o criminoso deixa sempre a sua passagem. Agora, porém, é tarde. A polícia examinou os rastros deixados no jardim, na escada, no próprio quarto? Também não. Quando soube do crime foi entrando casa adentro, apressadamente. Quem nos diria que, se fossem estudadas as pisadas, deixadas na areia, não se viesse facilmente descobrir o criminoso pelo tamanho do sapato? Há crimes que têm sido desvendados só por essa minúcia. Aqui mesmo já se deu um caso desse: Rocca foi apontado como assassino dos irmãos Fuoco, unicamente porque deixou na cama da vítima os sinais dos seus sapatos. Agora, porém, é tarde.

A intenção de Pedro Albergaria era desnortear a polícia. Ele bem sabia que, pelas impressões digitais, o crime não poderia ser desvendado, pois que ele o praticara calçado com luvas de fio de Escócia. Sabia também que, pelo rastro deixado na areia pelo assassino, não podia haver nenhum esclarecimento, visto que ele tivera o cuidado de calçar botinas de tênis.

E voltando-se para as autoridades:

— Os senhores certamente perdoarão estas minhas observações. Não valem nada. Mas, quem está de fora, a maioria das vezes vê melhor do que quem está de dentro.

Mello Bandeira era verdadeira mania policial. Não podia ouvir ninguém falar com algum senso de coisas criminais que não tivesse por esse alguém um impulso de simpatia. Naquele momento, Pedro Albergaria não era mais para ele um homem como os outros e sim um colega, um técnico, uma criatura capaz de esclarecê-lo em dúvidas futuras.

E, chegando a cadeira para perto de Cabral, segredou aos ouvidos do delegado auxiliar:

— No fundo é ele quem tem razão.

Albergaria continuava a falar:

— Quanto a querer enlear esta moça no crime — disse, apontando dona Lucinda —, acho que os senhores com isso mostram apenas um desnorteamento palpável. Eu ouvi a explicação que ela meu deu. Estava vestida de homem porque ia a um baile à fantasia na casa de uma amiga. Explicação absolutamente razoável, já que estamos em proximidades do Carnaval. O fato que os senhores muito estranharam dela ter sido encontrada na rua, naqueles trajes, em companhia de vários rapazes, ela também explicou perfeitamente. Os rapazes eram da casa em que ia realizar-se o baile, e tinham vindo buscá-la para a festa. Não é porque eu tenha por esta senhora uma simpatia muito forte, mas pela própria reputação da polícia. Insistir em comprometê-la é pouco inteligente e tempo perdido. Os senhores estranham que ela tivesse fugido da polícia depois de presa. Isso é até um sintoma da sua inocência ou, melhor, da sua pureza. Qual é a moça que quer estar detida numa delegacia? Qual é a moça que, estando presa naquela situação e, encontrando a porta aberta, não fuja?

Nesse momento, calou-se. Uma palidez súbita cobriu-lhe o rosto. Quis dizer mais alguma coisa, mas a língua como que lhe pesava na boca, presa por uma força estranha. Toda a gente lhe voltou os olhos, estranhando aquela perturbação inesperada.

O olhar de Pedro Albergaria estava fixo em cima de um consolo da sala. Sobre o consolo dois objetos se destacavam:

o par de luvas de fio de Escócia e as botinas de tênis de que ele se servira para o assassínio de Sanches Lobo.

Como, como aqueles objetos ali se encontravam?

E tentou ainda falar e não pôde. A tal força estranha prendia-lhe a garganta.

VIRIATO CORREIA.

XVI. OS CÃES POLICIAIS

As palavras de Albergaria, metendo-se, de escantilhão, pelos ouvidos de Mello Bandeira, invadiram-lhe o crânio e aquilo ficou, mal comparando, como a rotunda do Palácio Monroe* em dia de encenação patriótica.

O pobre homem azoinado, aturdido, rolava aflitamente os bugalhos dos olhos, respirando sôfrego, aos haustos, como na ameaça de apoplexia. E lá dentro, na caqueira óssea, como se fossem berradas num monstruoso alto-falante, atroavam as sentenciosas palavras do assassino astuto: "Num assassínio como o do banqueiro Sanches Lobo, onde devem estar os indícios? Lá mesmo no local do crime. E a polícia já lá foi a estudar o local?".

Mello Bandeira saltou como se houvesse sido picado por uma vespa e, embarafustando pelo corredor, foi direito ao telefone, pedindo ligação com: Central 4820. E bramiu:

— É o Quartel da Brigada? Quem fala aqui é o Mello Bandeira. Sim. Chame o Taborda ao aparelho.

Instantes depois, esbaforidamente, como um ciclone, o grande investigador, apanhando um chapéu, o primeiro que encontrou à mão, trambolhou pelas escadas da delegacia, ouvindo sempre, em acusma, as atroadoras palavras: "...Onde devem estar os indícios? Lá mesmo no local do crime".

---

* O Palácio Monroe era localizado na Cinelândia. A construção foi demolida em 1976. [*N.E.*]

Passava um táxi. Tomou-o, mandando tocar para o palacete de Sanches Lobo.

No desvario em que ia, todos os rumores soavam-lhe como as sensatas palavras que ouvira. Se o chofer buzinava, ao aproximar-se de uma esquina ou para avisar um transeunte distraído, no som da buzina Mello Bandeira ouvia: "Num assassínio como o do banqueiro Sanches Lobo...". Um pequeno que apregoava um jornal, disse-lhe claramente: "Lá no mesmo local do crime...". E uma mulher enxundiosa, que derramava a peitarraça ao peitoril de uma janela, berrou para uma mulata de gaforinha pimpona, que batia as chinelas de bico em regamboleios na calçada fronteira: "...Onde devem estar os indícios?".

— Anda com isso, que diabo! bradou Mello Bandeira ao chofer.

E o táxi voou, ameaçando vidas, através de uma rumorada fantástica de vozes, só ouvidas do obsidiado agente, que diziam: "Num assassínio como o do banqueiro Sanches Lobo...", "onde devem estar os indícios?", "lá mesmo no local do crime...".

O palacete de Sanches Lobo transbordava de gente. Mello Bandeira precipitou-se para o jardim, sem atender ao chofer, que reclamava o pagamento da corrida, e, de quatro em quatro, galgou os degraus da escada de mármore, onde encontrou Bonifácio, de preto, muito grave, recebendo as pessoas que iam prestar ao seu querido patrão as últimas homenagens.

Ao ver Mello Bandeira avançar de arrancada pela varanda, como se se dirigisse à sala de jantar, foi-lhe no encalço, chamando-o:

— Com perdão...

Mello Bandeira voltou-se de má sombra, e o velho fâmulo, inclinando-se respeitosamente, disse-lhe:

— Vossa senhoria com certeza quer ver o defunto, o meu infeliz patrão. É ali, na sala de visitas. Venha vossa senhoria comigo. O enterro é às dezesseis horas.

O velho criado, que era garrulo, teria continuado a esmiuçar pormenores se Mello Bandeira não o houvesse interrompido com autoridade:

— Pouco me importa o enterro. — E pondo-lhe a mão ao ombro: — Diga-me cá você: mexeram no cadáver? Fizeram alguma coisa?

— Sim, meu senhor, fizeram-lhe a barba. Como o patrão nunca saía de casa sem fazer a barba, eu tive a ideia de mandar chamar um barbeiro aqui na vizinhança.

Mello Bandeira não conteve a cólera e, agarrando o velho pela lapela do casaco, sacudiu-o violentamente, dizendo-lhe em rosto, de dentes cerrados:

— Idiota! Idiota! E os vestígios, grandíssima zebra! Pois o homem é assassinado, estrangulado, seu asno! Estrangulado! E tu mandas chamar um barbeiro para que me raspe os vestígios do crime?! E se eu te responsabilizasse, hein...? Fala! Se eu te responsabilizasse?! Se eu te responsabilizasse?!

— Perdão! Vossa senhoria trata-me... Eu, ainda que mal pergunte: a quem tenho a honra de falar?

— À polícia. É quanto basta.

Desfechou dois murros no ar, exclamando com ódio:

— Barbeado! Cavalgadura!

Mas, em súbita inspiração, perguntou:

— Há gente lá com o defunto?

— Se há gente? Está assim, meu senhor. E Bonifácio apinhou os dedos de ambas as mãos. Eu até estou com receio de que no meio daquele mundo, porque eu não os conheço a todos, haja algum gatuno que, a pretexto de trazer quarto ao finado, bata por aí alguma coisa. Depois do que houve nesta casa, vossa senhoria compreende, toda a cautela é pouca. Eu, por meu gosto, não entrava aqui ninguém. Morreu, está acabado. Mas que se há de fazer?

— Pois sim...

Mello Bandeira examinava a varanda atentamente, ia de uma à outra porta, apanhava ninharias no chão. De repente um retinir de campainhas fê-lo levantar a cabeça.

— São eles! — exclamou, dirigindo-se apressadamente para a escada.

— Eles quem, meu senhor? Querem ver que vossa senhoria descobriu ladrões aqui dentro? Bem me estava parecendo a mim. Há lá certas caras... Olhe, está lá um magricela que, ou eu muito me engano, ou o vi ontem, com estes olhos, na delegacia... Olhe, eu vou fechar a porta e assim vossa senhoria prende-os a todos e é até possível que, no meio deles, esteja o assassino do meu infeliz patrão.

— Mas que diabo está você aí a dizer?

— Falo dos ladrões.

— Que ladrões? Eu falei em ladrões?

— Vossa senhoria não disse: "São eles"?!

— Eles? Ah, sim! São eles, os cães...

— Os cães?!

— Sim, os cães que mandei vir da polícia. Faço-os farejar o corpo... E a propósito: vocês não lavaram o corpo?

— Um quase nada, meu senhor. Ele estava limpo. Tinha tomado banho no domingo, que era o seu dia de água. Mas dizia vossa senhoria que... faz os cães farejarem o cadáver?

— E solto-os depois por aí. Eles vão pelo faro e descobrem o assassino.

Uma viúva-alegre parou ao portão do palacete e Mello Bandeira atirou-se pelas escadas perguntando aos berros:

— Veio o Bruzundanga? Hein, Taborda? Trouxeste o Bruzundanga?

Latidos ferozes responderam da viúva-alegre à interrogação do chefe do serviço de investigações, e dois homens, contendo dificilmente duas trelas, nas quais se debatiam, aos arremessos, seis formidáveis cães policiais, desceram à calçada, e um deles, bexigoso, com um bócio que se lhe emplastava no colarinho sujo, suando em bicas, disse, de mau humor:

— O Bruzundanga está aí, seu major, está aí. Mas vossa senhoria tome cuidado com esse bicho. Isto é um cachorro danado! Se vosmecê solta essa fera nessa casa com esse defunto e toda essa gente que está aí, não sei. Eu acho isto um perigo. Enfim, vossa senhoria sabe melhor do que eu o que tem a fazer. O Bruzundanga está aí. Está o Bruzundanga, estão os dois belgas, o holandês, e as duas francesas. Se é só para correr a casa, enfim... Vamos ver.

— Não! É preciso que o Bruzundanga cheire o defunto. Naturalmente o assassino pôs-lhe a mão na garganta.

E lembrando-lhe a barba feita teve novo acesso de cólera:

— Estúpido!

— Estúpido por quê, seu major? Se eu falo, é porque conheço os cachorros. Vossa senhoria vai ver.

— Não falo contigo, Taborda. Vamos, solta a cachorrada na chácara e vamos lá à sala com o Bruzundanga, para que ele fareje o defunto.

O do bócio, que era o Taborda, agachou-se murmurando e disse ao companheiro:

— Solta os bichos.

— Pra quê?

— Para fazerem o serviço. Eu vou soltar as francesas e vou levar o Bruzundanga lá em cima. Isto vai ser uma encrenca danada. Você vai ver.

— Pronto, seu major!

— Isca! — ordenou Mello Bandeira.

E os dois homens abriram o portão e cinco cães policiais atiraram-se pelo jardim em desapoderada corrida, subiram a escada e, instantes depois, era gente a fugir aos gritos, gente a atirar-se pelas janelas, uma inferneira dos diabos.

E o Bruzundanga, animado com o rumor que se levantava na casa funérea, com um arranque violento safou-se das mãos do Taborda, investindo desabridamente à varanda.

Bonifácio mal teve tempo de marinhar por uma das colunas, encolhendo as pernas, e na câmara ardente, com a entrada do terrível animal, só ficou o banqueiro. Um dos círios, caindo, comunicara o fogo aos panos da essa. E Bruzundanga atirou-se ao defunto.

COELHO NETO.

XVII. O FEITIÇO CONTRA O FEITICEIRO

Albergaria não desfitava as luvas e os sapatos depostos sobre o consolo da sala da delegacia, na estupefacção que lhe atava a fala na garganta e engrossava a língua seca na boca. Lobato interrompeu este silencio trágico:

— Por que assim lhe impressionam aqueles objetos?

Pedro, ao som dessa voz, que lhe recordava o imenso perigo a que se expunha com a sua desgovernada emoção, fez sobre-humano esforço para aparentar calma e, dando pausa às palavras, entono à voz, arrogância à atitude, apontou para o móvel, agora alvo de todas as curiosidades, e perguntou:

— Quem sabe se ali não estão os indícios que os senhores procuram e de que devem cuidar, em vez de perder tempo, martirizando vítimas inocentes?

Mello Bandeira dava pulos na cadeira, esfregando as mãos, a exclamar, como tomado de uma ideia súbita, que se ia transformando em impulsão refletida:

— Este rapaz dá para detetive! Deu-me duas ideias luminosas! Aqueles indícios e o exame dos locais...

Foi então que se levantara, como que fisgado pela tarântula, numa vibração quase de delírio, para pedir pelo telefone a ligação com a Brigada, Central 4-8-2-0.

Enquanto isto, Lobato indagava de Xavier:

— Que objetos são aqueles?

— Eu estava para informar, mas não me deram tempo... De ontem para cá parece que anda o demônio solto nestas bandas. Se não é pó de mico que está chovendo sobre nós... Ninguém se entende, não há tempo para conversar das coisas mais simples, ou mais urgentes...

— Basta de rodeios, Xavier, guarde suas considerações para quando estiver só! Quem trouxe aqueles objetos?

— Saiba seu doutor delegado — murmurou o comissário, abaixando o tom de voz, murchando o aspecto doutrinário, quase humilde —, saiba seu doutor, que um pescador aí da praia, lançando a tarrafa na baía de Botafogo, junto do cais, pescou aqueles sapatos e aquelas luvas. Pensou que seriam de algum suicida e deixou tudo aqui, para o que desse e viesse.

Dada a explicação, houve como uma calma relativa, que permitiu a Pedro Albergaria retomar fingida tranquilidade, desviando assim a atenção dos outros, imprudentemente alarmada.

Lobato prosseguiu, então, o interrogatório da moça. Quis saber se era mesmo filha de Sanches Lobo e por quê, neste caso, não residia sob o teto paterno. Distraída de sua vergonha por estes acontecimentos, dona Lucinda pôde responder que não conhecia mãe nem pai, ao dizer da tia que a criava, mortos na sua mais tenra meninice. Sanches dava à tia uma mesada, pontualmente remetida pela criada, que encontrara ontem na delegacia, e fazia-o a título de amigo de sua família, restituição de benefícios outrora recebidos, senão generosidade de homem rico. Não o conhecia e não indagara de mais, talvez segredo de sua família, que não lhe cumpria desvendar. A tia lá o sabia.

Pedro Albergaria alheara-se de si, de tudo o que o cercava, bebendo os ares dela, entornando pelo olhar a ternura da simpatia, ora concordando com a cabeça, ora assentindo com os pés, que batiam sobre o assoalho. Um observador pouco perspicaz perceberia naquele estonteamento prova da grande sedução que pela menina se lhe estava inclinando o juízo. Se este sentimento era capaz de tais demonstrações, certa habilidade de dissimulação concorria também para isso.

Xavier, que o observava, resmungou:

— Aquele é dos tais, quando vê mulher vira foguete busca-pé, põe-se a rabear... Ora dá-se!

Pedro interrompia o interrogatório, à meia-voz:

— Está-se vendo a inocência... salta aos olhos!

Levantou-se Enéas Cabral, vendo mal paradas as diligências. Também aquela pista, como previra, não daria nada. De repente, lembrou-se:

— Que é do major Bandeira?

— O major saiu.

— Saiu como?

— Lá isso não sei, não senhor — respondeu o soldado de guarda.

Lobato olhou então para o consolo e, com espanto, já não viu sobre ele nem as luvas nem os sapatos.

— E esta! Quem tirou dali o achado do pescador... os remanescentes do suicida?

Olharam-se todos, espantados. O soldado fleumaticamente respondeu:

— Seu major, depois de gritar umas coisas no aparelho, *socou* tudo nos bolsos do jaquetão, e *moscou-se*.

Cabral e Lobato entreolharam-se, como roubados. O Sherlock policial, pressentindo os famosos indícios, sugeridos por Albergaria, abalara com eles para o local do crime, a colher os outros que porventura ainda encontrasse.

Entendeu então o delegado auxiliar pôr termo àquele interrogatório, que nada rendia; consolou com algumas palavras mansas a pobre moça, ainda confusa e lastimosa; disse-lhe que a requisitaria ainda, se necessitasse de nova informação, e despediu-a, com certa precipitação.

Virando para Albergaria, exclamou num tom ríspido:

O MYSTÉRIO

— Você precisava de admoestação severa, para não interromper mais a justiça, nos seus sagrados misteres. Perdoo-lhe, por agora, pois que deu talvez a felicidade ao major Bandeira.

Mas não era da sua índole filosófica a aspereza. Considerando na causa, talvez amorosa, que promovera a intempestiva intervenção do rapaz, balbuciou, com indulgencia superior:

— Podem ir... Que ela lhe recompense o risco que correu, para não vê-la chorar.

"O risco que correu, para não vê-la chorar...", nem mesmo Cabral sabia quanto de amarga e dolorosa verdade dizia: arriscara por ela a liberdade, talvez a vida. Dona Lucinda abaixara a fronte, corando às palavras indiscretas do delegado auxiliar. Pedro teve neste rubor a recompensa de sua aventura.

E os dois, um formoso par, saíram juntos, daquele mau lugar, pela praia afora, por além da rua da Passagem, Voluntários, em busca da rua Paulino Fernandes, muito próximos, já amigos, amizade batizada pelas lágrimas, de vergonha, de susto, de dedicação... Sainte-Beuve voltou-lhe à memória: *Vous pleurez? Alors, vous aimez!* Pedro, agora, ria de novo. É próprio do amor rir e chorar, sem saber de quê.

Na delegacia, Cabral, olhando para Lobato, disse-lhe, precipitadamente:

— Agora, ao encalço do Bandeira... Que divida conosco as suas glórias e os seus indícios!

Dito e feito; um táxi rolou no asfalto com as duas autoridades, até o palacete de Sanches Lobo. Foram varando portões, escadas e corredores, entre convidados vestidos de preto, postos do lado de fora, e curiosos que as cenas violentas dessas últimas horas punham pasmados.

Ouvia-se desde a entrada como que um halali de caçada. Os cães em tropelias loucas, ganindo e ladrando, devassavam todos os recantos da habitação. Taborda gritava, dominando os ladridos da cainçada, para os moderar, sem dúvida:

— Bruzundanga! Contubérnio! Pompette! Hidalcão! Ninon! Seródio!

Ninguém se entendia naquele pandemônio. Cabral e Lobato atravessaram os corredores, subiram escadas e, chegando à sala mortuária, tomados do mais indizível espanto depararam esta cena, estupenda: os cães, depois de farejarem o morto, e por toda a casa procurarem a pista dos seus sensibilíssimos olfatos, marcharam todos feitos sobre o major Mello Bandeira, atracados às abas do seu jaquetão...

Cabral compreendeu tudo... Virara o feitiço contra o feiticeiro... Os cães policiais do major acharam o criminoso. Enquanto Taborda libertava o Sherlock da dentuça da canzoada, principalmente de Bruzundanga, que largara o jaquetão pelo gasganete do detetive, deu passo em frente e, com voz firme, exclamou:

— Em nome da lei, sr. major Bandeira, e diante destes indícios, *esteje* preso!

AFRÂNIO PEIXOTO.

XVIII. O DIÁRIO DO BANQUEIRO

Livre dos cães, o major Mello Bandeira, trêmulo, suado, olhos ainda cheios de terror, voltou-se com um movimento de desespero para Cabral:

— Eu nesta situação e o doutor com brincadeiras!

Brincadeira parecia ter sido a dos cachorros. A não ser uns dois ou três rasgões no jaquetão, o esperto detetive nada sofrera.

— Com troças é que não conseguimos descobrir nada — disse o major, ainda zangado.

Enéas Cabral, sufocado de riso, atalhou:

— Os cães policiais, segundo está estabelecido, só avançam para os criminosos. Logo que avançaram para as suas pernas a minha obrigação era prendê-lo. Para que foi o senhor meter nos bolsos as luvas e os sapatos? A Polícia...

— Cuidemos da nossa vida que, se não formos espertos, a imprensa nos cairá no lombo por nada descobrirmos — observou o major. — Os indícios devem estar aqui no local do crime. Deixemos sair o enterro e procuremos os indícios em silêncio, sem mais espalhafato.

O enterro saiu meia hora depois. Mello Bandeira e Cabral meteram-se no gabinete do banqueiro a revolver papéis. Em cima da mesa havia três ou quatro livros de encadernação vulgar. No primeiro momento nenhum deles prestou atenção aos livros. Mas Mello Bandeira depois de remexer umas gavetas veio sentar-se na cadeira em que Sanches Lobo se sentava quando Albergaria entrou para o assassinar.

Sem nenhuma intenção abriu o livro que estava mais próximo.

— Dr. Cabral, temos coisa aqui. Isto é um manuscrito.

E virou as folhas até a primeira página do livro.

— Veja, é o "diário" da vida da vítima. Quem sabe se aqui não encontramos a trilha do crime que procuramos?

Cabral aproximou-se. O major folheou aqui, folheou ali, folheou acolá, sem se demorar em nenhuma página.

— Vamos ver o que ele fez no dia da tragédia.

E correu os olhos à última folha escrita, ajeitando o pincenê. E leu baixinho:

"Acordei ligeiramente indisposto. Um sonho mau durante a noite, um verdadeiro pesadelo. Tive criaturas a apertar-me a garganta. Vi punhais, armas de fogo, abismos, o diabo. Caprichos dos sonhos. Tenho hoje o dia completamente tomado. O meu sobrinho Pedro Cardoso virá reconciliar-se comigo. Quanto tempo durará essa cacetada? O patife quer casar-se, conta naturalmente comigo para uns certos favores."

Mello Bandeira ergueu os olhos para Cabral, que estava atrás a ler também a página em voz baixa.

— Está vendo, doutor? Sempre o sobrinho do banqueiro, sempre ele!

— Adiante, Mello, adiante! Não percas tempo, observou o primeiro delegado auxiliar.

O major continuou a leitura:

— "Tenho que liquidar o negócio da hipoteca da fazenda Palmeiras, o da partida de ferros velhos que devem ser enviados para a Inglaterra, o da compra dos couros e do fretamento dos navios para os Estados Unidos. Terei tempo de ir à casa da Armênia? Terei tempo de concluir o negócio da venda das terras em Mato Grosso? O negócio das terras de Mato Grosso deve, de qualquer maneira, ser concluído hoje. O procurador de Saches & Lapin que, de Santos veio unicamente para assinar a escritura, tem necessidade de embarcar no noturno de hoje para São Paulo."

Percebia-se que Sanches Lobo havia escrito aquelas linhas pela manhã. O "diário" continuava. Havia uma ligeira mudança de tinta. O resto tinha sido escrito mais tarde, depois de mudar a tinta do tinteiro. O resto fora escrito à noite, como se percebia das próprias palavras do livro:

— "O meu sobrinho não veio para a reconciliação. Por quê? Conveniência lá dele. O patife é esperto, mas eu me gabo de ser mais. Tive tempo para todos os negócios e ainda pude dar um dedo de prosa à Armênia. Estava hoje linda como nunca. Quer dar um passeio a Buenos Aires e pede-me para isso a bagatela de cinquenta contos. Está louca! Amuou-se porque eu não lhe dei atenção ao pedido. As mulheres são de uma exigência clamorosa e a Armênia parece que jurou aos seus deuses depenar-me. Parece-me que terei de dar-lhe o dinheiro. A Armênia conhece coisas de minha vida que muito me prejudicariam se viessem a público."

Mello Bandeira tornou a encarar Enéas Cabral.

— Está vendo doutor? Há uma Armênia no meio. Precisamos descobrir a Armênia.

— Continua, Mello, continua!

Ele continuou:

— "Concluí o negócio da venda das terras em Mato Grosso. Por um triz que não tinha tempo de concluí-lo. A escritura só pôde ser assinada à última hora, quando o tabelião já ia fechar as portas. Que criatura esquisita o procurador de Saches & Lapin! Um tipo mal-encarado, com um olhar que penetra como um punhal afiado. Não sei por quê, sentia-me mal quando ele me punha os olhos em cima. Não sei onde vi aquele sujeito, mas tenho a certeza de que não me é estranho. Tem cara de ladrão de cinema. Quando me passou os duzentos contos da compra que fez com procuração dos seus patrões, teve um sorriso que me esfriou. Sorriso horrível o daquele homem! Ao despedir-se de mim e ao oferecer-me os seus préstimos, em Santos, a sua mão estava tão fria que me arrepiei. Que impressão má me causou o tal sujeito! Prometi-lhe ir à *gare* da Central despedir-me ou ao Hotel dos Estrangeiros apertar-lhe a mão. Não irei. Quando ele me entregou os duzentos contos era quase noite, já o banco estava fechado e eu trouxe o dinheiro para casa. Tenho receio de sair deixando duzentos contos num cofre sem grandes seguranças como o deste gabinete."

Mello Bandeira e Cabral encararam-se:

— Que tal?!

Depois do momento de comoção, o major deu um murro na mesa.

— Aqui está o fio da meada: o roubo. Havia duzentos contos naquele cofre, e o móvel do crime está claro. Estamos na trilha, dr. Cabral.

— Continua — repetiu o delegado nervosamente.

Mello Bandeira prosseguiu na leitura:

— "São oito horas da noite. Ameaça chuva. Devo ir à *gare* da Central? Não irei. Eis que sinto a campainha tinir. Os meus criados estão todos fora. Desço e é o procurador de Saches & Lapin, que vem de automóvel despedir-se e perguntar-me se me sorri vender as terras carboníferas do Rio Grande do Sul. Não se demora. Sempre o mesmo aspecto estranho. Volto para o gabinete. Uma vontade louca de ver a Armênia acende-se dentro de mim. Devo ir a sua casa. Mas não tenho um criado em casa. Irei amanhã. Que vida estúpida esta minha! Sinto um rumor lá embaixo, na sala de jantar. Parece que alguém tocou sem querer em algum móvel. Vou até a escada. Nada. Que medo infantil este meu! É certamente influência do sonho de ontem à noite. Torno a ou..."

E aí termina o "diário". Sentia-se que ele ia concluir a palavra quando teve que suspender a pena, imprevistamente. Um pingo de tinta denunciador de um susto, lá estava.

O MYSTÉRIO

— Que me diz a isto, doutor?
— É claríssimo.
— Absolutamente claro. O criminoso é o tal procurador da firma de Santos. O homem entregou os duzentos contos ao banqueiro e depois veio roubá-los. Aquela vinda aqui, às oito horas da noite, para despedir-se, foi apenas para estudar o local. Voltou às onze horas e consumou o roubo e o assassínio.
— E o que vamos fazer?
— Em primeiro lugar, correr ao Hotel dos Estrangeiros. Se lá o homem já não estiver, telegrafar para Santos. Não percamos tempo.

Desceram as escadas, apressadamente.

E já no portão, ao entrarem no automóvel:

— E a Armênia, e a Armênia! — gritou o major. — Precisamos não perder a tal Armênia de vista. É preciso descobri-la.

VIRIATO CORREIA.

XIX. A ARMÊNIA

— Sim, sim — disse Enéas Cabral —, mas vamos primeiro ver o tal procurador. Palpita-me que esse sujeito... Enfim...

E ordenou ao chofer:

— Hotel dos Estrangeiros, depressa.

O major sentia-se a gosto naquela diligência. Não era homem de meias medidas, só se metia em casos complicados, e quanto mais difíceis, melhor. Gostava de desembaraçar o que pitorescamente chamava: as meadas vermelhas.

Recostando-se na almofada macia do automóvel, enclavinhou os dedos e pôs-se a rolar os polegares, gesto que nele denunciava preocupação. Na Central, quando o viam naquela manobra, diziam: "Lá está o major a dar à manivela. Aquilo é encrenca". E era.

Quando chegaram ao hotel, o *terrasse* estava cheio de gente que refrescava, repoltreada em cadeiras de vime ou indo e vindo, aos grupos, pelo passeio.

Cabral disse ao major:

— Eu vou só. Espere-me aqui. Nada de despertar suspeitas. O senhor é muito conhecido.

— Sim, sim... vá. Eu fico, até porque, ou muito me engano ou já estou com a tal Armênia nas unhas.

— Como?

— É o que lhe digo. Vá. Não perca tempo. Deixe-me com a mulher.

Foi-se Enéas Cabral, e o major, estirando-se comodamente e derreando a cabeça, fechou os olhos para ver nas reminiscências. E viu.

Era no *High-Life* uma noite de baile. Os salões regurgitavam transbordando para os jardins uma alegre multidão. Dançava-se; era contínuo o espoucar do champanhe e as vozes atroavam confusas no esplendor feérico das luzes.

Mulheres, as mais formosas filhas de Citera, os grandes nomes do mundo alegre, todas as terríveis devoradoras de ouro, cruzavam-se, umas ajoujadas a velhotes ridículos, que mal se podiam ter nas pernas sexagenárias e faziam das tripas corações para manter atitudes ao lado das suas sanguessugas loiras ou morenas, outras com rapazelhos de olhos lânguidos, tresandando a éter como drogarias. E eram risotas, dichotes, gritinhos. A orquestra a tocar de enfiada, pondo em reboliço aquela gente que os animadores e os estupefacientes faziam delirar.

E ele reconhecia na turba multa certos tipos que, por vezes, lhe haviam passado pela lanterna e que o evitavam prudentemente, e sorria de papalvos que ali estavam sendo devorados pelas sereias e pelos tubarões que lhes nadavam nas águas.

Mas não se demorava a ver o que tanto conhecia porque estava empenhado em descobrir um sujeitinho que, ora se dizia argentino, ora se fazia passar por chileno, quando não por francês, e que, em verdade, era espanhol e o mais esperto gatuno e o cáften mais ousado que então havia na cidade.

Andava ele de mesa em mesa pelos salões, pelos jardins, rastreando o misterioso tipo, quando viu a uma mesa, com um sujeito obeso, de papeira gorda e transbordante, uma linda morena, os olhos mais formosos que jamais se lhe haviam deparado até então, e uns dentes que eram verdadeiras pérolas.

O encanto de tal criatura deteve-o. Para admirá-la mais à vontade tirou um charuto e, enquanto o acendia, contemplava o rosto cor de âmbar, que um sorriso maravilhoso iluminava.

Estava assim enlevado, quando sentiu tocarem-lhe no ombro. Voltou-se. Era o Plácido, o comendador Plácido, o indicador dos vícios, o pai Baedeker do Prazer, o guia noturno da cidade, o Mercúrio galante, que conhece, como os dedos das mãos, todas as flores letais que envenenam a nossa Babilônia.

— Estás no choco, hein?

— Linda mulher! Quem é?

— Linda e... — E o Plácido arregalou significativamente os olhos, abotoando os beiços em bico. — Não há outra igual. Conheci-a assinzinha. — E mediu a altura espalmando a mão no ar. — Andava por aí esfarrapada, descalça, vendendo fósforos. Teria doze para treze anos e era um esplendor. Uma noite encontrei-a no Largo da Lapa, chorando. Tive pena, chamei-a a mim, interroguei-a, e a pobrezinha contou-me a sua desgraça. Foi a desgraça de todas as crianças formosas que andam soltas nas ruas. Fora atraída por um miserável... O eterno romance...

"Quis levá-la à Polícia, recusou-se. Que não, que a deixasse. Estava perdida, melhor. Não tornaria à casa, porque o pai, se a visse naquele estado, era capaz de matá-la. O que ela chorava não era a sua pureza profanada, não era a mácula que lhe ficava para sempre no corpo adolescente, mas os fósforos e o dinheiro que perdera ou que o bandido, que lhe arrancara a honra, achara jeito de surripiar. Estava com fome, porque, até aquela hora, só havia comido um pão e duas bananas.

"Dei-lhe dois mil réis e tive o troco de um sorriso, daquele sorriso que lhe vês nos lábios. E foi-se. Para onde, não sei.

"Tive de ir à Argentina, passei lá dois anos, fui depois ao Chile, como sabes, ano e meio de salitre e de outras coisas, e quando voltei, indo, uma noite, ao *Palace-Club*, lá encontrei a minha vendedora de fósforos, acesa em brilhantes, pelo braço de um americano que lhe montou casa na avenida de Ligação, deu-lhe automóvel, lançou-a, enfim.

"Procurei aproximar-me dela e consegui falar-lhe no Municipal. Convidei-a para o Assyrio, lembrei-lhe a noite triste do nosso primeiro encontro e queres saber que me disse ela e rindo às gargalhadas? Que tudo aquilo fora uma história inventada para comover-me. Que depois de me haver apanhado os dois mil réis, conseguira mais oito, até que um velhote, mais ousado, recolheu-a a um sótão, na rua do Catete, onde dormiu.

"Mas então? O lindo monstro sorriu, dizendo: 'Ajuntando vintém a vintém, com um trabalho que só Deus sabe! Depois, quando reuni o bastante para mandar fazer um vestido decente, comprar um chapéu, pôr-me, enfim, digna de aparecer na avenida, vesti-me e saí. Nesse dia encontrei a fortuna, trouxe-a comigo, tinha quase setenta anos e possuía mais de mil contos'."

— O homem partiu no rápido — disse Cabral —, entrando no automóvel.

Mello Bandeira *estremeceu*, arrancado violentamente da visão daquela noite e, ainda atordoado, tartamudeou:

— No rápido?! Partiu no rápido? Foi o diabo. Agora só telegrafando...

De repente, porém, de todo esquecido do procurador, voltou-se para Cabral, que se sentava, e, segurando-lhe a lapela do casaco, disse-lhe:

— Achei a Armênia, não pode ser outra. Conheço-a e o doutor também a conhece. É uma que foi vendedora de fósforos, que morou em um palacete na avenida de Ligação, a mais bela mulher das que por aí andam, a mulher da moda. Dizem até que vive com um ministro.

— Ah! Espera... então é a Judith?! Não se chama Armênia, Armênia é a sua pátria. Sim, tem razão, ouvi dizer que, ultimamente, vivia com um ricaço. Deve ser isso.

— E o doutor sabe onde ela mora?
— Sim, sei. Mora na rua Paissandu.
— Pois vamos lá. Estamos perto. E Mello Bandeira mandou tocar para a rua Paissandu.

COELHO NETO.

XX. UMA DESCALÇADEIRA

No palacete da rua Paissandu fizeram-se os dois Sherlocks anunciar como empregados do falecido banqueiro Sanches Lobo, que sobre assunto importante e inadiável queriam ouvir dona Judith. Depois de longo esperar, que denunciava irresolução ou consulta, a sala de espera abriu-se e um criado irrepreensível, de costeletas e escanhoado como um toureiro andaluz, polidamente pediu-lhes que esperassem, um instante, a senhora.

— As mulheres bonitas — disse Cabral — têm o direito de se fazer desejadas.

Mello Bandeira dardejou-lhe olhar de repreensão, como indicando que o propósito era frívolo para dois aflitos empregados de um patrão defunto.

Ouviram passos leves, abafados, no tapete da escada e um movimento lento no trinco da porta que dava para o interior: a porta abriu-se com vagar e os dois homens levantaram-se, a um tempo, esquecidos quase de sua compostura e da intriga que imaginaram, diante daquela mulher, envolta num longo penteado, os cabelos mal atados em trança, desalinho que prenunciava começo de *toilette* e aumentava a beleza do rosto moreno e das sinuosas esguias do corpo, entremostrado através de rendas caras. Com sorriso sem constrangimento disse-lhes, fazendo gesto que se sentassem:

— Para não os fazer esperar duas horas, vim como estava... Que desejam de mim?

Cabral perdera a linha, admirado do gesto lindo e do parecer encantador da criatura. Mello Bandeira deu a réplica.

— Somos empregados do banqueiro Sanches Lobo. Sabemos, pelas notas do diário do defunto, que era confidente dele...

— Indiscreto! — sublinhou a moça, sem apreensão.

— ...e, por isso, vinham apurar uns tantos informes, para se orientarem nas devassas a que, certamente, procederia a justiça, a respeito do misterioso *assassínio*.

— Não lhes posso ajudar, senão para dizer do seu patrão que o conhecia muito mal... que se não perdeu grande coisa... Deus lhe reze na alma, que se não perdeu grande coisa...

Como os dois supostos empregados de Sanches Lobo tivessem igual surpresa, a bela moça insistiu, tranquilamente:

— Se são empregados do Sanches, como dizem, devem ter do seu patrão o juízo que eu faço ou fiz dele, agora que o conhecia melhor...

Como Cabral esboçara sorriso ambíguo, ela acudiu logo com a explicação, que o devia desenganar:

— Não dê pasto à sua malícia. O banqueiro Sanches Lobo vinha a esta casa e entretinha comigo relações apenas de negócio.

Fez pequena pausa à curiosidade que divulgou nos interlocutores, e ajuntou:

— Não creio que tal homem de alma seca, coração duro, voz falsa e mãos de rapina, pudesse ter outras relações com alguém. Algumas aventuras antigas seriam pecados da mocidade. Sanches vivia para o dinheiro e só a ele era sensível. Por ele viveu, e certamente morreu por ele; estou certa de que na vida foi a primeira restituição que fez, do que tinha mal adquirido.

Os esbirros estavam surpreendidos. Bandeira arriscou uma observação.

— Entretanto, no seu diário íntimo, as observações a vossa excelência revelam não só intimidade, como extrema benevolência...

— Pode ser... esse diário, insincero como tudo nele, seria esperteza, para se documentar oportunamente: Sanches era incapaz de verdades, mesmo com o papel. É possível que quisesse dar ares de íntimo, de mulher festejada e adulada, que recebe em sua casa os maiores nomes do país, quem, à sombra deles, procurava os seus negócios.

Deu à palestra outro rumo, quase confidencial, como para abreviar o entretenimento de tudo o que devia dizer:

— Não é estranho a ninguém, de certa roda, nesta cidade, que na minha casa recebo as personagens mais influentes da política, do jornalismo, das finanças, que aqui vêm discretamente jogar o seu pôquer, e beber a sua champanhe, sem a indiscrição dos clubes ruidosos e populares. Ministros, senadores, deputados, banqueiros, industriais, escritores aqui se reúnem, e daqui saem combinações e projetos, artigos e campanhas, que no outro dia estão na Câmara, nos artigos de fundo, nos assaltos de bolsa ou nas intrigas da sociedade. Tudo aqui se fala livremente, se comenta com afoiteza e se resolve sem dificuldade. Sanches Lobo planejou, agradando à dona da casa, dispô-la ao serviço dos seus negócios e, mediante promessas, conseguir, como conseguiu, algumas concessões rendosas. Agora mesmo, a força elétrica das Cataratas do Iguaçu estava sendo captada, para ele. Dava pequenos presentes, algumas joias, algumas flores, prometia passeios a Buenos Aires, mas não cumpria as promessas, senão no seu diário, talvez. Fui crédula, pensando tirar dele algum proveito pelo que obtinha para ele, mas recentemente reconheci o que era e com as minhas exigências apenas obtive que multiplicasse as suas visitas. Preparava-lhe exposição em regra de seu passado, que comecei a conhecer, quando um mais apressado liquidou com ele violentamente as suas contas, antes do ajuste das minhas...

Mello Bandeira interveio.

— Chegou vossa excelência a conhecer-lhe o passado?... Talvez algum esclarecimento nos possa ser útil...

— Não soube muito, mas soube alguma coisa. Moedeiro falso, contratante de loterias cujos prêmios não apareciam, falido várias vezes, fraudulentamente, burgos agrícolas, terras mal-adquiridas, concessões obtidas por caminhos tortos de advocacia administrativa... Quando prosperou, atirou fora a mulher que o ajudara nos primeiros tropeços da vida, com uma filhinha às costas, quase a mendigar, morta de miséria. A filha que aí vive, em casa humilde de Botafogo, amparada por uma tia, só teve subsistência porque esta o ameaçou de escândalo... E tantos outros casos de fato escandalosos e maus, que compõem a fisionomia desse homem... Olhem — concluiu —, é pena que o tivessem levado hoje, morto, ao cemitério: devia viver, sim, para a cadeia; lá é que estaria bem...

Enquanto falava, assumia o rosto sério aspecto sinistro e vingador. Devia ser grande, a mágoa que pela bonita boca de uma mulher assim se exprimia, sobre um defunto. Parece que o compreendeu a mulher, tanto que pôs o fecho gracioso de uma ironia:

— Se foi isto o que a piedade dos empregados veio aqui buscar, levem belo necrológio... Que boa bisca era o seu patrão, meus caros senhores!

Ia levantar-se, como para despedir os dois importunos, quando rematou:

— É o que lhes tenho a dizer, sr. major Mello Bandeira, senhor dr. Enéas Cabral... Desejam alguma coisa mais?

Os dois, interditos, levantaram-se, surpresos e enfiados que assim fossem reconhecidos; e, já sem nenhuma tentativa de dissimulação:

— Então a senhora nos conhece?

— O seu chefe, que é dos meus íntimos, fala-me sempre dos senhores, os seus braços, os dois braços direitos que tem

O MYSTÉRIO

na administração... Os seus retratos vêm todos os dias nas folhas... O meu criado foi da polícia secreta... Só os senhores se compenetraram, um instante, que eram empregados de Sanches Lobo. Se gostam do pôquer e do champanhe, há aqui partidas discretas, todas as noites. E o barato não é caro. Até outra vista!

AFRÂNIO PEIXOTO.

XXI. O VELHO BARTOLOMEU

— Pode-se falar ao major Mello Bandeira?

— Pode-se — respondeu o soldado. — Entre para aquela sala e espere.

O velho Bartolomeu Cordeiro entrou descansando o guarda-sol e o chapéu sobre uma cadeira.

Havia oito dias que se tinha dado o assassínio misterioso de Sanches Lobo. Os jornais, numa barulhada ensurdecedora, discutiam o caso, enchendo colunas e colunas de hipóteses e títulos espalhafatosos. O major Mello Bandeira, Lobato, Enéas Cabral tinham dado já centenas de entrevistas aos repórteres. E, como até aquele momento não se fizera um raio de luz sobre o mistério, começava a imprensa as primeiras sovas no lombo da polícia. Inépcia das autoridades! Inabilidade nas investigações!

E discutia-se tudo. A lanterna do major caíra num ridículo penalizador. Uma revista que se levava no Teatro São José fazia as delícias do povo com um quadro hilariante, troçando a lanterna. Nas vizinhanças da Central do Brasil vendia-se uma cançoneta de que a lanterna era o tema. Um inferno! Os jornais mostraram como tinham sido errados todos os passos da polícia. Não se tinham examinado com cuidado as possíveis impressões digitais deixadas pelo assassino no "local do crime"! As alamedas do jardim do palacete do banqueiro, sendo de areia, deviam ter os sinais do pé que ali pisara para assassinar o argentário.

Desses sinais de passos a polícia nem se lembrou! E ligavam o assassínio do Sanches com o aparecimento na Praia de Botafogo do par de sapatos e do par de luvas. Estava a entrar pelos olhos, dizia a *Noite*, que aqueles sapatos e aquelas luvas eram do criminoso. O *Jornal do Brasil* era de opinião que a polícia devia procurar o assassino nos clubes esportivos. "Lembrem-se", afirmava sentenciosamente, "que os sapatos são de tênis."

O major Mello Bandeira não dormia e não comia. A sua grande fama de Sherlock desabava naquele desastre. Andava como uma fera. Várias vezes já lhe tinha passado pela cabeça inventar à força um criminoso, agarrar aí um pobre diabo qualquer e obrigá-lo, à pancada, a confessar que fora o matador do banqueiro. Apenas o continha o receio dos jornais.

Foi lá na sua fazenda, em Teresópolis, que Bartolomeu Cordeiro ouviu o ruído do assassínio de Sanches Lobo. Pensou muito, refletiu muito até resolver-se a vir ao Rio procurar Mello Bandeira.

Bartolomeu Cordeiro, quando lhe morreram os pais, já era maduro. A fortuna que lhe viera ter às mãos surpreendeu-o. O pai, sem que ele soubesse, emprestava dinheiro a juros e, ao passar desta vida à outra, deixara uma herança de quinhentos contos. Bartolomeu era o único filho. Rico de um dia para o outro, teve juízo. Comprou imóveis, comprou terras, cuidando unicamente de aumentar a fortuna. A sua mocidade tinha sido sem aventuras e sem amores. O dinheiro dá direito a que se seja amado. Bartolomeu quis ter, na maturescência, os gozos que não pudera ter na juventude. Mas, a veia de usurário, que pulsava no seu pai, de alguma maneira pulsava nele também. Não era o avarento, mas um econômico tão apertado que às vezes com o avarento se confundia. Nunca teve o coração das mulheres.

Ao envelhecer deixou o Rio, indo viver na sua pitoresca fazenda em Teresópolis. Um dia, vindo ao Rio, tratar de negócios, viu no teatro, junto de sua cadeira, uma rapariguinha que era uma perdição. O diabinho trazia consigo dois olhos que mais pareciam dois tições acesos, uma dentadura que fazia inveja ao alvor das camélias, e uma cor morena, suave e macia, como a da manga-rosa.

Os velhos, para amores, têm mais audácia que os moços. Ao lado da mulher, pôs-se a trocar impressões sobre a peça. No segundo ato conversavam francamente. Ela chamava-se Rosa, era de Pernambuco, costurava e vivia de costuras.

Bartolomeu estava completamente doido. Propôs-lhe tudo, levá-la para a fazenda, custear-lhe a vida, dar-lhe dinheiro e conforto. O ouro seduz muito pouco as mulheres novas. Rosa não quis. Bartolomeu pareceu-lhe muito velho.

Mas o fazendeiro teimou. Demorou-se vários dias insistindo, prometendo. Ela que fosse dar ao menos um passeio à sua fazenda.

Tornaram-se amantes. O desejo do velho era levar a pequena para Teresópolis, trancá-la nos seus domínios e nunca mais sair do seu lado. Um diabinho daqueles, no Rio, era um perigo. Acabavam por a tirarem-lhe das mãos. Rosa resistiu sempre. Do Rio não saía. Era muito nova para se ir encafuar na roça. E só uma vez, para fazer a vontade do velho, foi à fazenda, em Teresópolis, voltando oito dias depois. Tudo, aqui no Rio... Bartolomeu Cordeiro teve que sujeitar-se. Vivia mais aqui do que lá na fazenda.

O ciúme dos velhos é o maior estímulo para a infidelidade das mulheres. O fazendeiro azucrinava a todo momento os ouvidos da rapariga com as suas desconfianças. Ela traía-o de fato, mas só quando ele começou as suas primeiras cenas de ciúme.

Um dia em que Bartolomeu voltou à casa da amante por ter perdido o trem para Teresópolis encontrou na sala um rapaz a conversar. Era Pedro Albergaria. Rosa apresentou o moço como um seu parente, chegado de Pernambuco. O velho não engoliu a pílula e, quando Albergaria saiu, a cena de ciúme foi estrondosa. Rosa era dessas criaturas de cabelo na venta. Pois sim, era seu amante! Pronto! Acabou-se!

O velho teve de conformar-se. Passou uns dias amuado, mas acabou aceitando a situação. Começou para ele e para a rapariga uma vida desagradável. Rosa dia a dia mostrava uma paixão imensa por Albergaria, denunciando isso na sua frieza diante o fazendeiro. Albergaria não aparecia na casa da amante; encontravam-se na rua, nos cinemas, nos teatros e, só quando Bartolomeu voltava à fazenda, ia ela à casinha em que o rapaz morava quando assassinou Sanches Lobo.

O fazendeiro redobrou os oferecimentos e as promessas. Rosa repeliu tudo. Se ele quisesse era assim.

O grande trabalho de Albergaria era convencê-la que não abandonasse o velho. Era pobre, paupérrimo, e não podia dar-lhe uma vida feliz. Ela que esperasse por melhores tempos.

Quando, lá na fazenda, Bartolomeu Cordeiro, lendo os jornais, deitou os olhos sobre as palavras do bilhete encontrado junto do cofre do banqueiro assassinado, uma nuvem passou-lhe pela retina. O bilhete, como diziam as notícias, era de uma Rosa, dirigido a um Pedro. Quem sabia?...

E aquilo ficou a remoer-lhe. Passou o primeiro dia, o segundo, o terceiro. De tanto pensar, acabou por convencer-se: o bilhete não podia ser senão da sua Rosa ao seu amante Albergaria.

E como fora encontrado no gabinete do assassinado? Albergaria seria um assassino? Quem sabia lá! O ódio que Bartolomeu lhe tinha abria portas a todas as possibilidades funestas.

E não perdeu mais uma minúcia dos jornais. Lia tudo, devorava tudo, na esperança de encontrar o nome do rival apontado como o criminoso. Nada.

A ansiedade foi crescendo. Devia ir à polícia levar as suas suspeitas? E pensou cinco noites demoradamente. Podia ser que Albergaria nada tivesse com o bilhete, mas, o menos que se podia dar era uma grande complicação na vida do rapaz, a sua ida à polícia, investigações, prisão, o diabo.

Tomou o trem e veio ao Rio. Conhecia o major Mello Bandeira pelo retrato nos jornais. Correu à polícia a procurá-lo. Contaria o seu caso, contaria as suas suspeitas e pediria o segredo possível.

E ali, sentado na cadeira na saleta que o soldado lhe indicara, o velho Bartolomeu pôs-se a pensar. Não seria uma aventura desastrada aquela em que se metera? Não podia haver complicações?

E de cabeça baixa, olhando as tábuas da saleta, refletia. Fizera mal, muito mal. Se fizesse a denúncia, o complicado no caso não seria unicamente o amante de sua amante, mas ela também, a sua Rosa que apareceria forçosamente como cúmplice no horrível assassínio. E o que poderia vir daí? Nem queria lembrar-se.

E ele também não ficaria em situação desagradável? Evidentemente. O seu nome a aparecer nos jornais, discutido e até embrulhado em hipóteses desairosas.

Para que viera até ali? Para quê?

Passaram-se dez minutos. Ele apanhou o guarda-sol e o chapéu na cadeira e caminhou para a porta de saída.

— O senhor não espera o major? perguntou o soldado.

— Não. Ele deve estar ocupado e eu estou com pressa. Voltarei depois.

E desceu a escada, ligeiramente, como se tivesse tirado um grande peso das costas.

VIRIATO CORREIA.

XXII. PEDRO E ROSA

O inquérito da polícia, duas pessoas o seguiam avidamente. O interessante é que ambos se chamavam Pedro e ambos se tinham como autores do assassínio do banqueiro.

Um, já o sabemos, era Albergaria. O outro, o procurador de Sachez & Lapin, a que o velho aludia em seu diário.

De fato, Sanches Lobo tinha tido razão em diagnosticar-lhe a perversidade de intenções pelo olhar. O banqueiro, usurário e espertalhão, sabia perfeitamente discernir os caracteres à simples vista. Não fosse isso e ele não poderia ter feito a sua extraordinária carreira, ganhando a fabulosa fortuna de que estava gozando.

Pedro Linck, americano-do-norte, representante da casa Sachez & Lapin, era um perfeito bandido — ou, para ser justo, uma perfeita alma de bandido. De fato, até então, ele não havia cometido nenhum grande crime. As pequenas espertezas que fizera aqui e ali estavam à margem do Código.

Não é, entretanto, que ele se abstivesse por escrúpulo moral, coisa de que não tinha noção alguma, ou por medo, o que possuía em muito pequena escala.

Ele estava apenas à procura de uma ocasião, uma boa ocasião para agir. Não lhe convinha praticar nenhum desses pequenos roubos, que são crimes, quando podia praticar algum dos grandes, que são mérito e honra...

Naquele dia, sentiu uma tentação mais forte. De fato, a amante, a quem ele tinha a imprudência de tornar sua confidente, sabendo que ele ia entregar a Sanches Lobo uma quantia avultada, incitara-o a apoderar-se dela.

A amante era uma bonita rapariga alemã, chamada Rosa Merck.

Pedro Linck teve realmente, como bem o adivinhou a sagacidade policial de Mello Bandeira, o simples intuito de vir estudar a casa do banqueiro, ao vir despedir-se dele.

Quando o banqueiro veio trazê-lo até a porta, ele notou que a casa parecia estar sem criados. Assim, não fez mais do que afastar-se um pouco para dar tempo a Sanches Lobo de voltar ao seu gabinete. Não lhe convinha atacá-lo no jardim da casa ou mesmo no pavimento interior, porque o velho podia lutar e gritar, e o barulho seria talvez ouvido.

Deu alguns passos e parou à pequena distância.

Mal acabava de fazê-lo, quando sucedeu um contratempo. A criada de Sanches Lobo voltou à casa.

Pedro Linck encarou a possibilidade de ter de lutar. Pensou que talvez fosse útil atirar-se à mulher com um lenço ensopado em clorofórmio. E ele não tinha nem armas, nem clorofórmio.

Partiu a buscá-los no hotel, onde trazia tudo na sua mala.

Se tivesse sido mais paciente, teria visto que a criada saíra de novo imediatamente após. Ela viera apenas buscar um objeto.

Foi logo a seguir a esta segunda saída que Albergaria entrou.

Entrou, roubou e asfixiou o velho.

Mal, por sua vez, acabava de partir, quando Pedro Linck chegou. Armado com o lenço em que pingara um pouco de clorofórmio, pronto a servir, avançou cautelosamente. Receava algum encontro. Nada, porém, sucedeu. Quando alcançou o gabinete de Sanches Lobo, viu-o de costas na cadeira, com a cabeça caída. Pensou que estivesse dormindo. Ocasião magnífica para aplicar-lhe o clorofórmio.

Querendo, porém, verificar se o lenço estava bem molhado, notou que o líquido se evaporara quase completamente. Não teria efeito.

Foi nesse instante que viu uma corda caída junto ao cofre. Avançou cautamente, com imenso receio de acordar o banqueiro que supunha adormecido. Preparou o laço, passou-o rapidamente no pescoço de Sanches Lobo e apertou. Teve a alegria de ver que o velho nem se movera; mas o momento não comportava muita calma para reflexões. Aceitou o caso como bom e acabado — e atirou-se ao cofre.

Aí o esperava uma decepção tremenda: não achou os duzentos contos que dera ao banqueiro.

Não perdeu, entretanto, de todo o seu tempo. Encontrou vários pacotes de ações ao portador de diversas empresas e embolsou-as. Foi quando estava fazendo isso que lhe caiu do bolso o bilhete de Rosa Merck. Porque o bilhete achado era de Rosa Merck e escrito a ele.

O tempo que gastara nessas pesquisas foi o bastante para a volta da criada. Ia sair, quando sentiu passos. Escondeu-se atrás de um reposteiro e esperou.

A criada, vendo o patrão morto, abriu a janela e esgoelou-se a pedir socorro. Gente entrou. Pedro Linck não teve remédio senão continuar escondido.

E daí por diante o gabinete do banqueiro nunca mais ficou inteiramente vazio. Pedro Linck já não sabia o que fazer, quando na manhã seguinte o major Mello Bandeira teve a excelente ideia de apagar toda a luz para fazer funcionar a sua famosa lanterna.

Linck resolveu jogar uma cartada decisiva. Do lugar onde estava, puxou o revólver e deu um tiro na lanterna.

Produziu-se então uma confusão terrível e ele, embora no escuro, conseguiu fugir sem ser visto. À tarde, embarcava para Santos.

Quando a polícia daí foi indagar da sua estada, ele mesmo foi que deu as informações, dizendo que já estava na cidade desde a véspera, o que aliás era mentira, pois que ele chegara naquela manhã. E de então em diante começou a seguir avidamente as notícias das pesquisas sobre o crime.

Mal podia ele imaginar que outro Pedro, amante de outra Rosa e sabendo ser, como ele julgava que era, o autor do crime, não acompanhava o caso com menor avidez.

Pedro Albergaria passara por transes horríveis. Ele tinha em certas ocasiões perfeita certeza de ter asfixiado o velho banqueiro, perfeita certeza de que não recebera e, portanto, não levara consigo nenhum bilhete de sua amante. Mas em outras ocasiões, o seu cérebro, fatigado de tantas emoções, lhe fazia crer que ele fora o autor do enforcamento e de que talvez o bilhete lhe pertencesse.

Ilusões.

A verdade é que, enquanto ele não deixara rasto algum de sua passagem, Pedro Linck multiplicara os da sua. Só a inépcia da polícia os deixara escapar.

Alguns, porém, ainda subsistiam. Havia sobretudo no cofre uma caixinha de charão que foi a salvação de Mello Bandeira, quando ele, no dia seguinte ao da visita à casa da Armênia, lobrigou-a em um dos escaninhos. Não lhe tocou, nem deixou que tocassem. Chamado imediatamente, o pessoal do Gabinete de Identificação não teve dificuldade em assinalar as dedadas de mão possante.

Eram os vestígios da mão de Pedro Linck.

& (MEDEIROS E ALBUQUERQUE).

XXIII. OS ESPÍRITOS

Enquanto a polícia, cada vez mais desorientada e enfurecida com as troças da imprensa, que se acirrava contra a lanterna de Mello Bandeira — cognominado *Diógenes da Segurança Pública* —, espalhava pela cidade, sem resultado algum, os seus mais atilados agentes, prendendo a torto e a direito até um chim — Khan-Ga-Pe, que mantinha, na Ladeira da Conceição, uma espelunca para fumadores de ópio e de diamba —, o velho Bonifácio, que jurara aos seus deuses descobrir o assassino do patrão, resolveu recorrer aos espíritos para a diligência que ia empreender.

Secretário da Sociedade Luz e Graça, da Gávea, onde, então, trabalhava um médium de nome Arouca, funileiro de ofício, convocou uma reunião extraordinária para o fim exclusivo de ouvir o grande intérprete dos *eleitos*.

Foi uma quinta-feira. Chovia torrencialmente. Apesar do dilúvio que ameaçava submergir a cidade, Bonifácio tomou um táxi e mandou tocar para a Gávea.

Eram oito horas quando lá chegou, encontrando a sala cheia de gente molhada e tiritante.

O presidente, motorneiro da Light, um tal Hernandez, era uma fera para invocações. Deixara de funcionar como médium porque atrapalhava tudo com o seu enorme poder — se invocava um morto, e esse morto fora enterrado no Caju, vinha com ele todo o cemitério e a sala das sessões ficava como a Câmara dos Deputados. Ninguém se entendia e era um charivari dos diabos.

Um dia, a pedido de um tenente de cavalaria, Hernandez invocou Napoleão I. Foi um horror! Quando o imperador apareceu, todo o tranquilo bairro da Gávea ficou assombrado porque, com o espírito do grande cabo de guerra, baixaram do além todas as almas dos soldados que o haviam acompanhado nas numerosas campanhas com que ele assolara a Europa e a África. Uma verdadeira invasão.

Desde essa noite terrível, ficou resolvido que Hernandez não evocaria mais e, para compensá-lo, elegeram-no presidente e primeiro formulador da Sociedade, posto que ninguém ousasse tomar os remédios que ele receitava, porque as doses eram sempre cavalares.

Bonifácio, que era tido em alta conta entre os membros da Luz e Graça, expôs aos seus irmãos os motivos da convocação, dizendo-lhes que muito convinha que aquela sessão desse os resultados que ele esperava, não só porque com ele a sociedade tomaria vingança de um monstro que a desfalcara de um de seus membros mais ilustres, como também porque, com a repercussão que teria o fato, muito lucraria a religião que todos ali professavam. E pediu a mais intensa concentração e rezas, enquanto esperavam o Arouca que, naturalmente, morando no Méier, teria encontrado dificuldades, com a enchente daquela noite, para transportar-se à Gávea.

A assembleia, que era numerosa, concentrou-se em oração e, durante meia hora, toda a sala ressoou com o sussurro devoto dos crentes.

Mas soaram dez horas e Hernandez, que tinha de entrar em serviço à meia-noite, declarou que não podia esperar mais e ofereceu-se para funcionar, substituindo Arouca.

Bonifácio, lembrando-se dos horrores daquela tarde do enterro, com a cachorrada furiosa, a ameaça de incêndio, os móveis quebrados, uma senhora, aos berros, num canteiro, Mello Bandeira ferido e ele marinhando pela coluna da varanda, receou que com o poder daquele homem, que fazia tudo por atacado, houvesse alguma. Mas também o caso era tão complicado, estava tão obscuro, que só mesmo um médium de força poderia conseguir alguma coisa.

Resignou-se e, como toda a sala estivesse atenta, à espera da sua palavra, falou com serenidade:

— Meus irmãos, o nosso médium não pôde vencer a tempestade. Ficou por aí, talvez sem guarda-chuva. O nosso presidente oferece-se para substituí-lo. Nós todos sabemos que, quando ele invoca, abala o mundo dos espíritos, mas nós descontaremos cinquenta por cento nas comunicações. Concentremo-nos.

E concentraram-se. Pesou na sala um silêncio de túmulo. Hernandez baixara a cabeça para receber em cheio os fluidos etéreos.

De repente, pondo-se a prumo, fungando estrondosamente, atirou dois murros à mesa, fazendo saltar o tinteiro, e berrou estentoricamente:

— Bonifácio!

O velho fâmulo estremeceu e, como impelido por uma mola, pôs-se de pé, boquiaberto — é que na voz do motorneiro, como se fosse um fonógrafo, ele reconhecera a do banqueiro Sanches. Era, pois, a alma do seu patrão que ali estava, encarnada no corpo do espanhol. E quem melhor do que ela para dizer a verdade sobre o caso intrincado?

— Bonifácio! — repetiu Hernandez.

O fâmulo, humilde, inclinou-se, respondendo:

— Pronto, patrão.

— Aqui me tens. Que queres? Fala! Sê breve, porque não me posso demorar cá embaixo. Na Eternidade não há tempo. Desde, porém, que descemos à terra, onde tudo é passageiro, ficamos escravos dos minutos e temos que nos sujeitar aos que trazemos na licença. Eu só tive cinco, assim, pois, avia-te. Dize tudo em cinco minutos, nem mais um segundo. Ou antes, em quatro minutos e meio, porque eu já devo lá em cima trinta segundos que tomei da última vez que desci, a chamado do Centro Paz e Amor, da Saúde. Vamos.

— Pois sim, patrão. Vou ver se consigo fazer o que ordena, ainda que, nervoso como estou, não me seja fácil expor, de pronto, o que quero. Mas o patrão deve saber. O que aqui me traz é justamente o patrão. Essa gente da polícia mexe, remexe, vira e revira e não consegue descobrir o seu assassino.

— O meu assassino!

Deu-se o que Bonifácio esperava e todos temiam. A força do motorneiro demonstrou-se, em toda a sua violência. Sentiu-se que o homem fora invadido por uma legião de espíritos, porque desandou a dizer asneiras, falando desacertadamente, rindo às gargalhadas, assobiando, cantando moxinifadas como *Coco de respeito*, *Pé de anjo* e outras baboseiras carnavalescas.

A sala ficou estarrecida e vozes comentavam na assistência numerosa.

— É isto. Esse homem não dá para estas coisas. Tem força demais. A gente pede-lhe um espírito, um só, para um negócio, e ele sai logo com o obituário do ano. Não serve. Tem força demais, mas força inútil, porque em vez de servir ao que se pede, enche toda a sessão com histórias, cantorias, descomposturas, ameaças e a gente sai daqui como entrou: a ver navios. É muito grande, não há dúvida, para atrair não há como ele, mas é isto. Estamos com a sala cheia e do banqueiro nem notícia. Olhe, lá está falando alemão ou inglês, não sei, é língua estrangeira, e não resolve o caso.

O motorneiro berrava, vociferava, bufava, esmurrava a mesa, falando diversas línguas, como se fosse a torre de Babel, e Bonifácio, diante dele, meneava com a cabeça, compungido.

— Era pena! Um homem de tanto valor, com tamanho prestígio sobre os espíritos, capaz até de arrancar almas do inferno, com *habeas corpus* para ouvi-las, era aquilo. — Uma balbúrdia, uma confusão, nada. E Bonifácio, desanimado, sentou-se. — Decididamente só o Arouca poderia fazer alguma coisa. Com o motorneiro era inútil tentar. Que ele ficasse como o maior, o domador dos espíritos, a Força Suprema, o expoente máximo do espiritismo, só isso, no cartaz, para efeito. Na prática era preferível o Arouca, mais modesto, mais sereno, mais ponderado, mas, incontestavelmente, muito mais útil.

Hernandez acordou, passou a mão pelos olhos, bocejou e, voltando-se para Bonifácio, indagou:

— Então? Tudo esclarecido, não?

— Infelizmente, não. Muito brilho, espíritos às legiões, uma beleza como efeito, mas de revelação... nada. Estou na mesma.

— É que tu não penetras o arcano das minhas palavras, Bonifácio.

— Deve ser isso. Vou entender-me com o Arouca. Você é o maior de todos, ninguém diz o contrário, é... mas ninguém te entende. Tens força demais... demais.

E foi assim que a tentativa do velho fâmulo deu em droga.

COELHO NETO.

XXIV. ASSASSINO! LADRÃO!

Ao sair da polícia, Bartolomeu Cordeiro seguiu para a casa de Rosa.

A rapariga não estava.

Havia entre eles dois um arrufo recente. Bartolomeu queria desmanchá-lo agora. Não havia nas intenções nada de carinhoso e terno, e sim um plano sereno de vingança. O que pretendia era observar a amante e, através dela, observar também Albergaria. Quando tivesse colhido provas que fundamentassem as suas suspeitas, aí sim, correria a Mello Bandeira e denunciava.

Como tinha pretendido fazer hora antes, era uma aventura infeliz. Um bilhete dirigido a um Pedro e assinado por uma Rosa. Pedro há muitos e Rosa muitas existem pela cidade. Ele que meditara longamente sobre aquele indício, achava-o agora pueril. Mas a desconfiança de que o bilhete encontrado no gabinete do banqueiro era de sua amante, dirigido a Albergaria, não lhe saía do pensamento. Tudo ali estava para convencê-lo. E tirava do bolso o pedaço do jornal em que vinha transcrito o bilhete. "Meu amor, não é possível, pois o velho é o que tu sabes." O *velho* ali era ele. Naturalmente Albergaria mandara pedir a Rosa que lhe fosse à casa e ele respondia que era impossível, pois que ele, Bartolomeu, estava na sua companhia. Aquele "velho é já o que tu sabes" não queria dizer outra coisa. Certamente Rosa já tinha mandado comunicar ao amante preferido que Bartolomeu havia chegado de Teresópolis e o "é o que tu sabes" não era mais que uma afirmação reiterada.

E o resto? "Olha, Pedro, se tu me queres bem, acaba de uma vez com isso. Não posso mais esperar tanto tempo. Tua que te quer até a morte. — *Rosa*." Era claríssimo. Um bilhete de sua Rosa para Pedro Albergaria. Daria tudo para olhar o tal papel e verificar a letra de quem o escreveu. E como? Ir à polícia e pedi-lo ao major? Perigoso. Na ânsia em que a polícia estava de agarrar o criminoso podia ver, no seu movimento, indícios do crime e agarrá-lo também. Nada. Mello Bandeira era um homem perigoso...

E, sentado na sala de jantar da casinha da amante, Bartolomeu Cordeiro meditava. Onde terá ido a Rosa? A criada dissera apenas que ela havia saído. Naturalmente a algumas compras.

Entre Rosa e Albergaria surgira naqueles dias uma crise de amor. Desde o assassinato de Sanches Lobo que o rapaz mudou completamente. Albergaria apaixonara-se por dona Lucinda, ao vê-la vestida de homem na polícia e tudo nos seus hábitos sofreu uma transformação sensível. Não escreveu mais uma linha à Rosa, marcando-lhe encontros e entrevistas. As mulheres adivinham, percebem estas coisas no ar. Rosa percebeu que alguma saia mais tentadora se atravessara diante do coração do seu querido. E alarmou-se. Foi-lhe à casa várias vezes, sem encontrá-lo. Mandou-lhe cartões e cartas insistindo que viesse à sua casa. Nem resposta.

Naquele dia, a rapariga saíra para procurar Albergaria. Fazia poucos minutos que ela deixara a casa, quando Bartolomeu chegou.

Ao descer de Teresópolis o fazendeiro resolvera passar uma semana no Rio, e era sempre em casa da amante que se hospedava. Tirou o casaco, chamou a criada, mandando fazer café. Foi recostar-se a uma cadeira preguiçosa junto da janela do quintal, abriu um jornal da tarde que comprara ao entrar ali, tirou os óculos do bolso e preparou-se para ler.

Nesse momento, entrou Albergaria. Chamado insistentemente pela Rosa, resolvera vir vê-la. Não contava com Bartolomeu ali.

Os dois encararam-se. O rapaz quis recuar, sair, mas Bartolomeu tinha-se erguido da cadeira calmamente, olhando-o com uma insistência estranha.

— Por que o senhor me olha dessa maneira? — perguntou.

— Eu é que devo perguntar. Com que direito entrou o senhor aqui?

— Com o direito que se tem de entrar numa casa, quando nela se tem uma pessoa amiga.

— Essa pessoa, creio que não sou eu — disse Bartolomeu com um tom de ironia.

— Não. É a Rosa — respondeu o rapaz com ironia maior.

O velho ficou silencioso como se aquilo lhe doesse. Por um segundo não teve o que dizer. Afinal falou:

— Creio que já lhe proibi de entrar aqui.

Albergaria sorriu.

— Parece-me que sim, mas eu tenho uma memória muito má, esqueço-me.

— Pois faz muito mal em esquecer-se — retorquiu Bartolomeu com intenção. — Quem pratica atos como os seus precisa ter boa memória.

O rapaz não percebeu a que o adversário queria chegar.

— Se o senhor me quisesse emprestar um pouco de sua memória... — disse, troçando.

— Talvez assim o senhor fosse mais cauteloso e não se deixasse cair em esparrela.

Albergaria notou que havia nas palavras do fazendeiro qualquer coisa de intenção. Picou-se.

— Que esparrelas são essas? — perguntou com a voz alterada.

Bartolomeu quis dizê-las. Conteve-se a tempo. Seria imprudente e inábil. Desviou-se falando com uma energia ruidosa:

— Creio que nesta casa só eu tenho o direito de falar nesse tom.

E depois de uma certa pausa:

— O senhor aqui quer ter muitos direitos, até o de gritar. Contente-se com o de ser sustentado.

Uma nuvem passou pelos olhos do moço.

— Como diz?

O outro repetiu:

— Contente-se com o direito de ser sustentado enquanto eu não resolvo o contrário. Já me vai aborrecendo essa história de ter que custear a sua vida.

Albergaria avançou. A mesa de jantar impediu-o de agarrar o velho. Bartolomeu sacou o revólver do bolso da calça.

— Se tiver a coragem de tocar-me, esmigalho-te os miolos.

O moço recuou. O fazendeiro com um riso infernal fitou-o, exclamando:

— Assassino! Ladrão! Se der mais um passo ponho-o tão morto como o banqueiro Sanches Lobo.

Albergaria arregalou brutalmente os olhos.

Nenhuma palavra lhe pôde sair da boca, nenhum gesto dos braços. Ficou lívido, os olhos fixos no fazendeiro, como se de súbito se petrificasse.

Bartolomeu guardou o revólver com uma gargalhada diabólica.

— Hein? Hein? É ou não é necessário ter memória para não cair em esparrelas?

Albergaria baixou a cabeça, como a meditar. Estava perdido. Como aquele velho adivinhara e soubera? Um clarão passou-lhe pelo espírito. Era o bilhete, era a coincidência da Rosa e do Pedro, encontrada no papelinho, no gabinete do banqueiro. Criou alma nova.

— O senhor então julga que eu fui o assassino de Sanches Lobo?

— Afirmo.

— Pois então ponha o chapéu e vamos à polícia.

O fazendeiro não esperava por aquilo, desnorteou-se. O assassino percebeu a perturbação.

— Vamos. Não vacile. O senhor enunciará o meu nome.

Bartolomeu ficou um instante a pensar, de cabeça baixa. O jornal que ele havia comprado na rua estava estendido em cima da mesa de jantar. Os seus olhos caíram sobre os grossos títulos da página aberta: "O assassino de Sanches Lobo foi preso. O criminoso cai em contradições".

O fazendeiro estremeceu, com os olhos fixos no jornal. Albergaria lançou também os olhos para a página. Era a notícia da prisão de Pedro Linck, o representante da casa Sanches & Lapin. A polícia tinha comparado as impressões digitais deixadas na caixinha de charão do cofre do banqueiro com as impressões digitais do preso. Eram as mesmas. A notícia afirmava que os sapatos e as luvas encontrados pelo pescador na praia de Botafogo serviram admiravelmente nos pés e nas mãos do representante da firma paulista. Concluía dizendo saber a polícia que a amante do preso se chamava Rosa.

Albergaria leu tudo de relance e, encarando Bartolomeu, repetiu:

— À polícia! Vamos depressa! Não percamos um minuto!

Bartolomeu caiu sobre a cadeira, desoladamente.

VIRIATO CORREIA.

XXV. O TESTAMENTO ROUBADO

Enquanto Enéas Cabral, o delegado auxiliar, seguidor dessa pista, exultava com a prisão de Pedro Linck, identificado pelas impressões digitais deixadas na caixa de charão, Mello Bandeira ralava-se de ciúme profissional, quase descrendo da polícia científica, que de nada lhe valera, quando o empirismo ignorante, ou apenas eloquente, dava sorte ao seu colega. A alma de Sherlock envolvia-se na bruma opaca e fria da descrença, ante essa ironia do destino: ele é que procedia, segundo as regras indutiva e dedutiva da "criminoscopia"; era o outro, um bacharelete untado de filosofia, quem pegava o criminoso...

Passeava de um lado para o outro, no seu vasto aposento da Central, onde, a sós comigo, costumava achar a solução para os mais difíceis problemas, quando o vinco apreensivo e amargurado da testa se distendeu, e um sorriso, entre sarcástico e vingador, lhe entortou a comissura dos lábios.

— E esta? Nem me lembrava! — disse alto, como a um interlocutor ausente. — Não me foge, meu caro colega, as *três* pontas deste *dilema*: ou Pedro Linck procedeu de luvas de fio de Escócia, e não deixaria dedadas na caixa, ou procedeu de mãos livres e então não lhe pertencem as luvas encontradas... ou... — e ficou um instante a procurar a terceira ponta, porque achara três para o seu dilema — ou, então, foram dois os sujeitos, o das luvas e o das mãos descalças, e neste caso o seu achado, senhor doutor Enéas Cabral, é apenas meio achado, talvez fração menor de achado, uma nomeação de criminoso, como o senhor diz.

Concentrou-se em sua alma profunda, e um pensamento aflorou-lhe aos lábios:

— O detetivismo é ciência do espírito, transcendente, filosófica, que pelo simples jogo de induções, que são generalizações de um pequeno fato-indício, das deduções, que são as consequências de um grande conhecimento conseguido, chega necessariamente à verdade. Como Le Verrier, no seu gabinete, pode descobrir Netuno, no céu, eu aqui nesta sala posso achar o assassino de Sanches Lobo... embora no inferno! Já agora mesmo sei que Pedro Linck não é o culpado único, talvez não seja o maior culpado! E esta verdade, transcendente, obtive-a, simplesmente, pela força do raciocínio indutivo-dedutivo... e sem sair deste gabinete... sem arredar pé daqui...

Bastou esta conclusão final para que Mello Bandeira, que andara todos estes dias, como barata tonta, à procura do assassino do banqueiro, se quedasse agora, constituída a sua nova teoria, encerrado no seu gabinete de trabalho intelectual, cujo assoalho media com as largas passadas. Exclamou, então, com ênfase de convencido:

— Assim como o achei, o parceiro de Pedro Linck, sem mais sair daqui, aqui o hei de ver, porque, necessariamente, aqui virá ter...

De fato, esta confiança estava de acordo com duas das mais famosas teorias do detetive, que ele prometia escrever, em livro documentado, para ensino universal. Ele as proclamava a cada dificuldade, embora, na prática, nem sempre as seguisse. Uma era a "teoria dos antípodas", como lhe chamava, segundo a qual para crime realizado em Botafogo devem as pesquisas ser feitas em Cascadura, pela razão muito simples que o criminoso não há de ficar aí por perto, rondando o lugar do crime, na boca do lobo, senão procurar esconder-se, onde não possam suspeitar que esteja... isto é, nos antípodas!

Pois bem, assim como o raciocínio dedutivo dele aí o levou, que aí o vá procurar o raciocínio indutivo do Sherlock. A coisa é em Niterói, pesquisas no Rio; é em Santa Teresa, procure-se no Saco do Alferes. Agora mesmo, de acordo com a planta cadastral, Mello Bandeira empenhava-se em estabelecer os bairros — antípodas da Capital.

A outra teoria era a da "colaboração social" ou do "amadorismo auxiliar", isto é, a arte do detetive é universal e toda a gente é mais ou menos Sherlock, de onde inúmeros amadores que procuram auxiliar a polícia, colaboração que nem sempre será de menosprezar. Mello Bandeira convinha que os mais argutos detetives não eram policiais, senão porque a polícia adquiria tais amadores, provados os seus méritos: assim acontecera com ele. De fato, nenhuma grande obra humana fora feita por profissionais: Colombo não era navegador antes de descobrir a América; Pedro Álvares Cabral, o profissional, só por acaso, e apenas por acaso, achara o Brasil. Gutenberg não era editor, nem jornalista, e, entretanto, inventou a imprensa. Marinoni, que era da profissão, só conseguiu um moinho de desenrolar bobinas: o profissional não dá nada e tende ainda a dar menos. A razão é que o amador de vocação, se aproveitado burocratizado no ofício, perde as iniciativas, e dá apenas em empregado público, cuja única ambição é esta: "Não mexam comigo!". Venha, pois, a luz de fora, colaborem os amadores, abram-se as portas a eles, que cheguem a fecundar a justiça!

Deste êxtase, que o raptara à realidade, foi Mello Bandeira, trazido de novo a ela pelo contínuo, que lhe anunciava um velho mal-encarado, o qual dizia ter coisas importantes a depor.

— Eu não disse?! Eles vêm ter aqui! Mande entrar, que é certamente sobre o crime de Botafogo!

Era de fato. E era o velho Bonifácio, o serviçal de Sanches Lobo, cada vez mais avelhantado, após as emoções do crime, da crise de loucura transitória na delegacia, finalmente do malogro da sessão espírita na Gávea, quando todo o obituário do ano privara a alma do patrão da confidência sobre o seu matador. Raio daquele Hernandez, que de tanta força, era ele só a língua de todo o outro mundo, pois que todos querem falar por ele!

Saíra triste, descoroçoado, pensando agora na vida que iria levar, quando, por aí, lhe entrou uma ideia na cabeça. O banqueiro prometera deixar-lhe alguma coisa, se morresse antes dele, recompensa de bons e longos trabalhos; portanto, só poderia ser em testamento... Teria deixado este instrumento público de sua última vontade? Onde pararia ele? Não dormiu, excogitando.

Ao outro dia, logo às nove da manhã, lá estava na cidade, à porta do banco, à espera do comendador Pantaleão do Aveiro, companheiro de diretoria de Sanches, que o devia saber. E aí, de fato lhe foi dito, que dois dias depois do infausto acontecimento fora o testamento, depositado nos cofres do banco, reclamado pelo herdeiro do morto, o seu sobrinho, que disso deixara recibo. E sobre o papel mostrado, o velho fâmulo leu a assinatura: "Pedro Alves Lobo Cardoso".

Aí mesmo, no banco, Bonifácio desgovernou: era ele, este Cardoso, sobrinho de Sanches, o assassino do tio, como suspeitara, sem provas. Agora tinha a maior, a decisiva. Deserdado pelo banqueiro, além de o matar, lograra o testamento para o destruir. Seria, pois, o herdeiro forçado, como único parente do morto. Não havia dúvida, era ele!

Pantaleão enxugou a testa de suor, já àquela hora matinal, e exclamou:

— Em que encrenca me fui eu meter! De fato, os jornais não falam de testamento, nem consta que o juiz respectivo o tenha aberto... Fui logrado pelo maroto! Mas, além do recibo, eu o reconheço, oh, se reconheço...

Bonifácio tinha desaparecido. Meteu-se num táxi e mandou tocar para a Central, para falar ao major Bandeira, a quem tudo isto confiara.

O Sherlock teve um riso vitorioso. Chamou dois secretas, disse-lhes algumas palavras e os despachou em automóveis, um para a rua da Alfândega, e o outro para a Assistência Municipal: mandava buscar, por bem, se o quisessem, por mal, se fosse necessário, o comendador-banqueiro que entregara o testamento, e o médico-sobrinho-assassino, que o recebera e talvez destruíra.

Cardoso não estava de serviço, e foi preciso apanhá-lo em casa, o que demorou algum tempo mais; porém, Pantaleão veio de recibo em punho, e até com um cartão do tal sobrinho, que não conhecia de antes, mas se lhe apresentara desta forma.

— Quem podia suspeitar que este parente, porque deserdado, era o assassino e só queria o testamento para o destruir?

— Se o destruiu, pior para ele, que com isto mais se compromete. Oh! Se o tenho! Ele aí vem... e o senhor o vai identificar, comendador!

Neste momento, muito pálido e esbaforido, o secreta introduzia o dr. Cardoso.

— Aí tem o senhor, o dr. Pedro Alves Lobo Cardoso, sobrinho de seu colega Sanches Lobo, a quem confiou o testamento dele!

Pantaleão abria os olhos, já arregalados e exorbitantes, deixava cair o queixo e os braços, numa indizível decepção, e só a custo pôde balbuciar, sacudindo a cabeça:

— Não, não foi a este senhor, que nunca vi, não foi ele a pessoa a quem confiei o testamento e que me passou este recibo!

AFRÂNIO PEIXOTO.

XXVI. UM EXAME DE CONSCIÊNCIA

Quando Pedro Albergaria saiu de casa de Rosa, ia sôfrego por notícias.

Deixara o velho Bartolomeu literalmente sucumbido, ao saber que as suas suspeitas eram falsas. Tivera a crueldade, ao sair, de lhe dizer zombeteiramente que desse lembranças a Rosa.

Na rua comprou os jornais e pôde então saber o que se passara com Pedro Linck. O jornal, que vira na casa da amante, era o que menos notícias trazia.

O americano procurara ao princípio negar qualquer participação no caso. De fato, ele fora preso sem saber que indícios a polícia detinha. Mas os Sherlocks de Santos haviam agido com muita habilidade.

Um detetive fora à loja em que ele servia levando, cuidadosamente embrulhada, uma belíssima caixinha de charão preto. Apresentou-se como um vendedor de curiosidades. Linck pegou a caixa, abriu-a, agradou-se dela e parecia disposto a comprá-la, quando o falso vendedor lhe pediu um preço fabuloso. O americano despediu-o sem demora. Era o que o vendedor queria.

O detetive tomou a caixa com o papel de seda que a embrulhava e carregou-a para a polícia. Nada melhor que o envernizado do charão para que nele se deixem dedadas visíveis. A caixa estava cheia delas. A polícia verificou o desenho, comparou com a fórmula das impressões digitais que lhe tinha sido transmitida pelo telégrafo e não teve mais dúvida.

Linck não sabia estes pormenores.

Quando bruscamente, após as primeiras negativas, eles lhe foram revelados, não pôde deixar de perturbar-se. Talvez, entretanto, resistisse um pouco. Mas a polícia tinha descoberto Rosa Merck.

Também aí as pesquisas foram feitas com habilidade. Afinal nem sempre a polícia é desajeitada. O delegado, que a mandou chamar, disse-lhe que o fazia por causa de uma questão de moeda falsa, em que estava envolvida uma mulher de nome Rosa, antiga moradora em certo ponto da cidade onde ela nunca morara.

Rosa, que entrara cheia de receios, cobrou ânimo. O delegado aceitou-lhe as declarações. Conversou. Gracejou. Fê-la recuperar todo o seu sangue-frio. Por fim, com um ar despreocupado, pediu-lhe que escrevesse uma declaração sobre o assunto, negando toda a sua participação.

Era uma declaração que o próprio delegado tinha redigido e na qual entravam, entre muitas outras, todas as palavras do bilhete escrito a Pedro Linck.

Ele ia ditando e Rosa escrevendo, sem nenhuma suspeita do caso. Quando chegou ao fim, o delegado passou o mata-borrão e, tocando um tímpano, deu a declaração a um contínuo para levá-la a Mello Bandeira.

Rosa quis partir. O delegado não deixou. Continuou a conversar alegremente. Ela não sabia da prisão do amante, e não julgava que perigo algum a ameaçasse. Mas, nisto, Mello Bandeira assomou à porta e sacudiu a cabeça em um gesto afirmativo. Acabava de comparar a declaração com o bilhete e não tinha dúvida alguma. Era da mesma mão.

O delegado fez-se imediatamente sério e deu ordem de prisão à mulher, surpreendida.

— Presa por quê? — perguntou ela.

— Por ter sido a incitadora do assassínio do banqueiro Sanches Lobo.

— Mas não fui eu! Pedro matou porque quis matar!

Aquilo lhe escapou sem reflexão. Foi, porém, decisivo. Apertada de perguntas, acabou confessando que o crime fora realmente praticado por Pedro Linck.

Este, quando viu a prova das digitais reveladoras, a comparação da letra de Rosa na declaração e no bilhete e por fim soube da confissão desta, viu que estava perdido e confessou tudo.

O interessante é que a sua convicção de ser o assassino de Sanches Lobo o levava tão longe que ele disse que o banqueiro estava de costas para a porta do gabinete, dormindo.

— E como viu que ele estava dormindo?

— Porque o ouvia ressonar de leve.

Esse pormenor absolutamente falso, e que o comprometia, era uma ilusão da sua memória. Sem dúvida, para que soubesse que Sanches Lobo estava dormindo, seria necessário que tivesse um sinal dessa natureza: ou o visse respirar, ou o ouvisse ressonar. Mas ele inventava, contra seu interesse, esse detalhe.

Sentindo que devia ter sido assim, deu a coisa como se a houvesse observado.

Pedro Albergaria leu essa confissão com verdadeiro assombro.

A polícia achava, porém, que o americano, embora confessando o furto de títulos e valores, negava o dos duzentos contos, para deixá-los escondidos em qualquer ponto e, mais tarde, acabada a pena ou absolvido por algum júri, ir buscá-los.

Quanto às luvas e às botinas de tênis, Linck negava também que lhe pertencessem e as houvesse utilizado. Esses objetos tinham estado dentro da água, haviam sido pescados cobertos de lodo, tinham andado por tantas mãos que já não podiam fornecer vestígios. De mais, o fato de que se haviam encontrado botas e luvas, a vários quilômetros de distância do lugar em que se praticara um crime, não provava de modo algum que tivessem relação com o caso.

O que a imprensa chamava as "contradições" de Pedro Linck eram coisas que a Pedro Albergaria confirmavam a veracidade do criminoso.

De fato, ele achara o cofre aberto; de fato, ele não roubara os duzentos contos; de fato, as luvas e botinas não lhe pertenciam... Mas isso parecia incrível à polícia.

Mello Bandeira foi o único que se obstinou por algum tempo em admitir a existência de dois criminosos. Mas disso não falou a ninguém.

Pedro Albergaria, lendo as notícias, fez serenamente o seu exame de consciência. Outro homem ia ser condenado em seu lugar: devia ele apresentar-se? Não.

Calmamente, estudando os fatos sem nenhuma intenção covarde de se desculpar, comparava os casos.

Não fora um assassino por desejo de riquezas. Tomara uma vingança perfeitamente justa. Castigara um homem digno de castigo. Sentia que do fundo do sepulcro sua mãe lhe dizia: "Fizeste bem!".

E tinha feito.

Roubara? Era verdade. Mas tudo o que ele trouxera não passava de uma pequena restituição. Chegava quase a não merecer, em boa justiça, o nome de ladrão.

Pedro Linck, pelo contrário, não era outra coisa. Matara para roubar.

Albergaria perguntava agora a si mesmo se ele asfixiara de todo o banqueiro ou se este, apenas transitoriamente sufocado, estava voltando a si quando Linck entrara.

Isso não era verdade. Albergaria fora quem matara Sanches Lobo. Linck se iludiu, se julgou ouvir alguém ressonar.

Mas, fosse como fosse, era uma alma de criminoso. Merecia a pena que lhe aplicassem, embora severa.

E em sua alma e consciência, Albergaria ficou tranquilo.

& (MEDEIROS E ALBUQUERQUE).

XXVII. A LATA DO DINHEIRO

Àquela hora do cair da tarde, quando Pedro Albergaria chegou à sua casinha de arrabalde, vinha absolutamente tranquilo. Tudo lhe estava correndo magnificamente. Não havia sobre a sua pessoa a mais vaga, a mais longínqua suspeita. Ninguém poderia imaginar que tivesse sido ele o assassino do Sanches Lobo. Todos os caminhos poderiam ser trilhados pela polícia, menos o caminho que levasse à verdade.

Para maior felicidade sua, aparecera a figura daquele Pedro Linck que, imprevistamente, confessava um crime que ele, Albergaria, praticara. Era realmente uma grande felicidade o aparecimento inesperado daquele americano.

Corria-lhe tudo maravilhosamente. Até a teimosa suspeita de Bartolomeu Cordeiro, infundada, sem bases seguras, mas que podia complicá-lo, essa estava redondamente destruída.

O que ele desejava, dera-se. Quando por muitos meses e anos arquitetara a morte do banqueiro, o seu maior cuidado era justamente aquele: fazer as coisas de tal maneira que não deixasse os mais ligeiros indícios, nenhuma brecha para as suspeitas de sua pessoa. Aquilo mesmo ele desejara: que a polícia encontrasse um pobre diabo qualquer e sobre ele fizesse carregar todas as culpas. Saíra-lhe melhor do que a encomenda. Aparecia um sujeito que, sem ser um pobre diabo, vinha, e logo aos primeiros apertos da polícia confessava escandalosamente o assassínio na sua minúcia. Esplêndido! E Pedro

Albergaria, abrindo as janelas de sua casinha que durante três dias não visitava, exclamava:

— Esplêndido! Maravilhoso!

Agora estava perfeitamente tranquilo. O assassino já existia para a polícia, a polícia satisfazia-se com ele, nenhuma complicação poderia surgir.

Era o momento de começar o gozo do dinheiro que roubara de Sanches Lobo.

A respeito de dinheiro, Albergaria estava mal. A pequena quantia que pedira emprestada a um dos seus antigos patrões dissipara-a. Os últimos níqueis que tinha no bolso gastara-os em jornais, naquela tarde.

Agora precisava de uma soma um tanto mais vultuosa. O caso era o seguinte: com o seu amigo Alves Barreto, conseguira um emprego na redação d'*O Brasil*.

Era aquilo, para os seus planos futuros, um excelente início de vida. O emprego, teria que começar a exercê-lo na semana vindoura, e não lhe ficava bem apresentar-se com aquelas roupas modestíssimas e quase miseráveis que usava. Devia procurar um alfaiate para vestir-se decentemente.

Se tinha duzentos contos consigo, sem mais perigo de polícia, sem mais nenhuma probabilidade de complicações, não via motivo nenhum para não tocar no dinheiro.

Quando escurecesse iria desenterrar os cobres.

Devem os leitores estar lembrados das precauções que Albergaria teve ao trazer para casa o dinheiro roubado. Dias antes munira-se de chumbo e maçarico e de todos os apetrechos necessários para fazer uma solda. No dia do crime cavara no quintal do seu casebre um buraco de quase um metro de profundidade, perto de uma pequena torneira. Servira-se mais de uma lata de folha, vazia.

Ao voltar para casa, depois de consumado o crime, ao retornar carregando a quantia de duzentos contos, seguiu imediatamente para o lugar onde cavara o buraco. Toda a soma e mais aquele papel que, com interesse procurara no cofre do banqueiro, Albergaria depositou dentro da lata, soldando-a cuidadosamente. Em seguida colocou a lata no buraco, tapou-o com a terra revolvida, calcando-a. Depois derramou alguns baldes d'água por cima, encharcando o quintal para que desaparecessem os sinais que a enxada fizera.

Tudo ficou como desejava. Ninguém poderia adivinhar que o terreno fora revolvido.

Naquela tarde, Albergaria esperava apenas que anoitecesse para ir desenterrar a lata.

Tirou o casaco, mudou toda a roupa, vestiu um velho pijama e sentou-se. Uma figura de mulher surdiu-lhe à memória. Era loira e linda, a mesma mulher que lhe enchia agora o pensamento em toda a parte. E o vulto de dona Lucinda esboçou-se luminosamente no seu espírito, no esplendor de uma mocidade risonha, na frescura de uma juventude radiosa. Não a tinha visto desde aquele dia que a acompanhara em casa. Uma timidez estranha tolhia-o de subir as suas escadas. No entanto, minuto a minuto, sentia que a figura daquela mulher se lhe infiltrava cada vez mais na alma, dominando-o. Todas as noites, já muito tarde, passava-lhe pela porta, parava defronte, ao ver um raio de luz através das janelas, a adorá-la de longe no fetichismo dos primeiros impulsos de amor.

E por que não ia vê-la se ela se mostrara tão sua amiga, tão grata ao serviço que lhe prestara na polícia por duas vezes? Aquela maldita timidez. Sentia-se malvestido e não queria apresentar-se diante de um ser querido com roupas sovadas e malfeitas.

E começou a fazer os seus planos. No dia em que o alfaiate lhe entregasse as roupas, nesse mesmo dia correria à rua Paulino Fernandes para visitar a moça. E daí por diante não deixaria de vê-la.

Ia já escurecendo. Mudou os sapatos, calçando umas velhas botas, rotas. Isso para o trabalho de desenterrar a lata.

Que devia fazer? Tirar todo o dinheiro e guardá-lo dentro de casa ou tirar apenas a quantia que necessitava naquele momento? Isto ou aquilo tinha os seus inconvenientes. Se tirasse somente a quantia necessária para a roupa, teria novo trabalho de enterrá-lo e desenterrá-lo quando de novo precisasse. E isso de estar a enterrar e desenterrar era cacete.

Mas se tirasse todo o dinheiro e o guardasse dentro de casa o inconveniente era maior. Um perigo, até. Não tinha um cofre onde o depositasse com segurança. Na sua casa nenhuma segurança havia, e os ladrões podiam bater-lhe a bela soma que ia ser a sua independência no futuro. Resolveu-se pelo inconveniente menor. Tiraria apenas a quantia necessária naquele momento.

Eram já sete da noite. No céu não havia mais um laivo de luz do sol.

Levantou-se, foi buscar a enxada e seguiu tranquilamente para o fundo do quintal.

Mas, ao chegar junto da torneira, não pôde conter o grito de espanto que lhe saiu da garganta. A terra estava fortemente revolvida. Um grande buraco abria-se diante dos seus olhos. Curvou-se, acocorou-se, olhando para o fundo. A lata havia desaparecido.

Albergaria sentiu andar-lhe tudo à roda. Quem teria sabido daquele esconderijo? Quem teria vindo cavar aquele buraco?

E tonto, as mãos geladas, o coração a bater violentamente, meteu a enxada no buraco. Era verdade: a lata lá não estava.

Uma onda de sangue subiu-lhe à cabeça. Era a sua desgraça, a desgraça completa, o desaparecimento daquele dinheiro. Tanto sacrifício, tantos anos de meditação para, de um instante para o outro, desaparecer estupidamente o resultado do seu trabalho!

E um milhar de coisas passou-lhe pela cabeça. Como fora aquilo? A polícia? Não era possível. A polícia não tinha dele a mais vaga, a mais insignificante suspeita, e agora, com o americano pela proa, só do americano cuidaria.

Quem podia ter sido? Não havia meio de atinar.

E rondou as proximidades da torneira, doidamente. Algum ladrão? Mas se ninguém sabia que ele havia enterrado o dinheiro ali, se ninguém sabia que ele tinha aquele dinheiro!

Um longo suspiro saiu-lhe dolorosamente do peito. Caiu-lhe a enxada das mãos.

VIRIATO CORREIA.

XXVIII. CIÚME

Pedro Albergaria não volvia a si do espanto, vendo-se roubado. Mais que a privação do bem adquirido, que ele considerava uma restituição, senão legítima, ao menos devida, mais que essa fortuna com que já contava para fazer a sua vida, o pavor de ser descoberto o seu crime, agora se apossava dele, num calafrio de desespero. Quem quer que tenha levado esse dinheiro, não pode ter dúvidas sobre a sua proveniência ilícita, soterrado num fundo de quintal, em lata fechada, ao lado dos instrumentos de solda... Uma denúncia anônima, indagações, coincidências, contradições... e adeus toda aquela prudência, aquela premeditada operação, que no seu orgulho de criminoso ilustrado chamara de *um crime bem-feito*. Estava o seu orgulho castigado e já não pensaria mais em comentar uma edição nacional daquele livro de Thomas de Quincey — *Do assassinato como uma das belas artes*; Malasartes, que, cedo ou tarde, se vem a descobrir, para a punição.

Outro calafrio tomou-o a esta ameaça, a mais séria daquelas com que vinha desde há dias lutando, desde a imprudência na delegacia para defender dona Lucinda, até o desafio ao velho Bartolomeu, em casa de Rosa, quando, acusado, ousou convidá-lo a ir à polícia. Abanou a cabeça, curvando a cerviz, meditativo:

— Seu Pedro, seu Pedro, a joça está *encrencada*...

Passava um garoto, anunciando, na *Tarde*, as últimas notícias sobre o crime de Botafogo. Pedro correu à janela, para comprar o jornal.

Lá vinha a história do testamento. O comendador Pantaleão do Aveiro, companheiro de banco do Sanches Lobo, entregara-o a alguém que se apresentara como o interessado ou herdeiro, o sobrinho, de cartão em punho e, depois, recibo assinado. A prisão deste e a verificação que não fora o próprio, o dr. Cardoso, sobre quem recaíam as mais veementes suspeitas. Mello Bandeira, que farejava outro criminoso, além de Pedro Linck e o supunha agarrado, era obrigado a relaxar a detenção, suspender pelo menos o juízo até nova prova, e instaurar outras pesquisas sobre o caso do testamento: *o homem da capa preta!*

Pedro parou um instante na leitura, e considerou na infinita complexidade da menor das nossas ações, ainda naquelas que supomos de autoria pessoal e de responsabilidade exclusiva. Estava aí, matara Sanches Lobo, no maior resguardo, com tal facilidade e limpeza que até momentos depois considerava quase um artifício de prestidigitação... e já agora, enredava-o, e ao seu delito, a maranha impenetrável do mistério! A sua própria memória se perturbava: luvas de fio de Escócia viraram de borracha e tornavam a fio, pois que assim foram pescadas, assim como os sapatos de verniz, que ao mesmo tempo eram de tênis. Aparecera-lhe um colaborador, que matara o morto, e com tamanha convicção que lhe parecia antes ressomar... O testamento desaparecia e alguém falsamente era apontado, como interessado e autor da sonegação. O dinheiro que enterrara tão discretamente era roubado, sem saber como, nem poder imaginar por quem... "Se isto não é mistério, não me chamo Pedro Albergaria!"

Mal formulava estes pensamentos, tomado de uma viva inquietação, quando leu, linhas abaixo, no jornal: "Prisão de Rosa Merck. Cumplicidade provada".

Caiu-lhe o papel das mãos, estas penderam dos braços flácidos, em profunda estupefação. Que teria havido? O ciúme senil do Bartolomeu, desviado dele, teria tornado contra a pobre Rosa? Retomou o jornal e então soube tudo: Rosa cúmplice de outro Pedro, o Pedro Linck, apanhado em São Paulo, identificado pelas impressões digitais e que tudo confessara.

— Então, a Rosa?! Também o Pedro Linck?!

Tomou-o então um sentimento mau, entre decepção e raiva. Como o Bartolomeu, também ele era enganado! É exato que, desde o crime, a esquecera, mudado de tensões, reabilitado pela figurinha loira de dona Lucinda... mas isto não era razão. Com a profunda e íntima imoralidade da paixão egoísta, quase teve o cinismo de pensar: nós podemos enganar, não devemos tolerar que nos enganem.

— Então, a Rosa?!

Teve vontade de correr daí, procurá-la, na Central ou na Detenção, se possível, e dizer-lhe, de rosto, tudo o que sentia dessa traição. Pensou, porém, logo, que estava bem punida, com o seu cúmplice, o seu outro cúmplice, e exclamou, vingativo:

— Bem-feito! Bem-feito!

Era, entretanto, obrigado a considerar que se a moça fora capaz de tudo aquilo que ele via, crime indignado, num crime retrospectivo, e quase incrível, tanto era ilógico (vão lá pôr lógica nas paixões...), também seria capaz de contar tudo o mais, e então ele, Pedro Albergaria... Não terminou. Fechou os olhos, como para não ver o fim do seu pensamento.

Parecia-lhe, já agora, que ela era mulher para o fazer, de mais a mais ofendida com a ausência dele, que não mais a procurara, a despeito de chamados e cartas, até o dia em que, resolvido a ir vê-la, encontrara o *raio* do Bartolomeu. Este era bem homem, no seu ciúme senil, para lhe ter omitido a visita, não a referindo à mulher, cujo ódio teria todo o direito de crescer. E de que não é capaz uma mulher que odeia?

Pior que ódio, ciúme! Se não lhe soubesse da nova inclinação, bastava o afastamento e o silêncio, ou o abandono dele, para as conjecturas. Elas todas raciocinam assim: "E não está, ou não está mais apaixonado por mim, é que está por outra". Ódio e ciúme, ou um por causa do outro! Foi o que consegui, concluiu, entre si, o atribulado Albergaria.

De que lhe servia imaginar? Febrilmente, tomou de novo a folha e foi lendo, e saltando o que havia de menos interesse, procurando ansiosamente o que se referisse à Rosa. De repente, os olhos se lhe abriram, esbugalhados, sobre este dístico, em letras carregadas: "Parece que há outros cúmplices".

— Deus do céu... É agora!

E leu, não sabia mesmo como lia, que Rosa — depois de apanhada pelo estratagema da letra, a mesma com que escrevera a declaração ditada pelo delegado e a que estava no bilhete achado por Mello Bandeira, apanhada ainda pelo grito da alma com que denunciara o americano: "Mas não fui eu! Pedro matou porque quis matar!", finalmente após a confissão completa da culpa por Linck —, tomada de grande emoção concentrada, tinha declarado, hoje, que desejava ainda depor e queria ser ouvida pelo major Bandeira: "Não era só o americano o culpado!".

Quando o soube, o detetive explodira, afirmava indiscretamente o jornal:

— Eu não disse?! Há outro, o homem das luvas e dos sapatos... E, como predisse aqui ele virá ter... O Cardoso fica com a encrenca do testamento... mas este, este não me escapa à meação do crime... Tragam já a mulher!

Rosa tinha aspecto sinistro, de raiva represada. O lábio superior tremia-lhe na boca cerrada, de comissuras repuxadas, como um rito doloroso. Mello Bandeira, felinamente, espiava a presa, esperando que ela lhe entregasse o seu segredo, mas a moça, já sentada diante dele, persistia em mudez sibilina, como desafiando a argúcia do Sherlock.

— A senhora declarou que ainda tinha algo a depor...

Como acordando de um sonho, passou a moça a mão na testa e explicou, num sorriso forçado:

— Eu?! Não! Passou-me de cabeça... Não tenho mais nada a dizer...

Mello Bandeira sorria. Ela era fina, mas ele seria mais. Arrependera-se; havia de arrepender-se.

— A senhora anunciou um outro cúmplice, pediu-me que a ouvisse, aqui estou e espero que não me tome o tempo inutilmente.

A mulher perturbou-se. Ao olhar do policial, que parecia verrumá-la, exclamou, em soluços:

— Eu... queria dizer... mas não posso... é um ingrato... mas eu gosto dele! Passou-me pela cabeça uma vingança... Mas não posso...

— Nada tenho com os seus sentimentos, que respeitaria em outra ocasião. Só a verdade inteira atenuara a sua culpa. Quem é o outro cúmplice?

— Não sei... não há outro... é um só... É Pedro...

— Que Pedro?

— Pedro... Pedro... Linck...

Mello Bandeira, que lhe bebia os gestos e as palavras, certo de que ia ouvir a revelação do nome do outro criminoso, deu um formidável murro na mesa.

A este insólito ruído, a moça assustou-se, e os nervos tensos cederam em violenta comoção. Deu um grito estridente, e rolou da cadeira, no chão, num ataque tremendo.

AFRÂNIO PEIXOTO.

XXIX. A LATINHA

Quando Pedro viu, de novo, que nada havia a recear tornou ao quintal para examinar o caso.

Quem poderia ter roubado a lata?

Examinando a terra que ficara empilhada ao lado do buraco teve uma surpresa: a lata lá estava. Quem quer que fizera a escavação nem prestara atenção a ela.

Aliás era uma lata muito forte, mas bem pequena. Tinha apenas o espaço para os objetos que continha e que nela estavam apertadinhos.

Pedro não compreendia aquele mistério.

Nisto, porém, alguém bateu-lhe à porta. Ele teve um sobressalto enorme. Seria a polícia?

Rapidamente subiu para cima do fogão, e num desvão da parede, que só ele sabia existir, enfiou a latinha. Depois, apressado, foi abrir a porta.

Quem batera fora uma velhinha da vizinhança.

A casa de Pedro era pequenina; mas inteiramente isolada. Havia, ao pé, uma senhora, que criava um neto, garoto de doze anos, muito travesso.

A velhota vinha pedir-lhe desculpa. No meio do dia o neto conseguira uma escada, trepara ao muro do vizinho, passara a escada para o lado deste e descera.

O que aí fizera a velha não sabia. Ele, porém, lhe dissera ter cavado um buraco, no qual tencionava enterrar um bambu, a fim de construir um telégrafo, que imaginara.

A boa senhora queria saber se o pequeno fizera algum estrago.

Pedro, que recuperou todo o seu sangue-frio, mostrou-se surpreendido, dizendo que ainda não fora ao quintal; e convidou a velha a acompanhá-lo. Ia rindo, gracejando com a traquinada da criança e desculpando-a.

Chegado junto ao buraco aberto na terra, não mostrou nenhuma indignação. Disse à zangada avó que o caso não tinha a menor importância. Pediu-lhe mesmo que não castigasse o neto.

— Quem sabe se ele deixou algum brinquedo por aqui? — E com o pé desfazia o montículo de terra, deixando assim que a velha visse bem não haver nela nada de suspeito.

— O senhor é muito bom. Mas isto não se faz. E o Cazuza lá está em casa, que nem se pode levantar. Dei-lhe uma sova, de que ele se há de lembrar para sempre.

Pedro acalmou-a e levou-a até a porta. Tornou então ao lugar em que deixou a caixinha.

Esse lugar ficava na espessura do muro. Era uma escavação na parede, feita, porém, no alto, no sentido vertical. Do chão, ninguém a podia ver.

Não estava ali por acaso.

De fato, ao princípio, Albergaria pensara em esconder nesse lugar a caixa. Fora isso cinco anos antes, quando ele estava principiando a preparar o crime. Fez o buraco, com todos os requisitos, comprou a lata, viu bem que o lugar era excelente.

Depois, no entanto, mudou de ideia e decidiu-se pelo esconderijo em um buraco.

Agora, passados cinco anos, a escuridão das paredes, a fuligem, as teias de aranha, tudo enfim tornou o primitivo esconderijo o melhor possível. Pedro resolveu-se a deixar lá a latinha.

E, lendo as últimas notícias, vendo que o caso ainda não estava decidido, achou que seria imprudente tocar no dinheiro fosse para o que fosse. E essa decisão ele a respeitou até o fim do processo religiosamente.

O jornal da tarde, que comprara, estava cálido por terra. Ele o tomou de novo, agora que estava mais calmo. Viu então que se enganara. A Rosa que fora presa não era, como nós aqui já dissemos, a Rosa amante de Albergaria. Nada tinha de comum com ela. Era uma alemã, segundo diziam os jornais.

Pedro sabia bem que, mesmo que fosse a sua, ela ignorava absolutamente os seus desígnios sobre o banqueiro, de quem nunca lhe falara.

Nunca ele fizera plano algum de futuro senão baseando-se no seu trabalho. Ela não tinha, não podia ter confidência alguma para fazer.

E Albergaria sentiu voltar-lhe a tranquilidade.

Era tarde. Deitou-se. Não pôde, porém, dormir. Lembrava-se agora nitidamente de certos episódios da vida sinistra de Sanches Lobo. Porque a vida deste fora esta:

& (MEDEIROS E ALBUQUERQUE).

XXX. O PASSADO DE SANCHES LOBO

Foi pouco tempo depois da Proclamação da República que Sanches Lobo surgiu pela primeira vez no Rio.

O cenário da cidade havia mudado completamente. Era a época febril do ouro e da aventura. Era o Encilhamento. Havia em toda a parte uma febre trepidante de iniciativas audazes. Faziam-se e derruíam-se fortunas da noite para o dia, solidificavam-se e despedaçavam-se castelos de cartas a golpes da bolsa. O centro comercial parecia um formigueiro em pleno labor.

Sanches era visto em toda a parte agitado, agitando, metido em quase tudo que era transação, ora vendendo milhares de ações de uma companhia nova, ora comprando títulos de outra, num surto de condor que vai galgar o infinito.

Quem era ele, quem não era? Ninguém sabia ao certo. Ao que ele próprio dizia nascera no Brasil. Viera ao mundo já em águas nossas, no porto de Pernambuco, quando os seus pais emigravam de Portugal. Ao que muita gente afirmava, vinha de uma família de ciganos que o levara já menino ao Rio Grande do Sul.

Ninguém lhe perguntava as origens. Quando chegou ao Rio já trazia asas adestradas para voar. Naquele tempo, ninguém queria saber de onde se vinha e quem se era. A nevrose dos negócios punha todas as cabeças em delírio. A ânsia de ganhar, a febre de enriquecer não davam tempo a nada.

E, quando começou o desmoronamento, já Sanches Lobo tinha a sua fortuna em plena e surpreendente florescência.

De toda aquela imensa tempestade de riqueza, talvez fosse o capitalista mais sólido.

A cidade, só daí por diante, começou a volver os olhos para ele. O aventureiro tinha já um sem-número de imóveis, terras em todo o Brasil, fazendas, fábricas, o diabo.

Compreendendo o meio, fizera-se o filantropo, que toda gente admirava: era presidente de quase todas as associações de caridade, o homem que abria, em quantias vultuosas, tudo quanto era subscrição piedosa.

No entanto, poucas almas eram tão podres como a alma de Sanches Lobo. Poucos homens, como ele, eram de um passado tão sujo, tão obscuro e tão infame.

Sanches Lobo não era nem português, nem brasileiro, nem filho de ciganos. Nascera em Cuba. Os pais, nativos de Havana, viviam num certo equilíbrio de finanças. Sanches era o quarto filho. Chamavam-no Carlito. Desde pequeno que se mostrou de uma vocação decidida para a infâmia.

O pai era guarda-livros num banco inglês. Um dia trouxe para casa uma soma considerável que um cliente do banco lhe havia confiado para guardar até a manhã seguinte. Ao chegar, contou tudo à mulher e os dois combinaram guardar o dinheiro na gaveta de velho móvel imprestável que ninguém tocava. Junto deles, ouvindo a combinação, estava Carlito, pequenino, a brincar com um cavalinho de pau. Ninguém podia imaginar que naquela alma infantil houvesse já a tendência para o mal.

No dia seguinte pela manhã, quando o guarda-livros foi buscar o dinheiro guardado para levá-lo ao dono, não encontrou dinheiro algum. Um pavor. Procurou-se a quantia por toda a casa, inqueriram-se os criados, chamou-se a polícia, remexeu-se tudo. Só à tarde, a mãe de Carlito entrando-lhe no quarto, surpreendeu-o a contar e a esconder a soma desaparecida, no colchão de sua caminha de criança.

Aquilo passou como uma infantilidade, como uma dessas inconsciências próprias de menino.

Mas, pouco tempo depois, ele pôs de novo a família em sobressaltos. Carlito apareceu com os bolsos cheios de cigarros. Apertado pela mãe afirmou que tinham sido os companheiros da vizinhança que lhe haviam dado. No dia seguinte a pobre senhora, tendo que fazer uma visita, foi ao seu cofrezinho de joias para adornar-se. Faltava uma "marquise" de rubi. Quem foi, quem não foi? E veio mais tarde saber-se que o pequeno a havia vendido, na esquina, a um sujeito qualquer, que nunca se soube quem era. O que nunca se pôde saber também foi como ele conseguira abrir o cofre e fechá-lo, sem a chave própria.

As tendências do vício apareceram em Sanches Lobo muito cedo. Aos dez anos era a inquietação da família. Um dia, na escola, produziu o seu primeiro escândalo público. Tinham oferecido ao professor uma caneta de ouro. Ele a deixara sobre a mesa, à hora do recreio dos alunos. Ao voltar, a caneta havia desaparecido. Um dos meninos devia ter sido. Ninguém mais entrara ali. Fez-se a averiguação. Todos negaram. O pequeno Carlito negou também e com um cinismo e uma coragem estonteante.

O professor apalpa a todos. A caneta é encontrada no cano dos borzeguins de Carlito.

— Menino! — diz-lhe o mestre-escola.

— Não fui eu.

— Mas se a caneta aqui está!

— Puseram-na aí.

— Quem?

— Não sei, não vi.

— E não sentiu?

— Não senti.

E teimou, teimou, teimou com uma desfaçatez irritante.

O castigo fora o castigo merecido — a expulsão da escola.

Mas, no dia seguinte, a pobre mãe de Carlito fora procurar o professor secretamente. Vinha trazer-lhe a caneta de ouro que havia encontrado no bolso do filho.

— Mas como? Pois se a caneta está comigo!

E abriu a gaveta em que a guardara. Nada. Carlito tinha-a furtado de novo.

Aos doze anos o menino sofria a sua primeira prisão. Fora agarrado pela polícia como do rol de uma quadrilha de crianças larápias que operavam nos bairros afastados da cidade.

Castigos, sovas, conselhos, tudo fora inútil para modificar as inclinações do pequeno. A família verificou que se tratava de um caso perdido.

Só um rigor excessivo, tirânico, podia contê-lo. O pai decidiu então atirá-lo para o convés de um navio mercante. Entregou-o ao comandante, pedindo-lhe o mais despótico castigo para qualquer falta do filho.

Carlito fez a sua primeira viagem. Das Antilhas foi à Inglaterra, da Inglaterra ao Japão, andou pelo Mediterrâneo, pelos mares do norte da Europa, por toda a parte.

Um dia desapareceu num porto da Índia. É um período absolutamente desconhecido da sua vida.

Aos vinte anos sai da cadeia de Alexandria; em continente diverso, surgia desocupadamente pelas ruas, depois é visto a mascatear em Lisboa, e um dia surde no Chile metido em transações de salitre.

Aí é Carlos Lopo, diz-se espanhol de Barcelona e senhor de vastas terras na Venezuela.

Um dia estala um grande escândalo na praça de Antofagasta. Carlos Lopo havia falsificado uma letra. É preso. Mas antes que o processo chegasse ao fim desapareceu da prisão.

Some-se. Ninguém lhe sabe da vida. Aos trinta anos surge em Pernambuco, com o nome de Sanches Lobo, falando português como qualquer brasileiro e metido em pequenos negócios de açúcar.

Parte daí a sua grande vida de argentário, começaram então as suas tremendas infâmias no Brasil.

VIRIATO CORREIA.

XXXI. O "CAMORS" DO BEBERIBE

A vida de Sanches Lobo foi no Recife de incontestável prestígio social. Alugara elegante e confortável palacete à beira do Capibaribe, cercado de jardins, com fidalgas dependências, instalara-se com luxo e dera, aprimoradamente vestido, e gastando com largueza, mas com maneiras, em cultivar o que havia de melhor na sociedade.

Em algumas semanas era popular e querido na alta roda, imitado por todos os rapazes, que logo o cercaram, maravilhados dos seus hábitos de *gentleman*, requestado por damas e donzelas, também tentadas por tão vantajoso partido e par de valsa tão disputado, porque poderiam depois dançar, assim, no luxo e na elegância, o resto da vida.

Todos os dias eram recepções, e bailes, a que não faltava, rogado e insistido, piqueniques e cavalgadas a que o obrigavam, retribuindo a esses extremos de amável sociabilidade com as atenções de sua polidez e não raro, com os favores de sua bolsa. Entre os estudantes de direito e os moços da boemia artística e literária, esses pequenos serviços rendiam fama e intermináveis comentários, até ao talento do belo rapaz.

Ainda perdurava nas imaginações patrícias o famoso romance de Octave Feuillet, *Monsieur de Camors*, que tão profunda e tão extensa influência exercera na mocidade das academias do Brasil, e a que não fugira o mesmo Joaquim Nabuco, de sorte que ao aparecer Sanches Lobo, fino, elegante, viajado, paradoxal, brilhante, pródigo, por vezes cínico e outras perverso, toda a gente se pôs a ver nele o tipo acabado do "dândi" irresistível, sedutor, que tinha predestinação a ser admirado e temido, condições inevitáveis de ser amado.

Ao lado dessas brilhantes qualidades de êxito mundano, tinha o moço excentricidades picantes, que lhe davam ao perfil moral um sainete original, muito apreciado. Assim que não recebia, obstinadamente, troco algum, fosse qual fosse a nota que desse em pagamento, no restaurante, no alfaiate, no perfumista: parecia que as mãos aristocráticas se desdouravam neste comércio burguês, de toma lá, dá cá, dessas miudezas. Um dia em que, entrando em casa, para almoçar com amigos, depois de um belo passeio a cavalo, lhe anunciara o criado que não havia água em casa (o abastecimento precário do Recife...) para lavar as mãos antes de irem à mesa, Sanches fizera abrir, enchendo bacias, garrafas, caixas inteiras de Apolinaris, a água mineral gasosa, tão usada naquele tempo.

Toda a gente aplaudia, propalava, enfeitava essas excentricidades e larguezas, e, o que é mais, se punha a imitá-las, pois que eram apanágios do elegante e bizarro "Camors" do Beberibe.

Até os defeitos do Sanches Lobo tinham graça e prosélitos. Afetava certa dureza no ouvido esquerdo: todos os rapazes, e até moças, deram em ouvir pouco, deste lado. Sobretudo as suas distrações e erros de memória, célebres esquecimentos, davam comentários risonhos e imitações flagrantes na sociedade. Um dia, por exemplo, tendo de levar no seu faetone moças e rapazes a um piquenique no caminho de Jaboatão, em vez das luvas de fio de Escócia, que usava para guiar, enfiara umas de borracha, que, por esquecimento, aí deixara, em sua casa, jovem cirurgião do Hospital Dom Pedro II. Daí a dias ninguém montava a cavalo ou guiava carro senão de luvas de borracha, como cirurgiões. Em outra ocasião, corretamente encasacado, em vez de ter aos pés os polidos sapatos de verniz, distraidamente calçara botinas de tênis, e assim fora ter aos salões elegantíssimos de dona Rosa Galhardo.

Em casa desta senhora, que reunia em seu palacete a melhor gente da cidade, deu-se mesmo uma cena, que se não fora a fama das distrações, custaria a Sanches Lobo uma inimizade. Era o caso que a sociedade se dividira em dois campos, em torno de duas damas, dona Rosa Galhardo e Frau Rosa Bayer, que tinham salões rivais. Uma era brasileira, moça, formosa e preferida pela mocidade, pela inteligência e pela beleza; era a outra alemã riquíssima, velha e feia como uma diaba, cujos satélites eram negociantes, senhores de engenho, políticos, corretores e banqueiros. Nessa guerra das duas rosas, Sanches fora pela nacional, ao lado da qual dizia, para outras pessoas que os admiravam, aos dois juntos, um formoso par:

— Aqui, ou fora daqui, eu só penso em Rosa Bayer...

Com a distração, o galanteio fizera gafe. Dona Rosa Galhardo mordera os beiços e os assistentes riram, a bom rir:

— Este Sanches... atrapalha tudo!

De outra feita, com o rico Paulino Perestrello, fora à Alfandega buscar uma partida de famosos e custosíssimos charutos de Havana e sublime e dourado fumo picado, que lhe chegara daí expressamente. À noite, anunciava aos rapazes, seus amigos, no clube:

— Aqui têm vocês charutos preciosos e fumo divino...

Metia a mão no bolso interno do smoking e dele tirava e abria, com espanto, como sem compreender por que na sua esguia cigarreira de metal branco não estavam o caixão de charutos e o saco de fumo!

Perestrello, que percebera a distração, exclamara:

— Pois você pensou, numa *latinha*, meter duzentos e tantos pacotes de charutos, que valem outros tantos contos de réis, e, de mais a mais, um saco de fumo, que é como se fosse um de moedas de ouro? Ora, seu Sanches!

E riam-se todos da distração, prontos para a imitar, na primeira ocasião. Sanches dizia, sorrindo:

— Isto é hereditário... já meu pai era assim, distraído... abstrato... esquecido... Estou atrapalhando tudo... E não é do trato...

Não se esquecia, porém, da sua vida; estas larguezas e luxos ajudavam seus planos de aventureiro. Graças às suas relações, tramava negócios e planos ousados. Um deles era evitar o casamento assentado, e que iria realizar daí a meses, de Leonor Cavalcanti, a mais linda e fidalga mulher do Recife, com o primo, o Luiz Albergaria, também rico como ela, mas que, certamente, reservado e discreto, não a merecia, dizia consigo o Sanches.

— Se eu a apanho... pagava-me a temporada de Pernambuco!

E pôs tal arte, e tão sutil enredo de tentações, em torno da moça, que foi empalidecendo a estrela do antigo noivo, as preferências por Sanches se estabelecendo dia a dia, par de valsa, companheiro de passeios a cavalo, e de piqueniques, e de banhos de mar em Olinda, até o inevitável rompimento, e, sem surpresa, mas com decepção de muitas, e inveja de outros tantos, ser o "Camors" do Beberibe o novo noivo da mais bela e rica das herdeiras pernambucanas. Não foi isto sem os transes românticos, e os rapazes diziam que, tal a Carlota de Feuillet, Leonor escrevera, com a pena molhada no próprio sangue, a sua rendição ao irresistível Sanches Lobo.

Os pais mortos, sem irmãos ou outros parentes válidos, na companhia apenas de velha avó, Leonor foi presa fácil e imprudente, nas mãos e às ousadias do aventureiro.

Já ela reclamava contra as delongas do casamento, quando uma noite Sanches se lhe apresenta com aspecto sinistro e abatido, dizendo-se arruinado, ameaçado de ir à prisão, pois que dispusera de dinheiro em depósito e não havia outro recurso senão o pagar, para não ser desonrado. Pedia duzentos contos para salvar-se.

Como a moça, assombrada, fosse (tão tarde!) invadida de cruéis suspeitas sobre a honorabilidade do homem a quem se dera e ia ser o seu marido, e articulasse umas hesitações, Sanches Lobo enfureceu-se, e declarou-lhe *chantagista* petulante, que, ou assinava o cheque que lhe estendia já preparado (podia fazê-lo, que era maior), ou era a desonra para ele e também para ela, pois publicaria tudo, todas as leviandades comuns. E o ridículo, e a voz pública?!

Tremendo e chorando, Leonor assinou. A moça lançou-se então sobre um divã, com a cabeça entre as mãos, a derramar lágrimas sem conta, agitando o formoso busto por suspiros convulsivos. Sanches entrara para o interior da casa, a se compor no espelho, de sua linha alterada por esses debates trágicos. Longo tempo deixou-se ficar por lá. Na casa deserta não parecia haver vivalma. A velha avó lá estava na sala de jantar, de boca aberta, dormitando o seu sono de justo, repoltreada na cadeira de balanço. A criadagem estaria aos fundos da habitação, nas suas entretidas confabulações.

Leonor, cansada de chorar e esperar, levantou-se e deu alguns passos, assuntando os ruídos internos. Nada! Entrou então adentro de casa, foi vendo tudo em ordem e em perdão, a chamar:

— Carlos! Carlos!

Ninguém respondia. Adentrou finalmente no seu quarto, iluminado. Sobre a mesa do centro, entre jarras de flores, o seu cofre de joias, escancarado e vazio... Dentro, um papel escrito a lápis, em letra disfarçada, que dizia:

"Se me denunciar, conto tudo!"

No dia seguinte, já Sanches Lobo não estava em Recife.

AFRÂNIO PEIXOTO.

XXXII. NA BAHIA

Leonor compreendeu o seu estado. Estava completamente perdida. Sanches Lobo, dias antes, havia abusado da sua pureza.

Na alta gente sempre se consegue apagar o estopim do escândalo que vai arrebentar.

Leonor teve a habilidade de convencer a roda íntima que havia rompido com Sanches Lobo e que dele se fizera noiva por um simples arrufo com o primo. Luiz Albergaria era um temperamento fraco, de uma ingenuidade de criança.

Três dias depois encontravam-se num grande baile no palácio do governador. As relações foram de novo reatadas e o noivado anunciado para aqueles dias.

E, de fato, um mês depois casavam-se.

Foi uma dor para Albergaria. No dia seguinte ao do casamento não era ele mais o rapaz radioso e feliz de outros tempos, mas uma criatura desesperada e sombria. Tinha percebido perfeitamente a desgraça da sua posição.

O seu primeiro ímpeto foi abandonar Leonor, gritar a desonra, propalá-la, romper. O escândalo seria tremendo. A sociedade do Recife atassalharia o seu nome e o nome dela.

Albergaria era um produto das conveniências sociais do meio em que nascera. Essas conveniências obrigavam-no a calar-se. Calou-se. Mas, entre ele e a mulher, a vida se tornou um verdadeiro inferno. Ambos moços, ambos cheios de sonhos e amando-se, eram casados apenas para o mundo. Portas adentro, não havia fel mais amargo que o do coração dos dois.

Em cômodos separados, não se falavam nunca, a não ser aqui fora, por escravidão aos preconceitos sociais.

A mocidade fulgurante de Leonor foi fenecendo a olhos vistos, a mocidade de Albergaria, no viço esplendente dos 25 anos, como que se apagou.

Aquele rapaz dos salões, tão querido e suspirado pelas moças, com uma educação encantadora e uma inteligência brilhante, começou a resvalar de uma maneira lastimável.

Deu para beber. Médico, com uma clientela de fazer inveja, apresentava-se em casa dos doentes num estado horrível de embriaguez.

Meses depois do casamento nasceu o filho de Leonor. As conveniências sociais obrigaram Albergaria a registrá-lo como filho do casal.

Mas a presença do pequeno mais influiu na queda do pobre médico. Em toda a parte, Albergaria se apresentava embriagado. Começou a ter amantes, as mais baixas, as mais reles, a dar escândalos em plena rua com as mulheres mais torpes.

A queda moral teve como consequência a queda física. Andava desleixado, o colarinho sujo, azedo, na mais visível porcaria de vestuário.

Aquela situação produziu em Leonor uma imensa desgraça. Convenceu-se que era a causa da decadência alarmante do marido. E isso abalou-lhe a alma numa profunda mutação. Ela que quase não o amava, começou a amá-lo fortemente, num misto de vergonha e de piedade. O ódio por Sanches Lobo rebentou-lhe no coração de uma maneira desvairada. Passava os dias a roer planos de vingança, desolada e sombria como uma desgraçada que não encontrava remédio para a sua miséria.

Aquele estado de coisas não podia continuar. Os escândalos que Albergaria dava no Recife, a sua terra, a terra dos amigos de sua família, tão cheia de tradições, de respeito, precisavam ter um fim.

Foram os amigos que convenceram o pobre moço que se mudasse para outra cidade.

Mudou-se para a Bahia, com a mulher e o pequeno.

Aí pareceu que ergueria de novo a sua boa fama e os seus bons costumes. Apresentado na alta roda, durante um ano teve uma vida brilhante de médico, com a clientela mais fina e mais rendosa. Mas isso durou apenas um ano. Albergaria voltou novamente à embriaguez e à dissolução.

Por esse tempo surgia na Bahia, envolvido em altos negócios de cacau, a figura nefanda de Sanches Lobo. Era o mesmo argentário que fora no Recife, o mesmo bandido em todos os tempos.

Nos jornais tinha estourado um escândalo abalador. Albergaria, uma noite, fora levado a fazer uma operação numa mulher do povo. Devia estar rigorosamente bêbado. A mulher três dias depois morria e até ferros de operação tinham sido encontrados dentro do cadáver. Os peritos acusaram tremendamente o operador. A discussão travou-se nos jornais. O nome de Albergaria foi atassalhado. Logo ao começar o processo, todo mundo percebeu que era a desgraça completa do médico. O mandado de prisão ia ser expedido por aqueles dias.

Uma noite Leonor chorava no seu quarto, quando lhe bateram à porta. Os criados estavam para os fundos da casa. Ela mesmo veio abrir a porta. E, quando fez luz na sala, teve um grito de terror. Diante dela estava Sanches Lobo.

Vinha oferecer-se para lhe salvar o marido. A desgraça era maior que o ódio pelo argentário.

Leonor não perguntou quais eram os meios que Sanches Lobo tinha de salvar o nome de Albergaria. Naquela situação qualquer mulher confiaria.

O bandido no dia seguinte voltou. Parece que teve alguma influência nas autoridades e nos jornais — o escândalo arrefeceu por alguns dias. Isso deu a Leonor um impulso de confiança.

E Sanches Lobo se foi insinuando. Albergaria, que morreu sem saber quem fizera a desonra de sua mulher, acreditava no impostor.

É preciso isto, é preciso aquilo, e o pobre médico, levado pelo turbilhão do escândalo, quase sempre embriagado, ia assinando títulos e títulos de dívida a favor de Sanches.

O arrefecimento do processo não durou muito. O mandado de prisão contra Albergaria foi expedido.

Sanches Lobo havia conseguido todos os seus planos. Os títulos de dívida que o médico lhe assinara representavam uma fortuna.

Leonor nada sabia. Oito dias depois da prisão do marido, Sanches lhe entra em casa. Entrou como se entra em casa de uma amante.

A dignidade da pernambucana revoltou-se. Não havia revolta possível para o cinismo do argentário. Vinha propor-lhe novamente o coração cheio de amor...

Leonor ergueu-se da cadeira.

— Rua!

Com uma tranquilidade infame, Sanches convidou-a a sentar-se.

— Não vale a pena zangar-se — disse. — Eu sairei. Peço-lhe que amanhã a senhora desocupe a casa.

Leonor não compreendeu. Ele então contou dos títulos de dívida que estavam em suas mãos. Nomeou a soma.

A pobre senhora ficou estarrecida. Muito tempo fixou o argentário com um brilho infernal nos olhos, parada, extática como se fosse enlouquecer, e depois, num gesto inesperado avançou, metendo-lhe as unhas pela cara, desvairadamente, numa tempestade e numa explosão.

Quando os criados acudiram, ela ofegava no chão, esguedelhada, as mãos crispantes a despedaçar os tapetes.

Sanches Lobo já não estava mais na sala.

VIRIATO CORREIA.

XXXIII. O "ENCILHAMENTO"

Para a incomensurável desgraça de Leonor, só havia um remédio — a fuga, das garras do monstro que a perseguia, em busca de silêncio e do esquecimento. Despediu os criados, juntou as alfaias e o resto do que lhe ficara da passada riqueza e com o filho correu em busca da proteção de pessoas amigas, discretas, às quais confessou todo o horror de sua situação. Salvassem-na, mandando-a longe dali, para o Rio, onde tinha alguns parentes afastados, onde contava trabalhar e criar o seu filho, que a havia de vingar...

Oh! Se havia! Concentrara nesse pensamento todas as forças de sua alma, toda a capacidade de ódio do seu coração... Lembrou-lhe então, no seu trágico destino, situação análoga, embora inversa, que era a da Condessa de Camors e o filho, abandonados por marido e pai. Este, espionando-os, uma noite, viu que a esposa ensinava o pequeno a rezar e na oração o inocente pedia a Deus perdão por ele; ao seu filho, ao pequeno Pedro, havia de ensinar o ódio ao infame Sanches Lobo, ignorando sempre os liames de sangue que havia com ele, para que o malvado fosse vítima, mais tarde, um pouco de si próprio.

Se a certos espíritos simples parecerá isto requinte de bárbara vingança, acima e além da humanidade, cumpre não raciocinar como uma mulher apaixonada, vítima do celerado mais infame, contra quem teria o direito à mais monstruosa represália. Era filho dele? Era-o muitíssimo mais de sua vergonha, de seu martírio, e a vingança estaria à altura do crime que a provocara.

Não convém esquecer que essa geração apaixonada, do fim do romantismo, exagerada e original, veria na vida as soluções incríveis das suas fantasias. A moral do romantismo permitia tudo, exceto a mediocridade banal das soluções burguesas. Leonor fora criatura brilhante. Nutrida de todas essas fantasias do espírito, por isso mesmo mal preparada para a vida, cuja infinita mágoa lhe incitara os propósitos mais monstruosos. Não haverá alma bem-formada que lhe não seja indulgente, pois que sofreu até demais.

Foi assim que ela veio ter ao Rio, duramente conhecendo a vida de miséria e de sofrimento, inatingível, porém, à degradação, incorruptível daí por diante, criando o seu filho para tirar a sua vingança. Conheceu mil empregos subalternos, doceira, rendeira, modista, finalmente empregada do correio, tendo vida e alento somente para o seu propósito. A alma do filho fê-la à imagem da sua dor, mudando-lhe pela educação, que é outra, a natureza primitiva dele, que muito a alarmava com as confissões de uma semelhança iniludível. Foi assim que, lentamente, dia a dia, logrou mudar nele tudo que lhe parecia vir da sua origem; foi assim que nele instalou, como a alma nova, um culto pelo nome que trazia, o do homem honrado, que morrera, como sofriam ela e ele, em vexames e privações, de culpa exclusiva de um bandido nem bastantemente punido com a morte.

A piedade à criatura a quem devia o ser, a devoção à memória do ente que reconhecia como seu pai, junto ao ódio inviscerado a Sanches Lobo, foram os sentimentos constantes e perenes da infância, da adolescência e da mocidade de Pedro Albergaria. Quando mais tarde, muito mais tarde, viesse a hora da vingança, Leonor estava certa de que ao filho não escaparia de empregar a menor parcela do ódio que lhe transfundira.

Na sua velhice precoce, na sua decadência só esta ideia, com a qual e pela qual vivera, só esta ideia tornara mais fácil o trespasse derradeiro, pois tinha a certeza de ser vingada, e por monstruosa vingança, única nos anais da história dos crimes humanos: para o bandido Sanches Lobo só represália dessa estatura...

Mas os anos ainda haviam de passar, e Sanches Lobo, antes da expiação, conheceria outros triunfos infames. Se no Recife foi a fase do dandismo, na Bahia com mais impudor se revelou a de rufião, de trampolineiro, de sua natureza. Não havia espelunca mal afamada, casa escusa de mau nome, como clube elegante ou casa pública de rica frequência, que não fossem de seu hábito.

Mas, ao lado dessa dissipação, o financeiro capaz de todas as ousadias e crimes estava vigilante e atento, e tinha sua participação. Emissões dos bancos, permitidas ou clandestinas; empresas que, reunido o capital, entravam na penumbra e no silêncio que antecipa a liquidação fraudulenta; contrato de loterias sem prêmios; fornecimentos ao Estado por tresdobro, em tudo tinha parte o aventureiro, que, embora dividindo o lucro com os seus comparsas, entesourava grossas maquias. Foi mesmo o excesso de ganância nesses negócios públicos que o perdeu na Bahia.

Com o advento da República, o velho Brasil, probo e honrado, como Pedro II, desaparecera; naqueles tempos a voz pública caluniava um ministro que morria de repente, com cinco mil réis apenas na algibeira, e viria a ter uma estátua; outro que, por leviandade, tinha amigos pouco escrupulosos pegados em contrabando fora, por ela, arrastado à rua da amargura. Eram os escândalos do Império, medíocres e pobres escândalos, que o ciúme e as retaliações partidárias açulavam, cresciam à vista, mas logo se dissipavam, reduzidos às proporções justas sob a sanção serena e digna do arbítrio nacional, o honrado soberano. Sem ele, a República, que o substituiu, dissipou-se na orgia sem par do encilhamento, na advocacia administrativa, no jogo, todos os jogos, desde a fortuna até os sentimentos, desde os haveres até a honra, até que, passada a onda de corrupção, se recuperou o aprumo, não ganhou mais a boa fama. Como remanescentes ficaram os hábitos de negócio em que se afazem, e de que vivem certos políticos.

Nesse tempo, não perdeu Sanches Lobo o seu tempo. Teve empresas de todo o gênero e feitio, com os capitais mais fantásticos e os propósitos mais desconexos. Tal era a loucura de bolsa que reinava no momento que nem títulos nem endereços eram necessários às colossais empresas, que viveram no papel e do ouro dos incautos acionistas. Havia companhias de ferro e ferragens que instalaram burgos agrícolas, companhias de cera e cerâmica que faziam estradas de ferro, companhias de cultura de canafístula que construíam casas de baixo aluguel, companhias de açúcar-cândi destinadas à criação pastoril, e assim por diante. Além disto garantias de juros, fornecimentos, compromissos com os governos, todas as transações que redundam no roubo público e sistematizado e protegido pelo mesmo Estado.

Sanches era de imaginação pronta, feliz, de ousadia irreprimível e sem limite, de jeito que conseguiria a maior fortuna do Brasil nessa época, se não fora a condenação necessária desses labirintos financeiros o prenderem nos seus meandros ainda os mais ardilosos, os trapaceiros que os criaram.

Todo os lucros de suas companhias foram sendo sorvidos em empréstimos ao tesouro do Estado, sempre desfalcado, até o dia em que, diante do craque geral, acusado de mil latrocínios pela voz pública, com uma multidão inumerável à porta que queria a restituição dos seus pobres dinheiros confiscados nas empresas falidas, pediu garantias à polícia e esta, o mais que lhe pôde fazer, foi dar-lhe conselho que desaparecesse, deixasse a Bahia, levando consigo a promessa de ser pago um dia, num dia incrível de prosperidade, do muito que roubara de uns e emprestara a outros.

Sanches Lobo embarcou às ocultas para o Rio, esperançado de um dia reaver alguma coisa dos seus empréstimos, pois que não tinha por verdadeira a máxima "ladrão que rouba ladrão...".

AFRÂNIO PEIXOTO.

XXXIV. OUTRA FAÇANHA

A partida de Sanches Lobo se fez ocultamente. Ninguém sabia que fim levara. Na Bahia, não deixara, entretanto, como se podia recear, uma fama tão má quanto merecia.

Se um grande número de vítimas o acusava, outras não duvidavam — tanto é grande a ingenuidade humana — acreditar-lhe na boa-fé. Chegou-se a falar no seu suicídio. O certo é, porém, que durante algum tempo todos lhe perderam a pista.

Sanches Lobo não estava, todavia, sucumbido. Perdera uma partida, começaria outras. Estava certo de que acabaria por vencer.

A bordo do vapor em que seguiu para o Rio de Janeiro, ia um velho médico, que não fazia mais vida de sua profissão: era fazendeiro em São Paulo.

Fazendeiro muito rico. Ia com ele a filha, uma garota loira, de um loiro aguado e insípido, perfeitamente insignificante. Parecia uma tuberculosa. De mais, não sabia conversar. Dizia "sim" e "não" a tudo o que se lhe perguntava e, quando sorria, seu sorriso mostrava uns dentinhos muito curtos, muito pequenos e umas gengivas enormes... Era um sorriso horrível. Não tinha graça alguma. Não se vestia: entrouxava-se. O pior ainda é que se entrouxava com roupas de cores berrantes e que, se o casaco era vermelho, a saia era amarela, as meias verdes, os sapatos brancos e havia no cabelo um formidável laço azul.

Não se podia imaginar criatura mais destituída de encantos. Assim, vivia a bordo completamente desdenhada, porque nem ao menos ninguém sabia que se tratava de uma pessoa rica.

Mas Sanches, que vivera no mundo dos negócios, conhecia de nome o riquíssimo fazendeiro. E começou a cortejar-lhe a filha.

O mais espantado com isso foi o velho. Embora rico, ele era bastante avarento. Desconfiava de tudo e de todos.

Teria Sanches Lobo sabido que ele tinha uma boa fortuna?

Suas suspeitas cabiam, porém, completamente, porque, conversando com ele, Sanches mostrava acreditar na sua pobreza. "Nós que não somos abastados", "Nós que precisamos viver do nosso trabalho..." eram frases que voltavam frequentemente na sua conversa.

O fazendeiro, diante disso, acabou por admitir a sinceridade do espertíssimo sujeito.

A moça, essa, não teve dificuldade em deixar-se prender. Nunca ninguém lhe tinha dado a importância que Sanches Lobo lhe dava. Achava-o por isso um homem extraordinário.

Ao chegarem ao Rio, em cinco dias de viagem ele havia feito a conquista do velho e da pequena. Quando, dois dias depois do desembarque, foi visitar o fazendeiro, que seguia para São Paulo, apresentou-se solene e triste.

— Meu caro dr. Azevedo — disse ele ao fazendeiro —, eu tinha feito um projeto ambicioso e risonho. Vi hoje que era impossível. A bordo, conhecendo sua gentilíssima filha, pensei em unir ao dela o meu destino. Supunha, porém, que o senhor fosse um homem como eu, que precisa, para viver, lutar pela vida. Soube hoje, entretanto, quanto é grande sua fortuna. Nessas condições, sinto que não estou na sua categoria social e não posso aspirar ao que aspirava.

O fazendeiro, que apesar de todas as suas finuras, era um homem ingênuo, deixou-se iludir. Pareceu-lhe aquele escrúpulo de uma alta nobreza. De mais, supôs que tinha encontrado talvez o único homem capaz de amar realmente a filha. Porque com essa hipótese até então jamais contara.

Atalhou, portanto, as afirmações de Sanches Lobo e lhe disse que o casamento da filha dependia unicamente do que ela decidisse. Não se tratava de um negócio.

— Espere um momento!

E, dizendo isso, foi ao interior da casa. Quando referiu à sua Hermengarda o caso de que se tratava, ela não teve uma hesitação: que sim, queria casar-se!

O dr. Azevedo voltou à sala com a filha e apresentou-a a Sanches Lobo:

— Apresento-lhe sua noiva!

Sanches Lobo simulou uma comoção profunda. Tomou uma das mãos da desenxabida criatura, mãos cujas unhas, se não estavam de luto fechado, estavam pelo menos de luto aliviado, e beijou-a, como em êxtase.

Era preciso coragem. A pequena, em trajes caseiros ainda se mostrava mais horrível que de costume. Quase um palmo de saia branca aparecia por baixo da saia de cima, que era inteiramente verde, de um verde berrante, que alucinaria de desejo uma vaca faminta. E nos pés, metidos em chinelos tendo em cima, bordada, uma grande cara de gato, viam-se as meias amarelas, de um amarelo cor de gema de ovo. Uma das meias, que certamente devia estar enrodilhada abaixo do joelho, caía um pouco em forma de saca-rolhas.

Sanches Lobo foi valente. Arrostou isso tudo.

Daí a pouco tempo, estava casado. O fazendeiro deu à filha um dote de duzentos contos. Foi com esse dote que Sanches Lobo se casou deveras...

Surgiu, porém, um contratempo. A moça, que ficou imediatamente grávida, entisicou. Sanches Lobo não queria passar por mau marido. De mais, se duzentos contos eram alguma coisa, ele podia ganhar muito mais com a herança do velho, também já bastante doente. Valia, portanto, a pena salvar o filho.

Quis, porém, o destino que assim não fosse. A mulher morreu justamente no momento em que o pequeno nascia. E nascia também morto.

Mas Sanches Lobo não se apertou. Mesmo ali, no leito em que estavam dois mortos: sua primeira mulher e seu filho, não perdeu o sangue-frio: fez constatar que o filho tinha vivido alguns segundos.

Quando o médico o viu com aquela preocupação de fazer declarar que o filho nascera com calor vital, pensou que se tratasse de um sentimento até certo ponto de orgulho paterno, querendo que ficasse consignado que o filho vivera algum tempo. E atestou o que ele quis.

Aliás, ele tomara o defuntinho no colo e, representando uma abominável comédia, fingiu que o via abrir os olhos e mover-se.

A cena, para os circunstantes, era comovedora. Para quem soubesse a realidade dos fatos, representava uma tragédia sem nome. Ninguém jamais imaginaria esse requinte de ferocidade: um homem moço e forte, junto de sua primeira esposa morta, vendo nos braços o seu primeiro filho igualmente morto e fingindo apenas que este vivera alguns minutos, para não entregar o dote da mulher e para ver se ainda apanhava a herança do sogro.

Sanches Lobo teve sorte. O dote não foi restituído. A herança do velho médico, que morreu com uma síncope cardíaca ao saber do falecimento da filha, veio ter às mãos do ávido sujeito. E ele se viu de novo rico, dono de algumas centenas de contos.

                              & (MEDEIROS E ALBUQUERQUE).

XXXV. A CONFISSÃO DE ROSA

Mello Bandeira percebeu, astutamente, na contradição de Rosa — que pedira para ser ouvida, pois tinha ainda alguma coisa a dizer, e, chegada a hora, se arrependera, esquivando-se — que havia aí a ponta de uma meada a desenredar.

"Eu... queria dizer... mas não posso... é um ingrato... mas eu gosto dele! Passou-me pela cabeça uma vingança... Mas não posso..."

Foi o que ela dissera, acabando por afirmar que o único criminoso "era Pedro... Pedro... Linck". O nosso Jackal inverteu a máxima do outro, para o uso do sexo amável, e murmurou entre si: *cherchez l'homme...** Não pode ser o Linck ou somente o Linck, pois que o denuncia; há o outro, o do peito, o *ingrato*, de quem, apesar disso, gosta. Este, Bandeira, é que é o outro!

Tirada esta conclusão, o major tranquilizou-se; o raciocínio indutivo-dedutivo era nas perícias o essencial, dizia ele; o mais vem, naturalmente. E então, mudou, ou fingiu mudar de assunto, certo de que tudo se sabe de mulher, ainda a mais discreta, deixando-a falar, falar, o que aliás é fácil, porque é o prazer delas. Desarrugou a fisionomia, tomou aspecto calmo e afável e disse à mulher, ainda mal desperta do ataque que a prostrara:

---

* "Procure o homem...", em tradução livre. [*N.E.*]

— Sente-se melhor? Não se impressione... Não quero que me diga nada do que, nos segredos do seu coração, acha que não me deve dizer. Desejo, porém, que me conte sua vida, que eu aliás poderia saber por outrem, fazendo indagações. Talvez saber mal, de vizinho e conhecidos... melhor será pela senhora mesma.

Já tranquilizada, a moça fez um gesto de assentimento, num sorriso triste. O Sherlock prosseguiu, entrando no assunto:

— Rosa Merck... é então de origem alemã.

— Não senhor, sou brasileira, e de origem brasileira.

— E este nome, que não é nacional?

A mulher teve um instante de perplexidade, e o rubor súbito cobriu-lhe o rosto:

— É o nome de minha madrinha, brasileira também, viúva do grande industrial alemão de produtos químicos, Merck, de Darmstadt...

— O nome de seus pais?

— Affonso e Lucia Fróes, ambos mortos...

— Mas a madrinha ainda existe... onde está ela?

— Voltou à Alemanha, pouco antes da guerra, para cuidar de seus interesses.

— E por que não a acompanhou, se não tinha pais nem parentes?

— Assustou-me a ausência de minha terra, para um país desconhecido... Na noite do embarque, já a tordo, fugi, deixando carta à madrinha, que só viria a dar por falta de mim partido o vapor, em viagem direta à Europa. Vim para terra, num bote, fui à casa de uma conhecida, vivi uns dias não sei como, até... o meu destino!

Abaixou de novo a cabeça e a face sobre os braços cruzados, tomando apoio na mesa, e pôs-se a chorar. O major ficou um instante comovido. Readquiriu, porém, sua imperturbabilidade de Sherlock:

— Que cabeçada! Como se mete os pés assim na fortuna! Afilhada de uma velha rica, sem herdeiros, que a criara com todos os mimos, vê-se bem pela sua educação, e, por um capricho, uma loucura, dá você uma cabeçada destas... Rosa, você não tem juízo, minha filha!

O tom paternal de admoestação produziu o seu efeito. A moça levantou a cabeça e, ainda de olhos molhados, encarou o detetive:

— Se eu fosse morar na Alemanha, e por lá ficasse, não tiraria a minha vingança... E desde menina que eu vivo para me vingar...

— De quem, Santo Deus? Que vingança valerá o sacrifício que fizeste, Rosinha?

À medida que o tom familiar de Mello Bandeira prosseguia, a moça, animada, como que se confiava:

— O senhor acha, então, que uma mãe não vale nada? Pois roubaram a minha! E eu, desde criança, dediquei a minha vida a vingar-me de quem a roubou, a minha querida mamãe!

Tomou-a, a esta evocação, acesso convulsivo de pranto. Mello Bandeira comoveu-se, no mais íntimo de sua sensibilidade. Não podem, é da natureza, os homens ver mulheres a chorar. Muito mais se são moças e bonitas... Impossível!

Ainda mesmo os detetives, que no fim de contas são homens como os outros. Mello Bandeira comoveu-se.

Pensou consigo: que imensa desgraça não haveria ali, diante dele?!

Limpou com a mão o canto dos olhos úmidos, aproximou-se da mulher, ameigou-lhe os cabelos num gesto carinhoso, e disse-lhe brandamente:

— Rosa... nós estamos sós... a sua desgraça me comove... o mistério de sua vida me tenta! Diga-me tudo; juro-lhe que farei o humanamente possível para defendê-la! Eu preciso, porém, saber tudo, tudo... até mesmo o crime, se você o praticou, pois que vosmecê tem, por atenuante, uma dirimente, que lhe trará a absolvição certa... Eu a defenderei... juro que a defenderei!

Rosa levantou os lindos olhos magoados e rasos de lágrimas e os encarou nos do Sherlock, entre curiosa, espantada e ao mesmo tempo tocada daquele ímpeto, que tinha aspecto sincero. Viu nos olhos do interlocutor chama amortecida, que não engana... Têm as mulheres o instinto dessas confissões tácitas, que são as mais puras, as iludíveis. Mello Bandeira tomou-lhe as mãos e, nas suas, as apertava, como numa franca solidariedade. A piedade pelo sofrimento humano inclinava-se além da dignidade de homem que se dedica à defesa de um ser amável e sofredor, até a comunidade desse sofrimento, na participação dele, já nosso, porque é dela... Rosa pôs uma expressão de interrogação profunda nos olhos que encaravam de fito os do policial, como lhe querendo sondar a alma, e perguntou-lhe:

— É verdade? É a sua palavra de homem que o senhor me dá?

— Juro! Diga tudo...

A mulher não vacilou mais. Procurou o fio a puxar de sua narrativa, e começou:

— Há cerca de quinze anos, mais, dezoito anos, meu pai, Affonso Fróes, senhor de engenho aqui no estado do Rio, falecia repentinamente e deixava minha mãe, moça, bonita, senhora de bela fortuna, com uma filhinha de três anos, que era o encanto dos dois. Parecia minha mãe inconsolável, mas tudo passa, mesmo a dor das viúvas, que é tão veemente, e, por isso mesmo, tão pouco duradoura... Moça, bonita e rica, foi logo tentada, a ponto de esquecer meu pai, o melhor dos maridos, de esquecer o seu lugar lá ao lado dele no cemitério de São João Batista, no túmulo conjugado que prontamente, e imprevidentemente, adquirira para ambos, e, principalmente, esquecer-me a mim, o penhor de uma afeição mútua de tantos anos... Nos primeiros tempos dessa ingratidão, a revolta me fez mal, a julgar severamente essa pobre mãe, que era ao mesmo tempo coitada, apenas mulher fraca, como as outras. Apaixonou-se por um bonito homem, que tinha artes de seduzir, e de tal maneira que não só esqueceu tudo, tudo o que lhe disse, como, até a mim, por exigência dele, me repudiou quase... Ele, depois de a ter logrado, declara-lhe que não gostava de crianças e, formalmente, não lhe consentiria trazer-me para o lar comum. Afetou o ciúme, eu era o testemunho do passado dela, da felicidade de outro, e, portanto, não me queria nem ver... Pobre mãe, sofreu muito, pensou talvez um dia demovê-lo, mas era mulher, fraca e apaixonada, chorou, implorou, mas cedeu... Eu fui a sacrificada, e entregue a minha madrinha, privada de minha mãe, que odiei a princípio, deplorei depois, e, finalmente, vim a perdoar pelo que sofreu e penou por mais este crime de sua dolorosa existência.

"O monstro não lhe permitia nem ver-me. Dilapidou-lhe a fortuna, minha e dela, fez-lhe a mais desgraçada das vidas, de sofrimento e de humilhações, e ia repudiá-la, com a filhinha que tiveram, postas fora, na miséria, para casar-se com outra, uma armênia que agora vive por aí vida escandalosa, por meio de um casamento metodista, que não chegou a realizar, quando minha pobre mãe, cansada de sofrer, preferiu a morte, num suicídio sem ruído. A mim deixou-me a confissão de sua vida, a súplica do humilde perdão que me pedia, por alma de meu pai, e o seu legado, de ódio e de vingança, ao monstro que nos desunira, matara-a e de mim fizera a mais infeliz das criaturas.

"Minha irmãzinha foi recolhida por uma tia, numa casinha humilde da rua Paulino Fernandes, e aí é criada; não quis eu saber da companhia delas, porque, atemorizado pelo escândalo, era o bandido quem lhes provia à subsistência. Entre nós, ele e eu, não poderia haver relação outra senão a do ódio, enquanto não chegasse a hora da vingança. Foi também por isso, para não perdê-la, que não acompanhei minha madrinha à Europa. Por isso é que estou aqui, e neste estado. Mas o infame Sanches Lobo... este já está prestando as suas contas, lá na outra vida!

AFRÂNIO PEIXOTO.

XXXVI. AS DUAS ROSAS

Mello Bandeira sofreu naquele dia o mais duro vexame de sua vida, aquele que lhe fez em um instante perder todo o seu prestígio. Não lhe pôde resistir.

E, no entanto, o caso foi profundamente injusto.

Mello Bandeira começara a agradar Rosa Merck, primeiro pelo desejo profissional de induzi-la a uma confissão; depois, por compaixão. Evidentemente, aquela mulher não era uma criminosa. Tudo mostrava no seu aspecto, nos seus gestos, no seu olhar leal e franco, que ela não podia ser uma celerada.

Por outro lado, o que ela acabava de dizer-lhe indicava que era uma pobre criatura sofredora, cuja vida talvez fosse um tecido de tragédias; mas de tragédias de que muitas vezes teria sido a vítima.

Nestas condições, o policial fez-se homem, o homem sentiu instintos de pai e começou a afagar a pobre moça.

Houve mesmo um momento em que esta se levantou e quis sair. Mello Bandeira, que a retinha pela mão, puxou-a e Rosa Merck sentou-se sobre o colo dele.

A tristeza soluçante da pobre mulher e a compaixão sincera de Mello Bandeira não perceberam sequer a inconveniência da situação. O velho afagou-lhe os cabelos, afagou-lhe o rosto.

Estava nisso, quando o reposteiro se abriu e Cabral, o delegado, com uma senhora e dois policiais assomou à porta do gabinete de Mello Bandeira. No primeiro momento, este nem viu. Eles haviam, de fato, ficado estatelados de assombro. Os dois policiais, com as mãos na boca, continham-se para não estourar de riso. Um deles comunicou ao outro:

— Tá vendo o veio? Cabra bom...

E sorria malicioso.

Foi mesmo esse ligeiro ruído que fez Mello Bandeira voltar-se, perceber do que se tratava e levantar-se, corado, como um menino apanhado em falta. Imediatamente ele compreendeu que, fossem quais fossem as desculpas apresentadas, ninguém o acreditaria. Era a sua carreira que desabava por um incidente sem importância e quando aliás ele estava procedendo honestissimamente.

Cabral adiantou-se severo e disse a Rosa Merck:

— A senhora pode sair...

Mello Bandeira atalhou:

— Mas eu...

Cabral insistiu:

— Não é necessário: pode sair, já disse... Um interrogatório nessas condições não vale nada... — concluiu ele, com severidade.

Rosa Merck nem prestou muita atenção à gravidade da cena que acabava de ter lugar. Diziam-lhe que saísse — e era o que ela se dispunha a fazer.

É bom não esquecer que ela tinha sido presa como autora do fatal bilhete. E essa autoria ela acabara confessando. Assim, foi da sala de Mello Bandeira que partiu para a prisão.

Teve, entretanto, ao retirar-se, um profundo espanto, vendo a mulher que estava com Cabral e que ela conhecia: era Rosa Carivaldo, a amante de Pedro Albergaria.

Por que estava ela naquele lugar?

Porque não tinha, há muito, notícias de Albergaria e, tendo sabido que ele fora um dia preso — na famosa noite dos doces furtados —, veio indagar se ainda estava retido por qualquer motivo.

Se alguém pudesse expor a situação das duas mulheres, veria que era bem complicada.

Quando se dera o crime, o fazendeiro Bartolomeu desconfiara que o bilhete achado pela polícia pudesse ter sido escrito pela Rosa Carivaldo, que ele sustentava, mas que sabia ser também amante de Albergaria. Foi por isso que veio à polícia, com vontade de sugerir essa pista a Mello Bandeira; mas felizmente não lhe pôde falar. Mais tarde viu desvanecer-se completamente essa hipótese.

Rosa Merck era pessoa inteiramente diversa de Rosa Carivaldo. Física e moralmente, diferia muito da primeira. O bilhete fora escrito por ela. Não havia, no seu espírito, quando ela incitava Pedro Linck, um simples intuito de avidez. O que ela queria era vingar-se do velho Sanches, de quem sabia ser filha, mas a quem — aliás, com razão, — odiava.

Em tudo isso, o caso mais estranho era o de Albergaria.

Rosa Merck o conhecia. Tinha-o visto, de longe, mais de uma vez, e imediatamente por ele se apaixonara. Nunca, porém, lhe falara, nunca estivera na sua companhia, nunca lhe escrevera. Só os seus olhos clamavam o que as suas palavras jamais tinham dito.

Algum tempo, ela havia morado perto de Rosa Carivaldo e via frequentemente Albergaria passar. Um dia soube como se chamava, por puro acaso, vendo um amigo abandoná-lo dizendo o seu nome.

A atração de Rosa Merck, por Albergaria, que era, por afinidade, seu irmão, talvez fosse explicável exatamente por esse fato que ambos ignoravam. Rosa Merck tinha ao menos a vantagem de conhecer quem era o pai; mas Pedro Albergaria nunca tivera notícia do segredo real do seu nascimento. O que ele sabia era a perseguição movida por Sanches Lobo à mãe e ao homem que ele supunha ser seu pai: o médico Albergaria.

Rosa Merck, ao conhecer, pelos jornais, que Albergaria estivera na polícia, defendendo a irmã dela, a Lucinda, teve uma crise de ciúme. Crise de ciúme tão forte que chegou a pensar em envolver Albergaria no crime.

Como? Com que fundamento? Ela mesma não sabia. Tendo notícia de que o homem que amava parecia inclinado a amar a irmã, pensara em insinuar que ele devia ter feito qualquer coisa contra o banqueiro, por amor de Lucinda.

Mas disso tanto Lucinda como Albergaria se poderiam defender facilmente. E ao sair do gabinete da polícia, impressionada com a sua bondade, Rosa Merck caiu em si. Viu que ia fazer uma torpeza contra a irmã e contra Pedro — e isso sem base alguma. Tal procedimento a tornaria antipática aos juízes. Podia mesmo agravar-lhe a pena como caluniadora. Recuou. Além de uma miséria, era uma imprudência e um perigo. Decidiu que não se comprometeria com essa invencionice tola.

A polícia estava diante de um homem que confessava ser o autor do assassínio, que dizia ter visto a vítima respirar, que tinha bens de Sanches Lobo em seu poder. Não podia pensar em mais nada.

Só Mello Bandeira tinha suspeitas, aliás muito vagas e que ele mesmo seria incapaz de dizer em que se fundavam, da existência de outro criminoso.

Mas o pobre Mello Bandeira...

O seu acabrunhamento não tinha limites. Um dos policiais que assistira à cena tão mal interpretada correra a contá-la. Dois minutos depois toda a polícia a conhecia.

Quando Mello Bandeira, literalmente aniquilado, ia atravessar um pátio interior da repartição, notou que todos o apontavam à socapa, sorrindo... Era evidente que o fato já se divulgara.

Fora, um garoto passou gritando: "Um escândalo na polícia". Mello Bandeira não pôde mais. Subiu, tomou um revólver e deu um tiro nos miolos: a bala só lhe respeitou o rosto que ficou intacto e perfeito, mas a morte foi instantânea. O crânio voou em estilhaços. Quando acudiram, acharam na parede junto à cadeira em que ele se matara, pedaços de ossos e pedaços de cérebro que haviam saltado.

Dali mesmo o cadáver foi transportado para o necrotério, onde lhe fizeram uma autópsia bárbara.

No caixão que levou o pobre homem, havia uma coroa que ninguém sabia quem mandara: fora Rosa Merck, que, embora presa, escrevera a uma amiga, pedindo-lhe que se ocupasse com essa homenagem.

                        & (MEDEIROS E ALBUQUERQUE).

XXXVII. CONFESSO!

Ao entrar aquela noite em casa, Pedro Albergaria apenas encostou a porta da rua. Foi à janela e escancarou-a. Fazia um calor horrível.

Despiu o casaco e recostou-se num velho sofá desconjuntado que tinha a um canto da sala. Ia esfriar o corpo para tomar um banho. Com aquele calor não podia dormir, certamente. Acendeu uma vela à cabeceira do sofá, abriu os jornais da noite e começou a lê-los. Não havia novidade alguma. O interesse da morte de Sanches Lobo tinha já desaparecido com a prisão do suposto assassino. As folhas que dias antes enchiam colunas e colunas de hipóteses e investigações da polícia, agora davam uma ou outra nota esparsa. Agora só se falava no suicídio de Mello Bandeira. O que ainda preocupava de alguma maneira a reportagem era o desaparecimento do testamento do banqueiro, que a polícia não soubera deslindar e não conseguira descobrir o autor do furto. Mesmo esse interesse já ia desaparecendo.

Albergaria pousou o jornal sobre o peito e ficou a pensar quem teria sido a criatura que furtara o testamento. Quem teria interesse em fazê-lo desaparecer? O médico da Assistência? Isso estava provado que não, pela própria criatura da qual o testamento fora furtado. Mas... Que espécie de parentesco era aquele do médico com o banqueiro? Passara a sua vida estudando a de Sanches Lobo e nunca encontrara nenhum ponto de referência àquele parentesco. Que havia qualquer coisa, havia. No próprio diário de Sanches, que a polícia publicara, o banqueiro chamava o médico de seu sobrinho. Sobrinho como? Sobrinho por quê?

A vida de Sanches Lobo era muito mais complicada, muito mais nebulosa do que ele imaginava.

E pensou, pensou, pensou...

Ouviu em derredor da casa um rumor de passos próximos. Teve preguiça de levantar-se. Não era nada. Minutos depois uma sombra passou ao lado de fora, como que querendo ocultar-se no parapeito da janela.

Albergaria quis erguer-se, mas um vulto surgiu na janela, falando para dentro:

— Não se incomode. Fique onde está.

Estremeceu. Parecia já ter ouvido aquela voz em alguma parte.

E, de garganta sufocada, perguntou:

— Quem é?

A porta abriu-se e na sala dois vultos entraram. Albergaria ergueu a vela acima dos olhos e a vela caiu-lhe das mãos ao chão, apagando-se. Os dois vultos eram os delegados Lobato e Enéas Cabral.

— Não se incomode; fique onde está. Nós mesmos acenderemos a vela — disse Enéas.

E acendeu-a. Havia na sala duas cadeiras velhas. Enéas trouxe-as para perto do sofá. Sentaram-se os dois. Houve uns segundos de silêncio. O primeiro delegado auxiliar, consertando o pincenê, disse num tom de vaga comoção:

— O senhor talvez estranhe a nossa visita à sua casa, não é verdade?

— De alguma maneira — respondeu Albergaria.

— É a simpatia que o senhor nos merece. Não se espante com a frase. Viemos aqui para que o senhor não se dê ao trabalho de ir até nós.

— E que desejam de mim?

— O amigo sabe melhor do que nós dois.

Albergaria quis simular.

— É boa! Os senhores que me procuram e eu é que sei o que querem?

— Queremos que faça aquilo que terá mais dia menos dia que fazer — disse Lobato.

— Expliquem-se de uma vez! — exclamou Albergaria.

— Pois já que não é homem de arrodeio — atalhou Enéas —, falemos claramente. Queremos a sua confissão. É inútil negar que não foi o assassino de Sanches Lobo.

Albergaria consertou-se no sofá:

— E por que me diz isso?

O delegado respondeu:

— Porque a polícia tem todos os elementos para apontar o criminoso. Sabe todos os passos que ele deu antes e depois do crime. Sabe que o assassino construiu o crime durante muitos anos. Sabe das suas precauções, de todas as medidas que ele empregou para não deixar rastro, dos sapatos de tênis que calçou para disfarçar o tamanho do pé, das luvas de fio de Escócia de que se muniu para não deixar as impressões digitais, do lugar em que atirou as botas e as luvas. E sabe mais: do lugar em que foi enterrado o dinheiro, da lata soldada em que este foi guardado, da água que foi derramada por cima da terra revolvida para não deixar vestígio. E mais ainda: da hora exata em que o crime foi praticado, e da interessante circunstância do relógio, posto nas onze horas, quando o assassínio fora cometido duas horas antes. Não acha que não vale mais a pena negar?

Albergaria estava estatelado. Nenhuma palavra lhe saía da boca.

— Responda! — insistiu Enéas Cabral. — Será melhor confessar, visto que não pode mais negar.

Albergaria pensou demoradamente.

As duas autoridades não se moveram, como que não querendo perturbar um só dos seus pensamentos em efervescência.

Muito tempo depois, o assassino teve um movimento brusco:

— É verdade!

— Então confessa? — interrogou o primeiro delegado com o rosto aceso de alegria.

— Confesso!

— Cumpre-nos agora acompanhá-lo à polícia.

E chegou à janela, gritando pelos soldados. Surgiram vários praças.

Albergaria ergueu-se, num protesto.

— Mas não há necessidade disto. Eu irei com os senhores dois.

Enéas Cabral pareceu meditar um instante, e depois:

— É o nosso dever. É do regulamento. Trata-se não só de um assassino como de um ladrão perigoso.

Albergaria ficou de pé, revoltado.

— Trata-se de um assassino e não de um ladrão.

As duas autoridades fitaram-no. Enéas Cabral falou:

— Mas, então quem furtou mais de duzentos contos não é um ladrão?

— Roubei menos daquilo que me foi roubado. É um caso de família.

— Caso que se não pode apurar aqui — disse Lobato —, e sim no processo.

A um gesto das autoridades, os soldados entraram na sala.

— E o dinheiro? — lembrou Enéas. — Não vamos sair daqui sem levar a soma do roubo.

— É verdade — acudiu Lobato.

E, voltando-se para Albergaria, ordenou:

— Vá mostrar-nos onde guardou o dinheiro.

— Atirei-o ao mar — respondeu o criminoso.

— Evidentemente está brincando conosco.

— É pura verdade.

— Pois se a polícia sabe que o dinheiro foi trazido para aqui e aqui enterrado.

— Enterrado junto da torneira do quintal — acrescentou Enéas.

— Pois se a polícia sabe disso, que o procure, que o desenterre — atalhou Albergaria.

— Estou vendo que o amigo — retorquiu o primeiro delegado —, não quer ser bom camarada. Trinta e oito, setenta e dois! — gritou para os soldados. — Vão cavar junto da torneira no quintal.

O trabalho durou quinze minutos. A lata não foi encontrada.

Os delegados inquietaram-se. Eles próprios começaram a esmiuçar os recantos da casa. Móveis, buracos, cantos foram desvendados. Albergaria palpitou. E quando Enéas, trepado num caixão de querosene, sondava as paredes da cozinha, um arrepio lhe correu pela pele.

— Há aqui um buraco — disse a autoridade para os companheiros. — Sobe trinta e oito, tu que és mais alto, e mete a mão aí dentro.

Nesse instante, Albergaria explodiu. Soltou-se brutalmente das mãos dos soldados que o seguravam e botou-se como uma fera para cima do trinta e oito. Quiseram contê-lo. Ninguém pôde. Agarrou o soldado pelas pernas, derrubando-o. Lobato fugiu. Empunhando uma velha faca, que estava sobre o fogão, Albergaria avançou para Enéas, mas nesse momento um soldado o jungia fortemente por trás. Quis torcer-se. Não pôde. Quis gritar, morder, espernear. Impossível.

E os dois, ele e o soldado, rolaram no solo.

Albergaria acordou. Tinha caído com o sofá desconjuntado no chão. A sala estava vazia. Lá fora a noite era límpida e estrelada.

Que maldito sonho aquele! Que horrível pesadelo!

Veio à janela espiar. Ninguém.

Correu ainda a casa, desconfiado. Nada. Foi ao buraco, onde escondera a lata do dinheiro. Lá estava ela, intacta. A sua boca amargava. O que lhe teria feito mal ao estômago? A feijoada do almoço?

VIRIATO CORREIA.

XXXVIII. O PESADELO CONTINUA

As atribulações de Albergaria não eram apenas as do sono, quando, desapoderado de razão, podia ter sonhos terríficos, como o da noite antecedente. Que valia ter premeditado, e executado, um crime bem-feito; ter por si secretas e benéficas influências que iam torcendo os acontecimentos, contanto que a pista não fosse achada, não houvesse por onde lhe pôr a mão; suscitando personagens novos que até, como esse Pedro Linck, matara um morto e assumia assim a responsabilidade do seu delito, confessadamente; e essa outra Rosa, a última, a quinta dessa história, e que ameaçava, nessa progressão, de fazer do crime de Botafogo incidente de mercado de flores; que agora mesmo eliminava, num incrível suicídio, o mais temível dos seus possíveis perseguidores, esse Mello Bandeira, que o farejava e havia talvez de levá-lo à cadeia?

Pedro não se arriscava a concluir que a Providência o protegia — não ia até aí a sua inconsciência —, mas transferia os termos e, entre si, exclamava:

— Estou de sorte! Olhem do que me livrei!

A sorte era-lhe um bom amigo. Pois bem, quando esta intervenção ostensivamente se fazia em seu favor, agora lhe dava para ter pesadelos e, nestes, sofrer os horrores de acusação, convicção, confissão, do seu crime. Felizmente que era sonho. Apalpou-se, como para reconhecer que era bem ele, estava em sua casa, e tudo fora fantasia, consequência de cansaço, digestão perturbada, ou mesmo as atribulações em que se debatia.

Contado não se acreditava... A vida tem concordâncias e imprevistos que perturbam e assombram. Pois não era justamente quando, pelo ponto-final na existência de Sanches Lobo, fechava um período de sua vida, dedicado à vingança de ódio sagrado, no mesmo instante quase, procurando um álibi, que achara uma aventura, agora a sua, a do seu coração, pela qual já operara bravuras e até temeridades, como a da cena na delegacia, na qual fora defender Lucinda contra os vexames a que a estavam expondo?

Depois desse dia, entabuladas assim as relações, que estes incidentes se encarregaram de apertar confiadamente, como se fosse longa amizade, começou Albergaria a frequentar a rua Paulino Fernandes, indo e vindo, vendo-a à janela, fazendo-lhe sinais, acompanhando-a à missa a São João Batista, quando saía só, principalmente passando as noites ao pé de um combustor de gás, sem despregar os olhos do retângulo de sombra, que penetrava pela casa adentro e, na moldura do qual o seu perfil moreno e loiro se estampava como uma iluminura de anjo, em livro santo...

Entretanto, apesar de sentir-se correspondido na sua simpatia, estava descontente, perdia peso, fadigava-se, fugia-lhe o sono, atribulações naturais de apaixonado, principalmente porque via, era visto, mas não lhe podia falar, a gosto, longamente, francamente, nestes instantes furtivos em que o tempo se perdia, talvez por ser breve ou estar à vista de curiosos e importunos, nesses silêncios comovidos que são a melhor linguagem dos apaixonados...

Isto não podia continuar. Inquietação e dúvidas nasciam-lhe na alma, a que não podia responder, ou a que dava, para sofrer, que é prazer de namorados, as mais dolorosas soluções.

Do que lera nos jornais, do interrogatório a que assistira na delegacia, e no qual interviera, sabia pouco, mas o essencial.

Dona Lucinda morava com uma tia (órfã desde tenra idade, de pai e mãe), mas eram, uma e outra, estipendiadas por

Sanches Lobo, que lhes dava mesada, de que viviam. Seriam parentes? Certamente não, porque ela, Lucinda, o saberia. Se era filha, como depusera a criada portuguesa — a do chilique na delegacia, o estafermo que ajudara a acordar —, como não a tinha sob o seu teto, tão formosa e digna de mimo, e a deixava na penúria de uma casinha humilde e de vida mesquinha?

Respondia a si mesmo que o monstro seria, até nisso, coerente consigo mesmo, insensível ao encanto da paternidade, como fora a todos os outros sentimentos...

Mas, então, como explicar a mesada, despesa inconcebível de escusa, na ganância irrivalizável de Sanches Lobo?

Não o atinava, e essa explicação irritava-o no mais íntimo de sua consciência e do seu sentimento, que travavam, dentro dele, peleja encarniçada. Sentia-a diminuída, se de origem bastarda, ou emaranhada em alguma das torpes aventuras do banqueiro, contra o que, não o querendo crer, protestava-lhe o coração.

Dignificada a filha, apenas afastada pela insensibilidade paterna, era agora a razão que se alarmava. Como podia ele, Pedro Albergaria, o assassino de Sanches Lobo, pretender o amor de Lucinda, a mão dela, o seu coração, a sua vida, com o seu terrível segredo, ou pior, desvendado esse? Haverá amor que resista à semelhante provação? Lembraram-lhe Cid e Ximena, da tragédia clássica, mas aí a honra dele, a de seu pai, fora agredida pelo pai dela, castigado nobremente, publicamente, por um herói, ao qual não era lícito outra desforra a tal ofensa, senão a morte do ofensor... Ainda assim, Ximena, apesar de amante, odeia Rodrigo, e só as glórias do Cid movem ao rei, com o indulto, o decreto da felicidade. Casados, o perdão seria cabal, a esposa esqueceria a filha? De si consigo, Albergaria não pretendia aventura tão cavalheiresca... e então, amanhã, descoberto o seu crime, ou a sós com ele na sua consciência para o resto de sua vida, o que seria do seu amor?

Destas trágicas provações só o distraíam outros cuidados mais miúdos, que entretanto o ralavam, como perseguidores incansáveis. O amor tem isto de ilógico: ao tempo que aperfeiçoa a quem ama, submete a uma inquisição diabólica a pessoa amada. Albergaria andava agora a rondar a casa da rua Paulino Fernandes, não só para vê-la... (Quantas vezes não tinha repetido os versos do seu poeta preferido, Medeiros e Albuquerque,

> *Tenho nos olhos o deslumbramento*
> *De quem o brilho de vivaz estrela*
> *Por muito tempo, contemplasse atento...*
> *Agora mesmo eu acabei de vê-la!*

...ao despregar-se daquela visão morena, pele cor de mel e cabelos cor de sol, e loira, enquadrada na moldura sombria da janela), mas para saber quem eram as relações dela... Então, a lembrança daqueles dois rapazes, o Julio e o outro, o que lhe ameigava os cabelos, na delegacia, os companheiros de prisão que a acompanhavam vestida de homem! Era bom dizer que ia assim, disfarçada, a um baile carnavalesco, em casa de uma amiga... Como se permite isso, a uma linda menina, naqueles trajes, sem outro resguardo, numa noite de folia, na companhia de dois rapazes, dos quais um tomava a liberdade de lhe ameigar os cabelos? Albergaria bem desejava ajustar contas com esses sujeitinhos! O ciúme lhe afeava a imaginação com mil suposições odiosas, com as quais sofria, para, ao cabo, exclamar:

— Não é possível... ela respira inocência e pureza! Seu Pedro, você exagera: o que ela confessou é a pura verdade...

Apesar dessa reabilitação final, Albergaria, pensando nisso, repuxado nessas dúvidas, e por esses cuidados, não sabia o que mais temer, se o pesadelo da noite, ou as apreensões e suspeitas da vigília.

— Não, isto não pode continuar!

E num impulso, decidido, pôs-se nesta bela manhã de domingo, cheia de sol, e de cantos de pássaros, e bulício de gente, acordados para a vida e para o amor, a se preparar. Iria à missa de São João Batista e havia de falar-lhe: tiraria a limpo todas as suas dúvidas. Isto não podia continuar!

Dava um olhar a seu vestuário, enfiado às pressas, quando ouviu, na porta da casa, alguém bater com o nó dos dedos, e pronunciar um nome:

— Pedro Albergaria!

Assustou-se, mas em vão: era o carteiro. Abriu a carta que lhe entregava precipitadamente, correu a vista à assinatura, que não achou e duvidou um momento em ler... Era vulgar carta anônima. Duvidou um instante se a leria, mas não se pôde conter. Dizia assim:

"*Quem me avisa meu amigo é.* A menina que o senhor ama, e que talvez lhe corresponda, não é só formosa e angélica criatura: é a filha legítima do banqueiro Sanches Lobo, herdeira de todos os seus milhões, que ele tentou desviar, no que pôde, com o seu testamento, ora felizmente desaparecido, sem conseguir, entretanto, esconder as provas dessa filiação, agora em mãos da justiça. Dar-lhe-ia, meu caro senhor, meus parabéns, se não preferisse, e para seu bem, dar-lhe antes este aviso: *o senhor não pode, veja bem, o senhor não pode, em caso algum, ser o esposo dessa moça...*"

O papel lhe tremeu na mão e um calafrio, de pavor ou de apreensão — por quê? —, percorreu o corpo de Albergaria.

AFRÂNIO PEIXOTO.

XXXIX. A CASA MISTERIOSA

Eram mais de onze horas da noite quando, na casinha da rua Paulino Fernandes, se ouviu bater discretamente à porta.

Dona Bibi, a tia de Lucinda, que fazia na sala de jantar as últimas arrumações de uma dona de casa que não se deita sem deixar tudo em ordem, parou e ficou à escuta. Lucinda, que na alcova próxima arranjava o penteado de noite, apareceu no corredor, de ouvido alerta.

— Estão batendo, tia Bibi. Parece que é aqui em casa.

Ficaram as duas paradas, escutando. Tornaram a bater.

Não havia mais dúvida — era ali mesmo. Dona Bibi atravessou o corredor, entrou na salinha de visitas, abriu as folhas da janela e perguntou através da veneziana:

— Quem está aí?

Uma voz, do lado de fora, aproximou-se das rótulas, dizendo discretamente:

— É da polícia. O delegado manda pedir à dona Lucinda que chegue neste momento à delegacia.

Dona Bibi estremeceu. Ao seu lado, Lucinda estremeceu também.

— À delegacia!

As duas fitaram-se no escuro da sala, vagamente iluminada pela claridade escassa da rua.

Lucinda teve uma decisão. Abriu afoitamente as venezianas e pôs a cabeça para fora. Era um soldado no pequeno jardim, bem junto da janela. Ao vê-la levou a mão ao quepe, numa saudação.

— O delegado mandou-me chamar? — indagou ela de mau humor.

— Sim, senhora.

— Diga que eu irei amanhã cedo.

— Não pode ser, dona. É ordem.

— Mas isto são horas de chamar-se uma moça à polícia?

— Eu sou mandado.

— Vá, diga ao delegado que eu não posso ir agora.

— Tenha paciência, moça. Eu tenho ordem de levar a senhora.

— Mas o que há?

— Não sei, não, senhora. É para o inquérito do banqueiro.

— Mas eu não tenho nada com isso.

— Sim, senhora.

— Já não prenderam o criminoso? Que querem mais comigo?

— O delegado é que sabe. A senhora vai e ele diz.

— Mas eu não posso deixar de ir agora?

— Não pode.

Lucinda voltou o rosto para dentro da sala. Fitou novamente dona Bibi.

— Que fazer, tia Bibi?

A velha ficou indecisa na resposta. Veio falar ao soldado.

— Moço, diga ao delegado que ela está doente.

— Não posso, minha senhora, pois se ela está boa! Quem sofre depois sou eu.

A tia e a sobrinha ficaram um instante vacilantes.

— Hein? Que se há de fazer?

— Não há remédio, só indo — disse dona Bibi. — Vamo-nos vestir.

— Pode ir embora — falou Lucinda ao soldado. — Diga que já vamos.

— Eu espero a senhora.
— Não há necessidade. Nós vamos sozinhas.
— Mas é que eu trouxe o automóvel para levar a senhora.
— Então entre.
— Fico aqui mesmo.
— Entre ao menos aqui para o corredor. Está chuviscando.

O soldado, com a insistência, entrou para a sala.

Lucinda e dona Bibi foram vestir-se. Quinze minutos depois voltaram.

A rua estava deserta. Ao longe ouvia-se o trilo do guarda noturno. Parecia uma rua de aldeia, àquelas horas, com as casas todas fechadas.

— O carro está ali, dona.

Caminharam até a limusine. Lucinda e dona Bibi entraram, o soldado fechou a portinhola e foi sentar-se ao lado do chofer.

O carro rodou numa velocidade vertiginosa.

A fisionomia de Lucinda estava visivelmente contrafeita. Uma ruga vincava-lhe o lindo rosto de mulher loira. Que iria acontecer? O coração batia-lhe no peito, assustadoramente. Sentia o prenúncio de coisas más. Pelas vidraças da limusine, agora cerradas por causa da chuva, não podia ver as ruas. Mas pelo que lhe parecia já tinha passado a delegacia.

Esperou mais dez minutos. A velocidade do automóvel diminuía agora. O carro dava solavancos terríveis. Devia estar atravessando uma rua mal calçada.

Lucinda segurou as mãos da tia.

— Onde é que vamos?

Ela não sabia também. Uma inquietação fremente sacudia as duas. Sentiram que subiam uma elevação. Lucinda não se conteve. Chegou-se novamente aos vidros do automóvel, próximos ao chofer e pôs-se a bater.

Nem o chofer nem o soldado se moveram. Agora o automóvel descia e voava numa longa praia que não era a de Botafogo.

Lucinda pôs-se a gritar doidamente. Sentia, porém, que a sua voz não passava além dos vidros fechados.

O seu estado de nervos foi crescendo. Com o cabo do guarda-chuva, bateu freneticamente nos vidros, quebrando-os. Mas, nesse momento, o automóvel parou.

O soldado veio abrir a portinhola.

As duas senhoras ficaram imóveis e transidas. O lugar em que o automóvel havia parado era sombrio, escuso e desolado. Devia ser muito distante da cidade. Tinha-se mesmo a impressão de que era um pedaço de roça. Em roda nenhuma casa, apenas um cerrado de arvoredos e uma longa estrada de areia que a chuva molhava.

— Onde o senhor nos veio trazer? — perguntou Lucinda ao soldado.

— Onde o delegado mandou — respondeu ele.

— Mas a delegacia é aqui?

— Mas é aqui que a polícia está fazendo uma diligência.

— E agora?

— As senhoras queiram seguir-me.

Elas obedeceram. A estrada arborizada terminava numa velha casa branca de aspecto colonial, também cercada de arvores imensas.

— Vamos entrando — convidou o soldado. — O delegado está lá dentro.

E seguiu à frente, acompanhado pelas senhoras.

Numa porta, no corredor comprido como o de um convento, bateu com os dedos a primeira, a segunda, a terceira, três pancadas de cada vez.

A porta abriu-se. Ele impeliu Lucinda e dona Bibi para dentro.

As duas senhoras apoiaram-se na parede para não cair. Estavam diante de uma grande sala iluminada que seis homens mascarados aguardavam silenciosamente.

VIRIATO CORREIA.

XL. NA PRAIA DA GÁVEA

Cerrada a janelinha de Lucinda, Albergaria ia despregar-se da sombra propícia do seu combustor de iluminação, quando viu, a tais horas, por ali sempre suspeito, um automóvel, que parava à pequena distância da casa. Susteve o passo, e observou. Da boleia descia um soldado, que batia à porta de casa, e depois confabulava para dentro com alguém.

Albergaria já não partiu, esperou, e para não ser suspeito, quando o automóvel deu a volta, tratou de se ocultar atrás dele para observar sem ser visto. Foi assim que, após alguns minutos, viu as duas senhoras fecharem a casa e se meteram no veículo. Acomodou-se o rapaz, como pôde, em cima do eixo das rodas, seguro aos paralamas, e foi com eles. Logo a ideia que o assaltara, que aquilo não podia ser uma diligência policial — tão fora de horas! — se confirmava, porque, desembocando na rua Voluntários, o carro tomava à esquerda, na direção do Largo dos Leões. Procurou nos bolsos com que furar o pneumático, mas não achou; as rodas corriam velozes, de sorte que não podia tentar abrir o parafuso das câmaras de ar... Com a morte na alma, prevendo já o que havia de ser, deixou-se ir.

O automóvel continuava Voluntários abaixo, depois Largo dos Leões, Humaitá, finalmente, num descampado, à esquerda, que devia ser a Lagoa Rodrigo de Freitas. Era singular como as pobres senhoras, dentro do carro, nem suspeitavam do perigo para o qual corriam.

Através da longa rua do Jardim Botânico iam atingindo a Marquês de São Vicente. Subiam agora a Ladeira da Gávea. Na posição incômoda em que ia, Albergaria começou a sentir dormentes as pernas; não lhe fossem as mãos, agarradas solidamente aos paralamas, suceder o mesmo, porque então seria um desastre.

Do alto da Gávea, no deserto encantado, entre céu, mar, montanha e verduras, começou o veículo a descer o zigue-zague do longo caminho que vai dar na Praia do Niemeyer. Foi aí que ouviu ruído feito no carro, pedido de socorro, finalmente os estilhaços do vidro voarem, despedaçados pelo medo dos que iam dentro. A más horas, pois que estavam longe de habitações e agora subiam encosta, como quem vai às Furnas da Tijuca. À esquerda, porém, o carro tomou um atalho e foi dar numa casa solitária, à beira-mar, dominando um promontório. Albergaria mal teve a consciência de que chegavam, porque, com a tensão dos nervos e a posição forçada teve uma turvação na vista e perdeu os sentidos, caindo ao chão...

Quando voltou a si, levantou-se, olhou em torno e viu a casa fechada e o automóvel parado, já sem ninguém. Sozinho, que poderia fazer? Teve então uma ideia. Pôs o carro em marcha e meteu-se nele a caminho da cidade. Atravessou praias, galgou montanhas, desceu enfim a encosta que vai dar às primeiras casas da rua Marquês de São Vicente.

Parou diante de uma venda, onde havia a placa dos telefones públicos e investiu contra a porta fechada. Custaram a abri-la, entre impropérios, mas, afinal, conseguiu sempre a ligação desejada:

— Delegado auxiliar de dia?

— É ele mesmo. Dr. Enéas Cabral...

— Magnífico! Dr. Cabral, socorro! Dois bandidos, em automóvel, um deles disfarçado em soldado, raptaram dona Lucinda e a tia...

— Que dona Lucinda, que tia...?

— A suposta filha do banqueiro Sanches Lobo, da rua Paulino Fernandes, que o senhor conhece... Como ia dizendo, raptaram-nas, e as conduziram, à força, para uma casa solitária na praia da Gávea, onde estão, naturalmente, na companhia dos bandidos.

— Como sabe disto?

— Acompanhei-os, no carro, grudado na traseira, e, quando sequestraram as vítimas, apoderei-me do automóvel para, do primeiro posto telefônico, vir pedir-lhe socorro. Acuda depressa, com algumas praças embaladas, porque podem ser muitos... Eu aqui fico, para guiá-los...

Depois de incomodar o vendeiro, que declarava resolutamente ir suprimir o telefone, pois só lhe dava aborrecimentos — "nunca era freguês a fazer uma encomenda!" —, Albergaria ali ficou a conversar, entretendo o homem, estremunhado e bocejante, pensando ainda em valer-se de comunicação para alguma nova providência.

Pediu de novo ligação para a Central:

— O dr. Delegado Auxiliar...

— Que quer o senhor com ele, a estas horas? Vá dormir...

— É uma providência urgente, um socorro!

— Providências não se pedem a estas horas... Socorro é nas horas de expediente!

— Eu não quero suas observações, quero falar ao dr. delegado...

— Seu atrevido! Se o tivesse à mão, estava preso!

E, violentamente, suspendeu-se a comunicação. Era voz desabrida e grosseira de subalterno, naturalmente algum cabo de ordens ou contínuo de repartição. Apesar das suas aflições, Albergaria teve um rito de escárnio e murmurou, entre dentes:

— Democracia!

Teria o Enéas Cabral tomado as providências ou voltara à cama e reconciliara o sono? A loquela do servente dava-lhe a esperança de que o patrão saíra, era, então, que se manifestava a independência dos subalternos. Acendeu o cigarro, para encher o tempo, e, numa indizível inquietação, esperou.

Lá no fim da rua Marquês de São Vicente vinha um automóvel à disparada, buzinando e tangendo o sino, como para acudir a um incêndio. Albergaria nem agradeceu ao português da venda. Pôs o seu carro em marcha, e, quando os outros iam passando, conseguiu falar-lhes. Depois de curto momento de entendimento, tocaram ladeira acima, para descambar pela encosta, até a Praia do Niemeyer, em seguida a caminho das Furnas, para tomar o atalho da casa à beira-mar. Aí Cabral fez descer os soldados, e guiados por Albergaria puseram cerco à casa. Teriam de esperar a manhã.

Com o ruído, uma janela se abriu e um rosto indagou para fora. Cabral então falou, em nome da lei:

— Se tocassem num cabelo da moça, se lhe fizessem o menor mal, seriam duramente punidos.

Uma voz de dentro ouviu-se então:

— Uma vez que o senhor é um homem da lei, é inútil negar... Uma estroinice... rapaziadas!

— Seja como for, é um crime...

— Vamos acabar com isso doutor, entregamos-lhe a moça e o senhor nos deixa ir em paz...

Cabral sorriu, na sombra:

— Pois bem...

Depois de um momento, a porta se abriu e dona Lucinda e a tia eram postas do lado de fora. Cabral reassumiu o seu ar enérgico:

— Agora não há transigências com a lei... Entreguem-se, que a casa está cercada e temos soldados e munições bastantes...

Nova indecisão, mas, por fim, os homens, ainda mascarados (eram seis além de um soldado e outro motorista), renderam-se. Cabral, depois de os desarmar, mandou tirar-lhes as máscaras... e os foi identificando...

— O Zé Bocó, o homem do gorro!
— O velho Gregório, que, por este, ganhou no jogo...
Dona Lucinda e dona Bibi, vendo-se salvas, prorromperam em impropérios:
— O pior é aquele alto, de voz fanhosa, que não quer tirar a máscara... Ele é que pretendia que assinássemos um papel, sob pena de morte... Que nos queria embarcar para o norte, numa falua, se não acedêssemos... que fazia ameaças... e apontava o revólver!
Cabral mandou-o, à força, desmascarar, e não pôde conter o seu espanto, ao homem que viu:
— Dr. Mendes Guerreiro! O senhor! Nestas aventuras! Na sua idade, advogado provecto, da comissão dos Patrimônios, provedor de irmandades...
Albergaria teve uma intuição de gênio, desviando a suspeita leviana do Cabral, que pensara logo no *cherchez la femme*[*] como solução destes enigmas:
— Foi o homem que roubou o testamento do Sanches Lobo, porque o futuro genro, o dr. Cardoso, era deserdado... E agora, aparecida a filha, legítima herdeira, queria fazê-la desaparecer também, para beneficiar ao sobrinho do banqueiro com a sucessão... Não é Don Juan, como o senhor está pensando, é Sacripante!

AFRÂNIO PEIXOTO.

---

[*] "Encontre a mulher...", em tradução livre. [*N.E.*]

XLI. OS VAPORES DO VINHO

No dia seguinte, à uma hora da tarde, Pedro Albergaria almoçou em companhia de Enéas Cabral. Os sucessos da noite anterior tinham despertado no primeiro delegado auxiliar um vivo interesse pelo assassino de Sanches Lobo.

A prisão do dr. Mendes Guerreiro havia sido uma vitória estrondosa para a polícia. Mendes Guerreiro era uma das figuras de maior destaque do Rio, com um passado que todo mundo apontava como exemplar, provedor de irmandades, com prestígio junto ao mundo católico. E todo o retumbante sucesso da prisão, tão cheia de peripécias interessantes para a polícia e para a reportagem, Enéas devia-o a Albergaria. Convidara-o para almoçar naquele começo de tarde. Tinham combinado o encontro de madrugada, quando voltaram da casa misteriosa da Gávea.

No convite de Enéas havia uma intenção de que, até aquele momento, ele não sabia bem qual era. Albergaria interessava-o, mas esse interesse não tinha ele bem a certeza se vinha de um impulso de gratidão por aquele triunfo policial, ou se por outros motivos que ele não podia definir. A verdade é que era aquela a segunda vez que se encontrava com o Albergaria e em situações bem singulares para a marcha do processo complicado. Evidentemente havia entre aquele moço e dona Lucinda um traço de afeição amorosa que saltava aos olhos. Mas a sua intromissão na marcha dos fatos seria apenas pelo amor?

Enéas tinha a sua veia acentuadamente policial, e a longa prática de lidar com os crimes e criminosos levava-o a não desprezar elemento algum.

Ao chegar ao restaurante, Enéas pediu uma sala reservada.

Deram-lhe uma sala nos fundos, um recanto delicioso em que os dois amigos poderiam conversar à vontade um assunto secreto.

O criado veio servir.

— Que vinho bebe? — perguntou Enéas a Albergaria.

— Muito obrigado. Não bebo vinho nenhum.

— Cerveja?

— Também não.

— Ah! É abstêmio. Não pode ser. Há aqui um vinho que é realmente uma preciosidade. Vai beber um bocadinho e vai gostar. Garçom, aquele meu vinho.

Vieram os primeiros pratos, veio o vinho.

— Experimente — disse o delegado ao seu conviva.

Albergaria bebeu por delicadeza.

— Excelente — disse depois.

— Uma preciosidade.

Falaram do calor, de coisas vagas. A canja foi devorada.

— Não está gostando do vinho?

— Muito — respondeu Albergaria.

— E como está com o copo vazio?

O assassino de Sanches Lobo tornou a encher o copo.

Nos olhos de Albergaria apareceram os primeiros efeitos do vinho, um brilho estranho, uma vivacidade, aquela conhecida expressão de fulgor que toda gente tem aos primeiros vapores do álcool.

Enéas começou a conversar. E, depois de uns cinco minutos de cavaco:

— O meu amigo de que vive?

— Atualmente estou desempregado.

— Ah! Mas isso não pode ser. Os amigos são para as ocasiões. Por que não me disse isso há mais tempo? Posso arranjar-lhe qualquer coisa na polícia.

— Eu lhe ficaria bastante agradecido.

— Nada me tem de agradecer. É apenas retribuição de um serviço. Você, desculpe-me chamá-lo "você", somos ambos rapazes.

— À vontade.

— Você prestou-me um favor enorme. Eu andava como um doido para descobrir o autor do furto do testamento de Sanches Lobo. De um momento para o outro eis que você me aponta o dr. Mendes Guerreiro. Quem havia de imaginar! O Mendes Guerreiro, criatura tida como de bem, respeitável. Uma sucessão! Não está gostando do vinho?

— Magnífico! — exclamou Albergaria, bebendo novamente.

— E que tal tem achado o trabalho da polícia? O suicida Mello Bandeira, apesar dos seus erros, da mania pela lanterna, da mania do reclame, era uma vocação policial. Foi uma pena. Mas que tal tem achado o nosso trabalho? Temos sido felizes, não é verdade?

— É!

— Disse esse "é" tão friamente. Seja franco.

— Não se zanga?

— Não. Somos amigos. Estamos na intimidade.

Albergaria já ia bem perturbado pelo vinho.

— Acho que a polícia tem andado errada.

— No começo, realmente andamos um pouco tontos. É natural. O crime era encrencado.

— No começo e em tudo — disse Albergaria com uma audácia que não era sua e sim do álcool.

— Não diga isso.

— Digo. Eu não creio que o Pedro Linck tivesse sido o assassino de Sanches Lobo.

— Oh! É demais! Pois se o homem confessou! Pois se os sapatos encontrados na praia eram dele, dele as luvas e dele o bilhete achado por Mello Bandeira, junto ao cofre do banqueiro.

A vivacidade dos olhos de Albergaria cada vez mais iam crescendo.

— Ah! Mas isso não quer dizer nada — retrucou.

— Não quer dizer nada? É tudo.

— E os duzentos contos, os duzentos contos que o banqueiro recebera no dia em que...

Uma breve palidez passou-lhe pelo rosto. Perturbou-se, deixou o garfo. Enéas fixou-lhe o olhar.

— ...em que o mataram? — concluiu Albergaria.

— Ora — disse Enéas —, os duzentos contos foram roubados pelo Pedro Linck.

— Não foram! — exclamou Albergaria num tom enérgico.

— Claro como água. Pedro Linck, se afirma não ter encontrado os duzentos contos, é por um plano muito natural nos ladrões. Espera ser absolvido e ir depois gozar o dinheiro. Você há de concordar que a polícia tem sido felicíssima.

Albergaria sorriu.

— E você ri? A descoberta do assassino de Sanches Lobo é um trabalho que honra a polícia de qualquer parte do mundo. Conseguimos precisar tudo. Os passos do assassino e os passos da vítima, a hora do crime.

— A hora do crime! — disse Albergaria num tom de troça.

— Perfeitamente. O crime deu-se às onze da noite.

— Ah! Isso é que não foi.

Enéas fitou-o. Os olhos do rapaz estavam de um brilho surpreendente. A embriaguez conquistou-o.

— Ah! Isso é que foi! — teimou o delegado.

— Aposto que não.

— E o relógio! E o relógio, que se encontrou quebrado no chão, marcando as onze horas.

A gargalhada que Albergaria deu no momento foi de franca embriaguez.

— E quem pode afirmar que o relógio estivesse marcando a hora exata do crime?!

— A polícia, pelo exame que fez no local. O relógio caiu no chão e parou no momento em que o criminoso lutava com a vítima.

— Mas não houve luta nenhuma.

Tinha dito uma inconveniência. Apesar de perturbado pelo vinho, percebeu que se podia comprometer. Um raio de inteligência brilhou-lhe no espírito.

— Não houve luta nenhuma. Pedro Linck afirmou que não lutou com a vítima.

— E o caso do relógio, como você o explica? — perguntou Enéas.

— O assassino fê-lo parar nas onze horas e quebrou-o depois.

Percebeu que tinha sido inconvenientíssimo e calou-se.

— Com que intenção? — indagou Enéas.

Ele não respondeu.

— Tolo.

Pareceu a Albergaria que o seu silencio podia inspirar suspeitas. E falou:

— Com a intenção de desorientar a polícia.

— Isso é muito transcendente. Ele procuraria desorientar em outra coisa e não nisso. O que você poderá dizer é que o negócio podia ter parado às onze horas da manhã. Isso sim. Mas a questão da hora, duas mais, duas menos, não tem importância. O que tem importância é o roubo, é o assassínio. O assassino de Sanches Lobo, seja Pedro Linck ou outro qualquer, é um miserável.

Albergaria sentiu um choque.

— Por quê?

— Porque matou covardemente, de uma maneira pusilânime. Matou infamemente para roubar.

— Não! — gritou o outro, erguendo-se da cadeira.

— Sim!

— Sanches Lobo era um miserável, um bandido! — exclamou Albergaria num ímpeto.

— Era um filantropo — atalhou Enéas.

— Atirou a minha família na miséria! — berrou o assassino com lágrimas nos olhos.

Enéas arregalou os olhos e a boca. Fixou Albergaria demoradamente, sem palavra. Este assustou-se das próprias palavras que havia dito. Sentou-se. Uma nuvem passou-lhe pelos olhos.

Muito tempo estiveram calados.

Afinal o Albergaria afastou o copo para a ponta da mesa e disse:

— O que eu estou é muito bêbado.

Enéas desarrolhou outra garrafa de vinho e encheu-lhe o copo.

— Um dia não são dias. Este vinho merece um sacrifício. É uma preciosidade.

VIRIATO CORREIA.

XLII. OUTRO RUMO

Enéas Cabral cometeu um erro vulgar, felizmente para Albergaria: se no vinho, no meio vinho, está a verdade, segundo o ditado clássico, solto da razão o automatismo, na embriaguez completa está a incoerência e o desatino. Albergaria se pôs, portanto, a misturar alhos com bugalhos, "o médico-legista é que tinha acertado: Sanches Lobo se suicidara", "formidável cavalgadura!", "as luvas eram de borracha ou de fio de Escócia?", "Mello Bandeira era batuta!", "já lhe disse é cutuba, duvide, se é homem!", "previa no Cardoso um grande culpado, o futuro sogro o estava demonstrando", "Cabral é que era fundo com as suas teorias de nomeação do criminoso", e chegou, num ímpeto de ousadia e sinceridade, até mesmo a exclamar:

— Só falta que você me nomeie também cúmplice!

Depois, foi a vozeria, foram impropérios, quase o escândalo, obrigando Cabral a interromper a cena desagradável, mandando a ordenança que o pusesse no seu automóvel e o levasse à casa. Iria ele a pé até a Central para assentar umas ideias.

Os trapos de primeiras confidências de Albergaria eram impressionantes: "Atirara a sua família na miséria", era "um bandido o Sanches Lobo" e não filantropo... Informações de imprensa contraditórias; a princípio a ilusão de sua benemerência, que o banqueiro estipendiava, depois a descoberta de todas as mazelas do infame sujeito, de sorte que, na opinião geral, o grande homem da véspera era o galé de hoje em dia.

Podia, pois, Albergaria repetir conceitos estranhos. Podia mesmo ter opiniões pessoais, contrárias ao argentário: se as pessoas a quem fez mal este trampolineiro da bolsa fossem, por isso, reputadas cúmplices no seu assassínio, então, não haveria cadeia bastante...

Concluiu as suas cismas, Enéas Cabral, declarando que o rapaz era talvez destes detetives amadores que leem nos jornais os crimes de sensação e se põem a colaborar com a polícia, nas diligências feitas e por fazer. Era esta a opinião do malogrado Mello Bandeira, no dia em que na Praia de Botafogo, na delegacia, dera-lhe a pista dos famosos indícios.

Volvendo à embriaguez de Albergaria, a lembrança de Mello Bandeira deu-lhe uma reflexão:

— Que diria a isto o meu colega da lanterna?

Formulando este pensamento, Cabral teve vexame e corou imperceptivelmente. Arrancar uma confidência pelo álcool certamente não seria de polícia moderna, de sherlockismo *up to date*: envergonharia a Mello Bandeira. Ele, entretanto, o fizera, sem grande resultado, e disso quase se envergonhava...

— Ainda com os criminosos há leis de honra e de cavalheirismo: o jogo policial é franco, nobre, obtido pela lógica e pela convicção. Nunca entrar por detrás na casa alheia, pelo desvão de uma alienação, ou, em caso momentâneo, de alteração dos sentidos. Melhor vale, seu Cabral, a nomeação do criminoso, para escarmento social, absolvido certamente pelo júri, e assim, sem maior injustiça, tudo reposto ao seu lugar...

E então, no seu bestunto filosófico, Cabral reafirmou-se nas suas doutrinas prediletas:

— O crime é acidente humano, como um desastre é acidente mecânico, como uma catástrofe é acidente cósmico... Inevitável, conquanto se possa prevenir, em certa medida, o naufrágio com os navios estáveis e protegidos, o descarrilhamento com as linhas lastradas e conservadas, a violência com a educação social e a polícia preventiva. Mas, apesar de tudo, sucedem. Investigação para a responsabilidade devida, que acalma a atenção pública alarmada. Como se arquiva o inquérito, ou o relatório do sinistro, ou do desastre, também do crime se absolve o criminoso suposto, no júri. A segurança pública se reafirma e a justiça é respeitada... Perfeito!

Enéas Cabral reacendeu o charuto, que se apagara, e tornou com este incidente à realidade concreta:

— Se Pedro Linck não é o assassino, apesar de confesso, como peremptoriamente afirmou o tonto Albergaria, se Sanches Lobo se suicidou, como quer o não menos tonto médico-legista, não há perigo social de injustiça, porque o benemérito júri aí está, com os notáveis advogados de porta de xadrez e a inefável privação de sentidos, do artigo 27 do Código... Perfeito!

Entrando na Central, o delegado auxiliar despachou algumas pessoas à espera, comissários e praças, deu ordens e tomou o seu automóvel, já chegado, seguindo o caminho de Botafogo. Ia à rua Paulino Fernandes.

Bom analista que era, perguntou a si mesmo se era apenas o dever profissional que ditava essa diligência. Efetivamente, necessitava ouvir a dona Bibi, sobre minúcias de filiação de Lucinda, pois que esta não as soubera dar em tempo, naturalmente mantida na inocente ignorância. Dentro de si, porém, obscuramente, sentia que teria prazer em reaver os salvados de ontem das unhas do Mendes Guerreiro, participar dos agradecimentos que lhe cabiam principalmente, e não apenas ao estouvado Albergaria.

Foi, pois, com bom aspecto, sem carrancas nem durezas, que falou à boa senhora, dizendo ter vindo para vê-las, por simpatia pela causa delas, a da inocência, para certificar-se se estavam a postos os dois guardas civis que deixara, desde a véspera, pelas imediações, para as proteger de nova investida.

— Que bom! — disse a senhora, irreparavelmente.

— Não tem maior importância! Guardas civis se põem de serviço na casa dos grandes clínicos, dos negociantes matriculados, dos ministros do Supremo, por toda a parte... e eles gostam... é preciso ocupá-los!

— Não, não é isso... Que bom saber disso, porque, ao vermos os dois, a rondarem a casa, ficamos assustadas com a nova ameaça... É sempre a justiça quem arranja destas...

Enéas Cabral sorriu e pediu notícias de Lucinda. Tinha interesse em saber como estava, depois do susto passado. Enquanto não chegava, tratou de indagar os pontos obscuros, a que também vinha. Soube então confidencialmente, em voz baixa, tudo aquilo que Rosa Merck contara a Mello Bandeira e que não fora reduzido a auto. A irmã dela, da velha senhora, Lucia Froes, viúva de Affonso Froes, com uma filhinha de nome Rosa, em má hora se casara com Sanches Lobo, privada da filha entregue à madrinha, e depois a curtir tormentos, aflições, penúria, até o obscuro suicídio, deixando-lhe a ela, irmã, aquela outra sobrinha a criar, sem meios, porque o bandido do cunhado tudo havia desviado para o próprio nome. Adquirindo energia, fora ter com o banqueiro, e, com ousadia, lhe fizera ver não ser da índole da irmã, e estar disposta ao escândalo, dos jornais ou da mendicidade, se não estivesse pronto a sustentar a sua criatura. Foi então sob o pacto de não declarar a ninguém esse parentesco, não lhe aparecer jamais, que lhe concedeu a mesada de que viviam, daí por diante recebida pontualmente.

— Tão ruim, este homem, que nunca teve sequer a curiosidade de ver a filha... Menina, fez-se moça, e está um encanto, como o senhor vê, e nem o disse nunca, nem ela o sabia, que era filha de Sanches Lobo... Sabemos agora que está rica, herdeira de todo o mau dinheiro do pai...

— Mas, então, não foram as senhoras que enviaram ao juiz de órfãos a prova de filiação de dona Lucinda a que aludem os jornais?

— Não... nem sabemos disso... nem nunca tivemos essa prova.
— Mas são os interessados... e que imenso interesse!
— Não... positivamente. Não tenho e nunca tive comigo prova disto... Foi alguém bom e generoso...
Era incrível. Cabral, surpreendido, excogitava:
— Seria este moço, este... rapaz, que esteve conosco na diligência da Gávea?
— Não priva conosco... Nunca veio aqui... Como saberia disso?
— Não será ele, com certeza... é moço demais para saber destes acontecimentos... Não podia, nem ninguém, adivinhar que dona Lucinda, Lucinda de quê?
— Lucinda Macedo... é o nome de nossa família.
— ...que dona Lucinda Macedo fosse filha legítima do banqueiro Sanches Lobo...

Não o disse, mas Enéas Cabral ficou surpreendido, que houvesse, pelo bem, quem se ocupasse delas, como houvera um Cardoso ou Mendes Guerreiro, pelo mal... Quem seria? Quem lhes saberia da história e fizera a prova oficial dessa filiação? Decididamente não havia um, mas muitos mistérios, em toda esta história.

Lucinda entrava, com o seu sorriso constrangido, a cabecinha loira e a morena face corada, numa inclinação grata e cerimoniosa, saudando o elegante delegado auxiliar, que apenas desejava vê-la e apertar-lhe a mão...

E, pensando nisto, Enéas Cabral esqueceu tudo o mais.

AFRÂNIO PEIXOTO.

XLIII. CASO LIQUIDADO

No espírito de Enéas Cabral não ficara suspeita alguma contra Albergaria. A verdade é mesmo que, para incitá-lo a beber, o delegado exagerara também a dose de vinho que tomara, e estava, ao fim da conversa, tão bêbado como Albergaria. O que havia apenas é que, mais habituado ao vinho, guardava uma aparência exterior menos incorreta que o seu convidado.

No dia seguinte, foi-lhe absolutamente impossível recordar o que este lhe dissera. Lembrava-se apenas, muito vagamente, que fora uma chusma de tolices sem nenhum sentido.

Tomou então duas resoluções.

Por um lado, pensou em obter um lugar de agente de primeira classe para Albergaria. Não era muito legal, mas a regra não é que se façam as coisas muito legais. Assim, Albergaria entrou para a polícia e — o que é mais — foi ser a ordenança, o companheiro, o factótum do delegado, que lhe dizia francamente o que pensava e que lhe pedia conselho em muitas ocasiões.

Fazia, aliás, bem. Albergaria aceitara o cargo para vigiar de perto a marcha dos negócios e, sobretudo, para preencher o tempo que lhe faltava até a condenação do assassino de Sanches Lobo.

Exercia, portanto, o lugar como uma distração, mas com real interesse. Estudava as questões, meditava-as e, como tinha uma formidável leitura de romances e contos sobre crimes e criminosos, suas observações eram frequentemente de uma justeza admirável.

Por outro lado, ele observara que o delegado era vaidoso. Assim, quando achava qualquer pista interessante reservava-se para falar-lhe nisso ao estarem a sós. Desse modo, Cabral podia sempre passar como o autor de certas diligências que Albergaria lhe havia sugerido. E este, falando a outros, mesmo das ideias mais legitimamente suas, não deixava de dizer que eram do dr. Cabral.

Este sabia, observava, e aumentava cada dia mais a sua afeição e confiança por Pedro Albergaria.

Um dia — e esta foi a sua segunda resolução no caso — resolveu dar o inquérito policial do caso Sanches Lobo como terminado.

E assim fez.

O inquérito apontava categoricamente Pedro Linck como o único culpado.

Quando Cabral acabou de redigir essa peça, leu-a para Albergaria ouvir. E foi então que, pela única vez, aludiu ao jantar em que tinham estado juntos.

Albergaria havia passado a ser o confidente do delegado. As relações entre os dois não tinham a solenidade oficial, que fora de esperar. Cabral não teve dúvida alguma em confessar-lhe:

— Deixe lá que naquela noite nós ficamos ambos em bom estado... Para te embebedar, comecei por embebedar-me.

Albergaria sorriu. Ele tinha, às vezes, receio de ter dito alguma inconveniência. Via, no entanto, que, se houvesse qualquer coisa de grave, Cabral não o teria chamado para o posto que ocupava.

Cabral fizera mesmo muito mais. Fora a Albergaria que confiara pôr em ordem todos os papéis relativos à questão. E entre eles estava um caderninho em que o delegado tomava todas as suas notas.

Nesse caderno, sob a designação do dia, do mês e da semana, estava apenas a indicação:

"Procurei obter indicações de Albergaria. Jantamos juntos. Nenhum resultado."

E essa nota não era uma cilada. Nada mais exato. Positivamente Enéas Cabral só tinha dessa data mais uma indicação, além do que escrevera: que apanhara uma valente carraspana.

Albergaria, conversando sobre o fato, disse-lhe que naquele dia lhe sucedera ter tido, à noite, um sonho com Mello Bandeira. No sonho, este lhe aparecia dizendo que o criminoso não era Linck e que a hora marcada no relógio não valia nada.

Albergaria afirmava que mais de uma vez, durante o dia, pensara nessas tolices do sonho.

Dizendo isso a Cabral, ele procurava criar uma explicação, para o caso do delegado se recordar de alguma coisa do que ele poderia ter dito. É bem de ver que o próprio Albergaria não sabia o que contara ao delegado; mas como esses eram os pontos capitais da questão, ele os atacava, inventando um sonho, porque, se tivesse adiantado alguma coisa inconveniente, passaria como a simples recordação desse sonho.

Mas Cabral não tinha positivamente ideia alguma do jantar célebre. Limitou-se a fazer este injusto necrológio do pobre Bandeira:

— O Bandeira era um idiota!

E o inquérito seguiu para o juiz competente.

— Uff! — exclamou o Cabral, quando despachou os papéis. — Estamos afinal livres desta estopada!

O inquérito envolvia, além do caso propriamente do assassínio, a questão da captação do testamento feito pelo tio do doutor. O essencial, porém, era a questão do assassínio.

Um dia, tendo de ir à Detenção, a mandado do delegado, para falar a um preso, Albergaria pensou em ouvir também Pedro Linck.

O americano estava conformado com a sua sorte. As longas meditações da prisão só lhe apresentavam um ponto misterioso: onde estavam os duzentos contos?

Mas para ele não havia dúvida alguma que o velho banqueiro tinha algum esconderijo, onde metera as notas.

No momento em que ele entregara a soma, o banqueiro a pusera ostensivamente no cofre; mas assim que ele saíra, Sanches Lobo devia ter transferido o dinheiro para o esconderijo.

Nada aliás mais natural.

Pedro Linck, mais de uma vez, pensara que, se fosse absolvido, arranjaria meios de alugar a casa em que o banqueiro morara e acabaria por achar o dinheiro.

Conversando com Albergaria, que soube falar-lhe com amabilidade e jeito, ele não lhe disse isso. Confessou-lhe apenas a tristeza do erro que cometera e, já industriado pelo seu advogado, contou-lhe que pouco antes de cometer o crime jantara fartamente.

Procurava assim preparar a escusa da embriaguez.

Era uma tolice sugerida por um defensor inábil. Mas o que Albergaria viu foi que o pobre diabo estava inabalavelmente convencido de ter sido o assassino de Sanches Lobo.

& (MEDEIROS E ALBUQUERQUE).

XLIV. FOGO!

Albergaria sentiu-se naquele dia indisposto. Logo que se levantou, correu ao telefone da venda próxima, ligou para a polícia e pediu ao comissário de dia que avisasse a Enéas a sua indisposição.

Era um domingo. Queria ficar em casa para repousar.

Na vizinhança morava a velha Thereza, sua amiga de muitos anos. A velha Thereza, quando ele adoecia, vinha-lhe sempre cuidar da casa e das refeições. Era uma pobre mulher esguia, magrinha, desleixada e distraída. A sua distração chegava ao ponto de fazê-la às vezes a não pôr sal na comida, a não preparar o almoço senão à hora do jantar. Mas, no fundo, era boa criatura.

Naquele dia, quando Albergaria a mandou chamar para lhe preparar as refeições, estava ela ocupadíssima. Tinha que terminar o preparo de umas roupas que engomava. Resolveu ir concluir o serviço na casinha de Albergaria.

O assassino de Sanches Lobo passou um domingo estúpido, sentado na sua salinha a espreguiçar-se, a ouvir a voz da velha Thereza na cozinha, cantando, enquanto engomava a roupa dos fregueses.

Por várias vezes tentou tirar o dinheiro do esconderijo. Seria uma imprudência. A velha podia ver e, embora fosse uma pobre mulher, era mulher e certamente curiosa. Por aquela época sentia ânsias da fortuna que guardava em sua casa. Não se continha dentro da vontade de gozá-la.

E era realmente estúpido que ele, rico, tendo uma fortuna ao seu lado, ao alcance de sua mão, estivesse a passar uma vida de pobretão, sem um gozo, sem um prazer, a aturar os serviços pesados da polícia, dormindo naquele casinholo acanhado e ouvindo as cantorias insípidas da velha Thereza.

Já o tufão havia passado: a polícia tinha nas garras a figura de Pedro Linck, que confessava ter sido o assassino de Sanches Lobo e era o bastante. Para a polícia, a única preocupação era agarrar um autor do crime, fosse ele o verdadeiro ou não.

Albergaria nunca poderia ser mais incomodado. Já era tempo de começar o gozo do dinheiro que arrancara do infame arruinador de sua família.

Mas não podia parecer estranho a muita gente e principalmente a Enéas Cabral, que ele, um pobre diabo arrebentado, de uma hora para a outra aparecesse bancando o rico, como se dizia na gíria da polícia? Mas tinha um plano. Iria comprar um bilhete de loteria. Mostraria o bilhete na polícia, a toda a gente e principalmente a Cabral, sem deixar que se visse o número. Durante dois ou três dias falaria, mostrando a sua convicção de tirar a sorte grande. E um dia revelaria aos companheiros que tirara um prêmio qualquer, uns cinco ou seis contos de réis, um prêmio pequeno, para não dar na vista e não despertar a curiosidade da verificação.

Nesse dia, ao entrar na polícia, entraria radiante, agitado, espalhafatoso, dizendo já ter recebido os cobres. A indagação do número do bilhete que um ou outro dos seus companheiros curiosos poderia fazer seria impossível, pois que o bilhete já não estava com ele.

E isso abria-lhe a brecha para começar a gastar.

O dia inteiro passou a construir o plano. Ora achava-o excelente, ora repelia-o e voltava a achá-lo novamente magnífico, concertando-o aqui, ali.

À noite teve vontade de sair à rua. Vestiu-se.

A velha Thereza havia terminado os seus serviços e arrumava a roupa para voltar à casa.

— Deixou tudo em ordem, dona Thereza?

— Tudo.

— Não se esqueceu de alguma coisa? Deixou tudo nos seus lugares?

— Deixei.

Albergaria foi à primeira esquina, onde havia um reles botequim de subúrbio. Passou um garoto, vendendo *A Noite*.

Comprou o jornal e, abrindo-o, teve um susto. Lá estava, em títulos imensos, a novidade da tarde:

Pedro Linck, o assassino de Sanches Lobo, fugiu da prisão.

Albergaria devorou a notícia com os olhos. Era toda a história da fuga, com as suas minúcias.

Pedro Linck tinha serrado as grades do seu cubículo, e, disfarçado em soldado, atravessara o pátio da Detenção, ganhando a rua. Só à hora da revista lhe haviam notado a falta. O coronel Meira Lima estava fulo de raiva, e a polícia em polvorosa.

Albergaria sentiu necessidade de correr imediatamente à primeira delegacia auxiliar. Enéas devia precisar dele naquele momento. Mas o bonde que levava à cidade tinha passado naquele instante. Ia, pelo menos, esperar meia hora.

Sentou-se.

Dez minutos depois ouviu um ruído fora. Era o povo que corria na direção da rua em que ficava a sua casa.

— Incêndio! Incêndio! — gritava-se.

Albergaria levantou-se. De todas aquelas casinhas suburbanas, saía gente, uma multidão de crianças, uma multidão de mulheres, gritando:

— Fogo! Fogo!

Seguiu a onda. Ao dobrar a esquina, o coração pulou-lhe no peito. Era a sua casinha que estava a arder.

O MYSTÉRIO

Compreendeu tudo. A velha Thereza, que passara o dia a engomar, havia deixado brasas junto de alguma coisa de fácil inflamação.

Um grito saiu-lhe do peito. Rompeu a multidão como um raio. Toda a casa era uma só labareda, casa antiga de madeiras velhíssimas.

Quis pôr a porta abaixo e entrar. Impossível. A fumaça sufocou-o. Caiu desanimado nos braços de um popular.

Ao longe ouvia-se o *tan-tan* afoito e frenético do Corpo de Bombeiros, que chegava.

VIRIATO CORREIA.

XLV. ATRÁS DOS APEDREJADOS

Depois da aventura da Gávea, em que a sua intervenção oportuna e abnegada as tinha salvado das garras de Mendes Guerreiro e seus asseclas mascarados, Lucinda e a tia recebiam em casa, na casinha humilde da rua Paulino Fernandes, a Pedro Albergaria, com amizade, sem cerimônia, durante as longas horas de suas visitas. A boa senhora compreendera a inclinação recíproca, soubera das provas de afeição que lhe dera ele na primeira noite de encontro na delegacia, e no interrogatório do dia imediato, vira-os a se olharem, ela na janela, sozinha, o que não era dos seus hábitos, ele discretamente, lá a sombra do seu lampião protetor, de sorte que, à última dedicação, de cujo benefício até participara, vencendo as resistências que a cautela de velha experimentada lhe infundia, abriu a casa e o coração ao moço aventuroso e dedicado.

Lucinda e Pedro exultavam, num contentamento sem limites, e esses dias, a quem já tinha um passado comum tão rico de emoções, abreviaram, nas expansões mútuas, esse período incerto e doloroso em que o amor brinca de cabra-cega, como para se exasperar nas dificuldades e contratempos: acharam-se noivos, sem o protocolo, o pedido oficial, as promessas trocadas da convenção.

Esperariam apenas o correr dos acontecimentos, porque, já agora, não era mais duvidoso que Lucinda seria a herdeira única dos milhões de Sanches Lobo, iria morar num palacete, teria criados e automóveis, e o marido seria, naturalmente, um figurão, a cuja atividade e talento não faltariam ocupação e relevo social.

Pedro Albergaria tinha, entretanto, alguma coisa que lhe pesava. Não era só o haver matado Sanches Lobo, com as suas mãos, o ruim sujeito que não merecia outra coisa, muitas vezes, pelos tantos crimes que praticara. Estava certo da impunidade, o inquérito encerrado, um criminoso confesso, agora fugido, talvez amanhã preso, que responderia por tudo. Não era isso. Na sua consciência, era o matador do pai dela, dela à sua querida, a sua mulher de amanhã...

É exato que, dizia, para desculpar-se a si mesmo, não o sabia, quando o fizera, e até esta morte era que lhes abria a eles, com o conhecimento recíproco, os serviços prestados, e, finalmente, o amor, o casamento, a riqueza. Fora incumbido pela mãe, sob juramento, ainda à hora da morte, de vingá-la, e tinha sido esse o dever filial que cumprira. Por aí estava, pois, justificado. Havia, porém, o dinheiro subtraído, os duzentos e tantos contos e o saco de moedas de ouro que metera na latinha. Considerava-os como uma reparação, uma restituição ao que o infame sujeito subtraíra dos pais dele, ao que ouvira a mãe sempre afirmar. Contudo, a ideia de usar desse dinheiro, que lhe parecia reavido à custa de sangue, causava-lhe constrangimento. O amor é grande artista que aperfeiçoa os seres, no corpo, para a grande comunhão da natureza, aformoseando-os, para os fazer ainda melhores, não lhes esquece tampouco o espírito. Albergaria, o cético do *crime bem-feito*, se não tinha ainda remorso, porque a alma que odeia é endurecida, tinha escrúpulos, porque é brando o coração que ama.

E eis que, mau grado dele, como uma intervenção da Providência, arde-lhe a casa num incêndio pavoroso, e com ela vão-se-lhe os haveres mal havidos, que salvaria se pudesse, que defenderia talvez com a vida se fosse mister, mas agora, irremediavelmente perdidos, como um consolo talvez — tanto há desses subterfúgios na falta de lógica da consciência —, quase se regozijava que assim tivesse sido...

— Tinha de ser... Foi talvez melhor assim!

Foi, portanto, como que aliviado de grande peso — daquela latinha fatal, que desaparecera nos escombros —, como que levado do mais feio ou mais odioso do seu crime, despojado e, portanto, leve, que Pedro buscou nessa mesma noite a rua Paulino Fernandes, para contar à noiva a desventura que o privava do único bem que possuía, e o fogo consumira. Pensou em acrescentar que também perdera umas economias, com que contava preparar o seu enxoval, mas repeliu a ideia, por lhe parecer irônica e sinistra. Economias... não, não aludiria a isto. Bastava o resto, para a comiseração do afeto.

Lá chegado, Lucinda custou aparecer, e, quando veio, tinha os olhos vermelhos de chorar.

— Que é isto? Venho contar-lhe uma desgraça, que me aconteceu, e encontro-a neste estado... Que foi?

— Qualquer que seja a sua desgraça, é maior a nossa... Veja isto...

E estendeu-lhe dois papéis, que Albergaria leu, sofregamente. Dizia o primeiro:

"*Lucinda*. Leia esta carta com o coração nos olhos, carta que nossa mãe me escreveu e que lhe dirá tantas coisas que você devia sempre ignorar, mas é preciso que agora saiba. Tia Bibi conhece a letra e, se pode duvidar de mim porque não conhece ainda toda a minha dolorosa história, não duvidara daquela que foi a sua irmã do coração, e, minha querida irmã, nossa mãe, a mais infeliz das mães... *Rosa*."

Pedro deteve-se, sem compreender bem. Lucinda tinha, pois, uma irmã, de quem não lhe falara, pois não a conhecia. A letra não lhe era, entretanto, desconhecida: era a da carta anônima, que recebera dias antes!

Abriu o outro papel, amarelecido pelo tempo e com as marcas de lágrimas que, por vezes, tornavam embaraçosa a leitura:

"*Minha filha*. Receberás esta quando eu já não existir, resgatando, com a morte, o crime de haver traído a memória de teu pai, com um segundo casamento, que me privou de minha primeira filha. Falo só da morte, que é, entretanto, a paz, quando o mais não conto, as humilhações, os maus-tratos, as brutalidades, as perfídias sem conta, que sofrido monstro que fez isto tudo, roubou-me o coração de minha filha, aviltou-me aos meus próprios olhos, consumiu no desespero o resto de minha mocidade, nos empobreceu e me atirou na miséria com essa desgraçadinha, tua irmã, Lucinda, que deixo entregue à tua tia. Se me perdoares um dia, vela por ela. Vela por ela, minha filha. É o favor que te imploro de mãos postas, na hora da morte, para impedir que o monstro ainda lhe faça mal, o mal que nos fez a nós. Vinga-me, se estiver em tuas mãos. Terás muitos colaboradores no ódio, tantos são os infelizes, vítimas como nós. Se puderes não percas de vista a Pedro Albergaria, filho de Sanches Lobo, cuja mãe, minha infeliz amiga Leonor, como associadas na desgraça pelo mesmo bandido, lhe legou ódio semelhante ao meu. Desonrada por ele, reduzida depois à miséria com o homem honrado que cobrira a sua desgraça, o filho do outro, que traz o nome deste, tudo ignora, e será, se Deus quiser, o vingador de nós todas. Vela por ele, se puderes, e guarda este segredo terrível que, a seu tempo, te será exigido. Se este falhar, tenho confiança que a justiça divina suscitara outros, que punam na terra o miserável, esperando com ânsia no inferno, onde deve ficar pela eternidade. Perdoa, minha filha. Reza pela tua desgraçada mãe. Vela por Lucinda. Até o dia de juízo! *Lucia*."

Mal pôde Pedro Albergaria terminar a leitura. Circunvagou o olhar tonto, como louco, os cabelos eriçados, as órbitas arregaladas, a boca hiante, num gesto do punho fechado ferindo a cabeça, quis dizer alguma coisa que lhe não saía da garganta e caiu fulminado.

As duas pobres mulheres acudiram pressurosas, a custo conseguiram pô-lo sobre o sofá e Lucinda abria a janela para ver se via alguém, para chamar a Assistência. Não havia vivalma pela rua. Dona Bibi pedia vinagre. Parecia o rapaz respirar e lentamente voltar a si.

Lucinda tornada do susto, e reposta na calma relativa, que a azafama dos socorros atropelara, pôs-se de novo a chorar, prendendo nas suas uma das mãos de Pedro.

— Coitado — pensava consigo a moça —, ama-me tanto, que ao saber que é meu irmão, foi isso...

E as lágrimas quentes e abundantes correram de novo, longas e rápidas, pela sua face mimosa.

Albergaria voltava lentamente a si:

— Que foi? Que é que houve?

— Nada... descanse, não foi nada, esteja quieto.

Fez movimento para sentar-se, ajudado pela velha senhora. Lucinda ameigou-lhe os cabelos, num gesto de piedade e de amor...

— Pedro, é preciso que te resignes... Não perdeste tudo... Perdeste a tua noiva, mas achaste a tua irmã...

E, se aproximando, depôs-lhe na testa, úmida de um suor de agonia, beijo terno e casto.

Albergaria teve um estremecimento...

AFRÂNIO PEIXOTO.

XLVI. DOR DE CONSCIÊNCIA

A fuga de Pedro Linck fora um golpe no prestígio da polícia. Os jornais comentavam vivamente o relaxamento da Casa de Detenção, onde se podiam realizar fatos dessa ordem.

Felizmente, porém, o fugitivo não foi longe.

A bordo de uma pequena embarcação costeira, procurou ver se ganhava o Rio Grande do Sul e daí passava para o Uruguai. Mas o plano falhou. A embarcação, à altura de Santos, foi colhida por uma tremenda tempestade, que a fez ir ao fundo. Do naufrágio escaparam apenas três tripulantes, um dos quais era precisamente Pedro Linck. Quando os que o salvaram puderam apanhá-lo, ele estava inanimado. Trazido para terra, acharam-lhe papéis que lhe indicavam a identidade. Chamada a polícia, ela a verificou facilmente, porque precisamente em Santos é que Linck vivera por largos anos. De mais, a ficha policial lá estava para tornar impossível qualquer dúvida.

Assim, quando ele acordou de todo, acordou na enfermaria do quartel de polícia, mais preso do que nunca. A sua fuga durara dois dias. Tudo voltava à mesma.

Enéas Cabral exultou. A primeira pessoa a quem comunicou o telegrama foi a Albergaria, em que ele sentia uma tristeza inexplicável.

Cabral acabara por ter verdadeira afeição pelo seu auxiliar. Sentia-o inteligente, digno, discreto. Que tinha o rapaz? Em vão lhe perguntara. Ele dera um motivo de saúde, evidentemente falso.

Albergaria não podia explicar-lhe a sua terrível situação: assassino de seu próprio pai, sabendo agora que era irmão da mulher que amava.

Ao sair, o delegado lhe disse que fizesse designar um praça qualquer para ir guardar as ruínas de sua pequena casa incendiada. Quando ele foi transmitir a ordem, pensou que ia, decerto, passar toda a noite em claro. Assim como assim, tanto lhe fazia estar a revolver-se na cama como de pé, montando guarda às ruínas, que teriam de estar rondadas, até que se fizesse a perícia policial.

Disse isso mesmo ao delegado e este lhe deu ordem para que fosse.

— Mas, dr. Cabral — objetou o escrivão —, quem deve ir é um praça e não o sr. Albergaria, que é agente civil.

— Pois faremos hoje exceção — disse o delegado. — O que pode ser feito por um praça não há razão para que não o seja por um agente, principalmente tratando-se de um agente de minha confiança.

E a ordem se cumpriu.

Albergaria fez sair o soldado que estava no seu posto e ficou de guarda, ora sentado em uma das pedras da sua desmoronada casinha, ora passeando diante dela.

A noite estava de uma calma absoluta, escura e quente. O trabalho, em vez de ser uma tarefa incômoda, era até agradável. Insônia por insônia, mais valia curti-la ali do que em outro lugar.

Albergaria não tinha remorso algum por ter matado Sanches Lobo. A revelação de que ele era seu pai em nada lhe alterava o estado de espírito. A paternidade, nas condições em que o banqueiro chegara a ela, era apenas um acidente odioso. A grande, a imensa tristeza do moço era a dupla circunstância de ser o irmão de Lucinda e o assassino, não do próprio pai, mas do pai dela.

Passeando, ele olhou em certa ocasião para o muro da casa em que estava a latinha do dinheiro. Notou que esse precisamente ficara de pé. A cumieira abatera exatamente do lado oposto.

Albergaria teve a tentação de ver se a lata estaria ainda no mesmo lugar. Aproximou-se, ágil, trepou-se a uma pedra e, metendo a mão no buraco do muro, teve a alegria de achar a lata. Tirou-a. Estava intacta.

O incêndio durara muito pouco, porque a casa era pequena. Exatamente esse ponto elevado era o mais banhado pela água lançada pelos bombeiros. Rapidamente o buraco, cavado na espessura da parede, se enchera de líquido. De mais, nada menos fácil de queimar do que um maço de papéis. Quando, portanto, ele retomou a lata, não teve dúvida alguma de que o dinheiro nada devia ter sofrido.

E o seu raciocínio era perfeitamente exato. Quando mais tarde a lata foi aberta, nada faltava.

O achado não foi para Albergaria um prazer porque ele desejasse gozar a fortuna do banqueiro. Disso não mais cogitava. Já agora, porém, sabendo que Lucinda era filha de Sanches Lobo, não a queria desfalcar de um só vintém.

Onde colocaria o seu novo achado? Pensou no antigo lugar, fez de novo o buraco perto do tanque, enterrou a lata profundamente, a mais de um metro de superfície do solo, acamou bem a terra, molhou-a e puxou para cima dela algumas grandes pedras.

Protegido pelos muros do quintal da casinha queimada, pôde fazer, a salvo de toda a curiosidade, a longa operação.

Muitas vezes os que praticam certos atos misteriosos julgam que ninguém os viu nem ouviu, mas depois sempre se descobre alguém que, por imprevisto acaso, conseguiu esse resultado.

No caso de Albergaria não foi assim. Ninguém, de fato, o viu, o ouviu ou pressentiu de qualquer modo.

No dia seguinte, ele acompanhou os peritos da polícia. Não disse uma palavra. Viu-os fazer sua obra, viu os peritos dos bombeiros revolverem os destroços e saiu com eles, quando, terminada a tarefa, todos declararam a casualidade do incêndio.

Albergaria ficou satisfeito.

Tinha tomado uma resolução sombria e firme. Não queria, porém, nem prejudicar Lucinda, nem ser apanhado como um criminoso vulgar.

Sua vida era agora uma tortura horrível. No desmoronamento de todos os seus sonhos de felicidade, o que ele temia, sobretudo, era que Lucinda, se soubesse que ele fora o assassino do pai, acabasse por criar-lhe ódio, por perder-lhe toda a amizade.

Sem dúvida, Lucinda não tinha motivo algum para estimar Sanches Lobo. Ao contrário! Mas as convenções sociais são tão fortes que talvez ela lhes cedesse também.

Fosse como fosse, Albergaria tinha formado um plano para resolver o seu caso. E como, em dado momento, poderia precisar de um advogado, perguntou um dia a Enéas Cabral qual lhe parecia o melhor. Fez, é claro, pergunta em tom de conversa, como se não tivesse interesse algum nela. Cabral respondeu:

— Vosmecê conhece o dr. Viriato Correia?

— Um pequenininho que vem, às vezes, aqui?

— Esse mesmo. É um rapaz de talento. Não sei por que teve a ideia extravagante de nascer no Maranhão, num lugar de que ninguém até então tinha notícia: Pirapemas. Nesse tempo ele tinha um nome muito maior do que ele mesmo: Manuel Viriato Correia Bayma do Lago. Depois, para acertá-lo com o seu meio metro de altura, passou a chamar-se apenas Viriato Correia.

— E o doutor dá alguma coisa por ele?

Enéas Cabral virou-se, rápido, na cadeira.

— Se dou?! Mas é um dos grandes talentos do nosso tempo!

E longamente fez a apologia de Viriato Correia, contista, autor teatral, conferencista, professor...

Albergaria ouviu calado. Há muito notara que o tal advogado tinha má vontade contra ele. Ainda no dia seguinte ao do incêndio da casa, o dr. Viriato olhara para ele de tal modo, que, se não fosse a certeza da casualidade do fato, Albergaria o acusaria de ser o incendiário.

Mas a palavra experimentada de Cabral pesava no ânimo do seu subordinado.

Nessa mesma tarde, ele foi procurar o advogado. Este o recebeu com espanto. Quando, porém, Albergaria lhe disse ao que vinha, mudou de atitude. Tratando-se de um caso da sua profissão, entrou dignamente no seu papel. Ouviu, atento e interessado, o estranho cliente.

— Mas alguém o acusou? Alguém suspeita da sua criminalidade?

— Absolutamente não. Nunca um criminoso esteve mais seguro de impunidade. Duas únicas pessoas sabem do meu caso: o senhor e eu. Como, porém, pode dar-se um fato, que não desejo agora, revelar, preferia que o meu advogado eventual estivesse prevenido.

Em vão, o dr. Viriato procurou saber quais eram as intenções de Albergaria. Quando, porém, este saiu do escritório, o advogado lhe apertou a mão energicamente, com um gesto de real amizade.

& (MEDEIROS E ALBUQUERQUE).

XLVII. A PAIXÃO DE PEDRO ALBERGARIA

Albergaria tornou ao dr. Viriato e lhe comunicou a resolução, inabalável, de pôr termo a tudo isto, confessando o seu crime, pois que a polícia se mostrara incapaz de descobrir o verdadeiro criminoso, pois que Pedro Linck e Rosa Merck, inocentes, nomeados tais, iam ser condenados. Tinha matado o próprio pai, e, pior do que isso, o pai de Lucinda, e por isso e porque era sua irmã, mataria também no coração o seu impossível amor. De que lhe serviam a liberdade e a vida?

O dr. Viriato, embora nas funções de advogado, não perdia o seu afinadíssimo instinto de teatro: viu logo ali drama magnífico, a desenrolar-se no tribunal popular, e no qual, além de colaborador, seria também ator da representação. Calou o seu ressentimento contra o rapaz — de que dera várias provas no decorrer desta história, talvez por lhe atribuir, indiretamente, a morte do Mello Bandeira, uma das suas criações —, não só porque era agora a causa sagrada de um cliente, que se vinha valer do seu talento, como porque já previa a nova obra, uma tragédia grega, que se ia representar diante de todo o Rio de Janeiro.

Industriou, pois, ao rapaz, como devia fazer a sua confissão, isto é, narrar o crime e os seus antecedentes, de ódio e premeditação, tais quais os havia no momento da consumação do ato. Matara Sanches Lobo, um estranho, um infame sujeito, que reduzira à miséria e causara a morte de seus pais, ódio herdado e jurado à hora do trespasse de sua querida e desgraçada mãe. Não roubara, propriamente, recuperara com as suas mãos quantia equivalente à que o bandido extorquira de sua família. Nem mais uma palavra sobre o resto, as descobertas posteriores sobre sua filiação, parentesco com Lucinda etc., que seriam sensacionalmente revelados em plenário.

Assim foi. Albergaria, na companhia do advogado, foi ter ao gabinete de Enéas Cabral, anunciou-lhe a grande revelação, e começou a contar a sua história. O delegado olhava para o rapaz, para o autor teatral, sorria, brincando com a corrente do relógio, como quem dissesse:

— Não vê?! Nesta encrenca não vou eu... Eu conheço seu Albergaria, dado a aventuras e imaginações; seu Viriato, já tenho assistido às suas formosas peças... Não me pegam... Não vou no "embrulho"!

Mas, força foi, afinal, convencer-se que era sério tudo aquilo e que o assassino de Sanches Lobo se vinha meter nas mãos da polícia. Lembrou-lhe o saudoso Mello Bandeira, para cujo suicídio concorrera, que esse tinha faro policial:

— Achei pelo raciocínio o outro, e como o achei sem sair daqui, aqui mesmo o terei, porque aqui virá ter...

Realizava-se a profecia do Sherlock: havia *outro* assassino, que se vinha pôr nas mãos da polícia. Era forte aquele Bandeira! Por isso mesmo, tomado o depoimento da confissão, ultimado o novo inquérito, no relatório enviado à promotoria pública, Enéas Cabral dava-se ao luxo de emitir, comentando os fatos, duas teorias policiais. Uma era a da nomeação do criminoso, já nossa conhecida, isto é, à justiça importa menos punir o crime, achar o verdadeiro culpado, do que responsabilizar um qualquer, nomear um criminoso, que trate lá de se defender, que será absolvido no júri: a sociedade ficou com a segurança que tem defesa eficaz, a Justiça e a polícia com o seu prestígio, e tudo continua, como dantes, na harmonia social.

A outra teoria era contradição impiedosa à de Mello Bandeira — a sua famosa teoria dos antípodas —, isto é, o criminoso evita o lugar do crime, foge para os pontos diametralmente opostos. A coisa é em Niterói, pesquisas no Rio; foi em Santa Teresa, procure-se no Saco do Alferes. Enéas Cabral substituía esta pela teoria da boca do lobo — isto é, o criminoso anda, vira, mexe e remexe, e vem se entregar à polícia, cair na boca do lobo. A polícia, num como no outro caso, fica na expectativa e, se não se realizar a segunda hipótese, a primeira terá nomeado um criminoso idôneo, que responderá por tudo. Estava em concurso a cadeira de direito criminal da Faculdade Jurídica: Cabral, que tinha agora sonhos de prestígio, para dourar a riqueza que entrevia pelo amor, ia escrever sobre o caso à sua tese.

Corridos os trâmites do processo, sempre assistido pelo dr. Viriato, que nele continuou a ver de suas peças de melhor efeito, foi marcado o júri, a que deveriam responder Pedro Albergaria e cúmplices. Pedro Linck e Rosa Merck. Apesar do seu formidável talento, da notória benevolência desse tribunal popular, ao grande causídico veio à fala um desses chamados advogados de porta de xadrez, que sabem meios de obter as mais difíceis absolvições. Já agora não seria mais pelo suborno dos jurados, como outrora, pois o sorteio era entre gente qualificada. Seria a piedade: uma mulherzinha industriada andaria, de casa em casa, pedindo aos futuros membros do conselho de sentença, compaixão para ela, pois os réus tal e qual eram o seu arrimo, sua única proteção etc. etc. A absolvição seria certa: o brasileiro é piedoso, consente, vá lá que se mate e roube, é do mundo... mas que o assassino ou ladrão sejam presos, coitados! Isso é que não, isso é que é demais — na rua com eles!

No dia marcado, a expectativa da cidade foi formidável. Nunca mais numeroso público e mais escolhido compareceu a um julgamento. Juízes, promotores e advogados, todos togados. À vista dos assistentes, o museu do crime: as luvas de fio de Escócia, os sapatos de sola de borracha, a corda do enforcado, a latinha do dinheiro... No banco das testemunhas, dona

Bibi e a loira e morena Lucinda, cada vez mais bonita, no seu severo vestido preto; o dr. Cardoso, o sobrinho; o provedor Mendes Guerreiro, solto mediante fiança; o comendador Pantaleão do Aveiro, que tão mal guardara o testamento; Bonifácio, o velho fâmulo; Maria, a criada portuguesa, do chilique na delegacia e, principalmente, prendendo todos os olhares, com a sedução que têm os pecados bonitos, a bela Armênia: havia quem só olhasse para ela, como se fosse o julgamento de sua formosura. Lobato, o delegado de Botafogo, sentado perto, parecia beber-lhe os ares. Não faltava ninguém. No banco dos réus, Albergaria, muito pálido; Pedro Linck, bestificado; Rosa Merck, indiferente. Na assistência, espantado à própria obra, estava Coelho Neto, e notavam-se os leitores e curiosos de *O mystério*, que lhe desejavam ver o epílogo.

A promotoria pública, bem representada, falou seis horas seguidas, sobre todos os assuntos: geologia, geografia, o destino do Brasil, conflito de raças, o homem criminoso, a tersa escola, os substitutivos penais, pedindo, finalmente, a condenação dos criminosos. O médico-legista, citando autores, entre eles Afrânio Peixoto, depôs, ainda uma vez, que não houvera senão suicídio: era o veredito absoluto da ciência.

— "E só a ciência possui a verdade!" — concluía o sábio, como um oraculo: — "Como braço é braço, ciência é ciência!"

Respondeu-lhes o dr. Viriato que, em doze horas seguidas, fez à assistência toda a narração do crime, desde o que estava no processo, e fora lido, até o que o público ainda não sabia, e arrepiou os cabelos de toda a gente. Aproveitou o momento para um curso de conservatório dramático, todas as tragédias clássicas, todos os dramas modernos. Como em *Édipo Rei*, de Sófocles, Pedro também havia matado o pai, sem o conhecer, e aqui, por um ódio, fatal como a morte. Como em *O Cid*, de Corneille, a amada era filha do assassinado e, a mais, o amante era seu irmão: a tragédia de Albergaria excedia toda a imaginação humana, pois que resumia inteiro um teatro.

Em certa altura, o miúdo causídico cresceu para o público, a poder de citações, ficando, verdadeiramente, *Viriato Trágico*. Quando, em grego, recitou o célebre verso do poeta heleno:

"*Desgraçado, prouvera ao Céu que nunca soubesses quem eras!*"

A assembleia delirou; menor efeito produziu entretanto uma tirada corneliana, em francês, língua mais acessível ao público.

O promotor replicou, com todo o curso de preparatórios e de humanidades, por dezoito horas; Viriato respondeu, resumindo a história universal, em outras vinte e quatro. Houve tréplica e resposta, numa progressão geométrica de discursos. Os jurados, juízes, assistência estavam literalmente, materialmente, arrasados.

Por fim, como tudo acaba, depois de alguns dias reuniu-se o conselho de sentença por longas horas, trazendo o seu veredito, que, sendo voz do povo, é voz de Deus.

Ao primeiro quesito, perguntados se houvera morte, responderam que não, isto é, Sanches Lobo não morrera. Para absolver Albergaria, os jurados acharam mais expedito liquidar o caso no primeiro quesito; os mais, prejudicados. Quanto a Rosa Merck, era mulher, há a privação de sentidos, crime passional, absolvição plena. Por saborosa contradição, comum nesse tribunal popular, Pedro Linck, o americano, foi reconhecido cúmplice, com pequena pena. Houve quem dissesse que era isto uma demonstração contra a doutrina de Monroe, ou influência dos tremendos artigos que Medeiros e Albuquerque escrevia contra os Estados Unidos. Não será o único absurdo desta narrativa.

Alguma coisa ficou por explicar nesses debates, por exemplo, a variedade das Rosas, que complica esta história. Não é questão que só interesse à floricultura, como podem supor os espíritos levianos, mas reservas do mistério, nem todo desvendado, para que alguma coisa fique, para o dia de juízo, em que tudo se há de saber.

Albergaria foi conduzido, como o seu defensor, em ovação, pelas ruas da cidade. Repetia-se com ênfase a sua última frase, no tribunal, ao conselho de sentença:

— Cumpri o meu dever, vingando minha mãe: cumpri agora o vosso, senhores jurados, condenando-me, por vingardes meu pai!

Na Câmara Federal, o deputado Victorio Meliante pedira a inserção da frase nos Anais, com um voto de congratulação ao país, pelo heroísmo de Albergaria. Na Academia acharam-lhe sabor clássico.

Ao sair do júri, absolvida, Rosa comprou outras, no mercado de flores, e levou-as ao túmulo de Mello Bandeira; à tarde, recolhia-se ao Asilo do Bom Pastor, onde ia professar.

Albergaria declarou aos jornais que, já sem o seu ódio e com a sua maldição, iria dar a vida a uma causa nobre: partiria, no primeiro vapor, para a guerra, para a França, onde se faria matar, na Legião Estrangeira, como bravo que corrige o destino com um sacrifício.

Na véspera do embarque, à noite, o coração contraditório de homem se lhe apertou, dolorosamente, numa aflição. Não tivera animo de aparecer mais a Lucinda. Sem saber como, marchou para a rua Paulino Fernandes. Ia despedir-se, vendo-a de longe; levaria a imagem dela para a morte.

Ao chegar, viu na porta um automóvel policial de luxo: algum figurão, em visita. Passou rente pelas janelas e, lá dentro, um diálogo, de risos e palavras amáveis, entre Lucinda e Enéas Cabral. Passou adiante, com esta amarga reflexão de humorismo:

— Nos crimes, só lucram a polícia e a Justiça... Se os criminosos soubessem...

AFRÂNIO PEIXOTO.

FIM

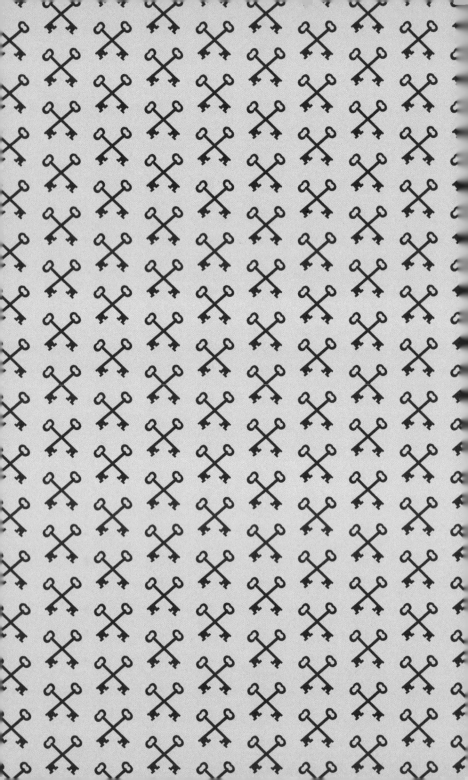

O MYSTÉRIO

por Tito Prates

Este é o primeiro romance policial publicado no Brasil.

Para dar veracidade a essa afirmação, é impossível deixar de lado polêmicas recentes, feitas com intuito de autopromoção, de desmerecer a obra e ilustres pesquisadores de literatura policial no Brasil, como Medeiros e Albuquerque.

Vamos aos fatos:

O mystério teve seu primeiro capítulo publicado pelo jornal *A folha*, do Rio de Janeiro, em 20 de março de 1920, como um folhetim colaborativo de quatro autores: Medeiros e Albuquerque — quem propôs o trabalho —, e o assinou inicialmente como "&", Viriato Correia, Afrânio Peixoto e Coelho Neto.

Medeiros e Albuquerque era um grande admirador de romances policiais, tendo publicado, ainda na mesma década, algumas obras sempre associadas a Sherlock Holmes — inclusive no texto de *O mystério*, muitas vezes o detetive é chamado de Sherlock, ou é atribuída à investigação a pilhéria de "sherloquismo".

No mesmo ano, após a publicação como folhetim pelo jornal, a editora de Monteiro Lobato o lançou como livro, com o interessante prefácio que acompanha esta edição, dando mais ênfase aos romances colaborativos que aos aspectos policiais do enredo.

A questão surge quando querem impor que a primeira "narrativa policial brasileira" foi o *Dominó negro*, com o primeiro "capítulo" publicado em 26 de fevereiro de 1912, lançada no jornal *A noite*, também do Rio de Janeiro.

O fato é que a referida "narrativa" não foi publicada como uma história policial, e seu primeiro "capítulo" no jornal não tem nem título, que surgiria somente na segunda publicação, do dia 29 do mesmo mês. Também não é assinada por autor algum e nunca saiu como livro no Brasil, somente na Argentina, onde fez sucesso como conto em 1921, na revista *La Novela Semanal*, número 186, intitulado *El misterio del dominó*, este, sim, assinado por Aristides Rabello.

Trata-se de uma noveleta — não que isso a desmereça — publicada como "Cartas enviadas à redação", de *A noite*, gerando no público leitor mais a sensação de uma história verdadeira do que de uma ficção. Pode-se até pensar que seja uma das tataravós das modernas fake news, mas uma vez que foi lançada sem título, sem objetivo narrativo demarcado como literatura policial, sem ter sido publicada posteriormente no Brasil e sem ter seu autor assinado nenhum dos "capítulos" do folhetim, torna-se difícil afirmar que esta foi a primeira obra brasileira do gênero, assemelhando-se mais a um bom texto de cunho publicitário. Talvez a publicação nem tivesse seguido adiante se as verdadeiras cartas à redação, enviadas pelos leitores, não houvessem demonstrado o efeito público que o primeiro texto causou.

Anos mais tarde, na década de 1930, *O dominó negro* seria, sim, a primeira produção cinematográfica brasileira dirigida por uma mulher, Cléo Verbena, que reconduziu a história sob um olhar feminista pioneiro. Na película, o final da história é alterado do original.

Sobre a grafia do título de *O mystério*, com "Y", vale lembrar que o original, de 1920, ainda foi escrito na ortografia da época, inclusive a edição original primeiro milheiro é toda redigida assim, rica em seus "ph" no lugar de "f", "hy" em vez de "í", e palavras que hoje seriam de difícl compreensão.

Sobre o enredo, a narrativa representa uma técnica de crime reverso, ou crime invertido, onde o ponto principal não é descobrir o culpado, pois o leitor o conhece logo nas primeiras linhas do livro, mas sim o trabalho de investigação que será desenvolvido para se chegar — e provar — à autoria do crime cometido.

Em um paralelo com a ficção de crime de língua inglesa, os romances policiais tradicionais, nos quais o leitor busca a identidade do criminoso, conhecidos como *Whodunnit* — corruptela de *Who done it?*, (quem fez isso?, em tradução livre) —, *O mystério* seria um *How was it done?* (como isso foi feito?, em tradução livre). Talvez o exemplo mais conhecido desse subgênero do romance policial, entre tantos, seja a série de TV americana dos anos 1960 *Columbo*, estrelada por Peter Falk, em que a primeira cena é exatamente uma na qual o criminoso está em ação, bem definido para o público, e o trabalho de Columbo, o detetive, é chegar à conclusão e comprovar sua investigação.

A trama brasileira de *O mystério* é recheada de bom humor, o que, para um leitor mais ávido de ficção de crime, pode tirar um pouco a seriedade do texto; porém, não podemos nos esquecer de que isso é um ponto forte para o gosto brasileiro por leituras.

Ao idealizar a proposta, Medeiros e Albuquerque nitidamente estava preocupado em criar uma obra colaborativa de mistério associada ao humor brasileiro e ao gosto geral que perdura até hoje no país pelas reviravoltas divertidas de coincidências e "patuscadas", mesmo em um tema mais sério. Prova disso é a grande produção atual de séries e filmes brasileiros voltados para a comédia.

O personagem principal, Pedro Albergaria, de 25 anos, é bastante divertido em suas aflições, que o levam a cometer a vingança por assassinato e, sobretudo, na construção de seu elaborado álibi para ser inocentado. A sequência de fortuitos que acontecerão, determinam as situações mirabolantes que deverá enfrentar para não se comprometer ou deixar pessoas que lhe são caras serem comprometidas. Até a desilusão amorosa que enfrenta, que poderia ser um drama, é tratada com bom humor e, apesar de assassino, sua alma de "bom rapaz" o leva à confissão final, que não deixa de ser divertida, pois além de querer eximir de culpa dois inocentes, ainda é uma forma de ele desdenhar da autoridade policial, que não conseguiu desvendar o crime e seu verdadeiro culpado. Essa característica também é típica das publicações de ficção de crime da época, nas quais o detetive amador é sempre mais inteligente e esperto do que as forças policiais oficiais, que costumam ser caracterizadas como ignorantes, vide as histórias de Sherlock Holmes e Edgar Allan Poe, além das da Rainha do Crime, Agatha Christie, que, coincidemente, foi publicada pela primeira vez em folhetim em 27 de fevereiro de 1920, poucos dias antes de *O mystério*. Nessas narrativas, o detetive é procurado até mesmo pelos oficiais da polícia para auxílio — quando não para o trabalho todo — na investigação de crimes complicados.

Há problemas no arco de tempo da obra, pois, nitidamente, por ser um texto colaborativo em que um autor lia o que o anterior havia publicado e escrevia o capítulo seguinte, percebe-se que alguns "adiantaram" o capítulo e este ficou em descompasso com a cronologia do anterior. Isso não compromete o conjunto da obra, por não ser algo exagerado.

A extensão do texto cria algumas subtramas pouco atraentes e se perde, algumas vezes, mais em uma troca de gracejos por seus autores. Isso também se resume a poucas ocorrências.

No final da leitura, a conclusão da narrativa é bastante verossímil com o que é apresentado no decorrer dos capítulos, o que a faz satisfatória para os aficionados pelo gênero.

Concluindo, *O mystério* rompe com o formalismo dos textos estrangeiros até então publicados no Brasil de 1920, cheio de bom humor ao retratar a dita "malandragem" e ginga carioca, e é um marco na literatura nacional por ser, além de o primeiro romance policial brasileiro, também a primeira obra colaborativa do país a chegar a uma conclusão e não ter seu projeto abandonado pelo caminho.

Mais tarde, a semente plantada por *O mystério* contaminaria outro grupo de dez autores renomados da nossa literatura, dentre eles, o próprio Viriato Correia, que na década de 1960 publicaria outro romance de ficção de crime colaborativo como folhetim na revista *O Cruzeiro*: a obra *O mistério dos MMM*.

Fica a recomendação para os inúmeros leitores que apreciaram este livro e ficaram curiosos por outra publicação brasileira similar.

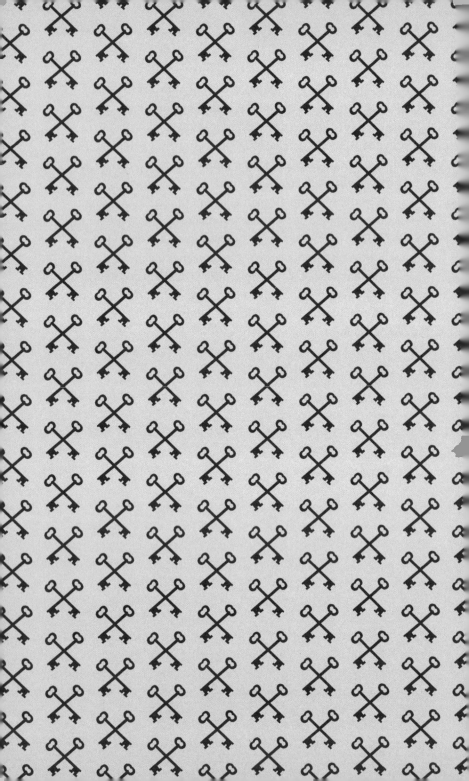

GLOSSÁRIO

"É de topete" – Atrevido, audacioso.
Ad hoc – Destinado a essa finalidade.
Adágio – Sinônimo para ditado ou provérbio popular.
Admoestação – Sinônimo para repressão, advertência.
Andó – Estilo de corte de barba à moda do ator italiano Flavio Andò.
Apanágios – Sinônimo para características, atributos.
Argentário – Homem que está na posse de grande fortuna.
Arrecada – Brinco de ouro em forma de simples argola ou em rebuscado trabalho de filigrama.
Assyrio – Salão Assyrio é uma das salas do Theatro Municipal do Rio de Janeiro
Barafunda – Sinônimo para confusão, balbúrdia.
Bisca – Sinônimo para sem caráter, pessoa de má índole. Pode, também, ser usado em tom irônico, provocativo.
Brigue – Barco de pesca.
Bula – Gíria com o mesmo sentido de "implicar".
Casuística – Análise de casos cotidianos em que se apresentam dilemas morais.
Chariavi – Sinônimo para confusão, baderna, balbúrdia.
Chim – Forma pejorativa de se referir a um indivíduo de origem chinesa.
Choco – Estar ou ficar na cama, deitado.
Conspícuo – Que caracteriza alguém digno, importante.
Coup de foudre – Amor à primeira vista.

Dândi – Figura masculina vaidosa e cavalheiresca, que veste roupas elegantes e desfruta de um gosto requintado.

Desabrida – Ação rude, áspera.

Desbragada – Sinônimo para libertinagem, devassidão ou falta de decoro.

Deslindar – Sinônimo para descobrir, desvendar, solucionar.

Diamba – Sinônimo para maconha, droga produzida a partir da planta Cannabis.

Ébrio – Sinônimo para desnorteado, alucinado.

Estafermo – Termo para se referir a uma pessoa que é um estorvo, um empecilho.

Estiolaria – Sinônimo para enfraquecer, emurchecer.

Estroinice – Ato de enlouquecer, perder a razão.

Faetone – De "Fáeton", um tipo de automóvel comum no início do século XX.

Falripas – Usado pare designar um tipo de cabelo ralo.

Fanicos – Sinônimo para desmaios, tonturas.

Fieira – Sinônimo para fileira, fila.

Fâmulo – Termo utilizado para se referir a pessoas que realizam trabalhos domésticos, como empregados.

Gorgomilos – Sinônimo para garganta, goela.

Grifanhas – Que se assemelha a garras.

Halali – Som produzido por animais que andam em matilha quando estão diante do momento de alcançar a presa.

Hirta – Algo imóvel, inerte.

Indigitado – Objeto ou pessoa para o qual se aponta.

Javert – Este se refere ao antagonista de *Os miseráveis*, obra de Victor Hugo. Na narrativa, Javert é um inspetor policial que persegue o personagem Valjean, fugitivo, mas consegue encontra-lo apenas no final da história. Aqui, relaciona-se com os personagens centrais Sanches Lobo e Pedro Albergaria, que apresentam similar relação.

Lavre – Sinônimo para registrar, decretar.

Maquias – Sinônimo para algo de valor, como dinheiro ou herança.

Massadas – Prato de massa que leva a mistura de peixe, salsicha, frango etc. No contexto, usado figurativamente para indicar confusão.

Mata-borrão – Tipo de papel.

Melro – Homem malandro.

Moringa – Recipiente que armazena pequenas quantidades de água para consumo.

Não sei que diga – Referente a criança travessa, moleca.

Nosso jackal – Serviçal, mordomo.

O "Camors" de Beberibe – "Camors" se refere ao romance de Octave Feulleit, *Monsieur de Camors*, cujo personagem homônimo apresenta as mesmas características de polidez que Sanches Lobo. Beberibe, no caso, é uma cidade localizada no Ceará.

Pândegas – Sinônimo para baderna, brincadeira, farra.

Pé de anjo – Canção de carnaval (marchinha), composição do instrumentalista brasileiro Sinhô.

Pilhérico – Tom de ironia, zombaria.

Prestidigitação – Técnica de ilusionismo, na qual se busca confundir ou enganar o espectador.

Préstito – Sinônimo para desfile, procissão.

Punha-me ao fresco – Expressão portuguesa que se refere ao ato de fugir.

Reboo – Associado ao verbo "reboar", que se assemelha a ideia de ecoar, retumbar.

Sacalão – Fisgada, puxar para cima.

Sainete – Ar gracioso, agradável ou suave.

Steeple-chase – Corrida de obstáculos para cavalos.

Tarrafa – Rede de pesca comumente utilizada em baías.

Tartamudear – Sinônimo para gaguejo.

Trancelim – Corrente fina utilizada como colar.

Troça – Tom descontraído, zombeteiro e divertido.

Viúva-alegre – Um tipo de viatura policial da época.

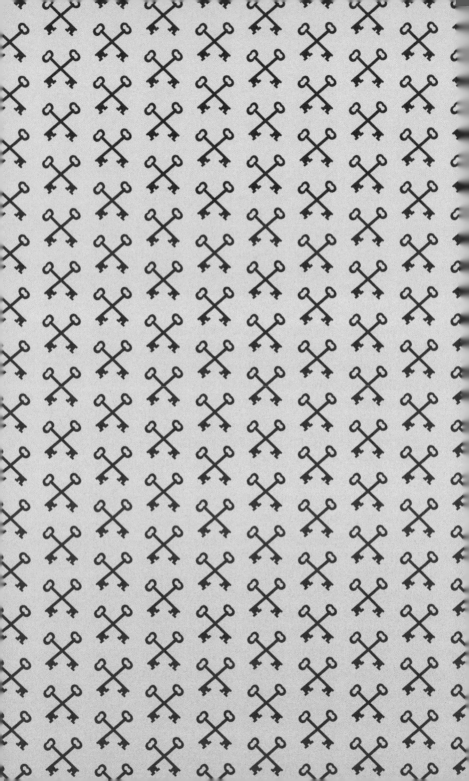

Viriato Correia (1884-1967)

Foi um jornalista, romancista, teatrólogo e escritor, terceiro ocupante da Cadeira 32 da Academia Brasileira de Letras. Nascido em Pirapemas, Maranhão, formou-se em Direito na Faculdade Nacional de Direito (FND) da Universidade Federal do Rio de Janeiro (UFRJ). Iniciou a carreira jornalística na *Gazeta de Notícia*, passando pelo *Correio da Manhã, Jornal do Brasil* e *Folha do Dia*. Correia foi deputado estadual e, em seguida, federal do Maranhão, e faleceu em 1967.

Coelho Neto (1864-1934)

Foi um romancista, crítico e teatrólogo, nascido em Caxias, no Maranhão. Iniciou a graduação na Faculdade de Direito da Universidade de São Paulo (USP) e foi nomeado secretário do Governo do Rio de Janeiro. Professor de História da Arte da Escola Nacional de Belas Artes, mais tarde foi deputado federal do Maranhão. Falecido em 1934, Coelho Neto foi o fundador da Cadeira número 2 da Academia Brasileira de Letras (ABL).

Afrânio Peixoto (1876-1947)

Foi um médico-legista, político, professor, crítico, ensaísta, romancista e historiador literário brasileiro, nascido em Lençóis, na Bahia. Ocupou a Cadeira 7 da Academia Brasileira de Letras (ABL). No Rio de Janeiro, foi professor da Faculdade de Medicina da UFRJ em 1907. Mais tarde, foi eleito deputado estadual pela Bahia. Peixoto faleceu em 1947, no Rio de Janeiro.

Medeiros e Albuquerque (1867-1934)

Foi um jornalista, professor, político, escritor, teatrólogo e memorialista brasileiro, nascido em Recife, Pernambuco. Fundou a Cadeira 22, cujo patrono era José Bonifácio. Foi secretário do Ministério do Interior e professor da Escola de Belas Artes, além de autor do Hino da República. Medeiros e Albuquerque faleceu em 1934, no Rio de Janeiro.

Este livro foi impresso pela Santa Marta, em 2024, para
a HarperCollins Brasil. O papel do miolo é pólen
natural 70g/m², e o da capa é couchê 150g/m².